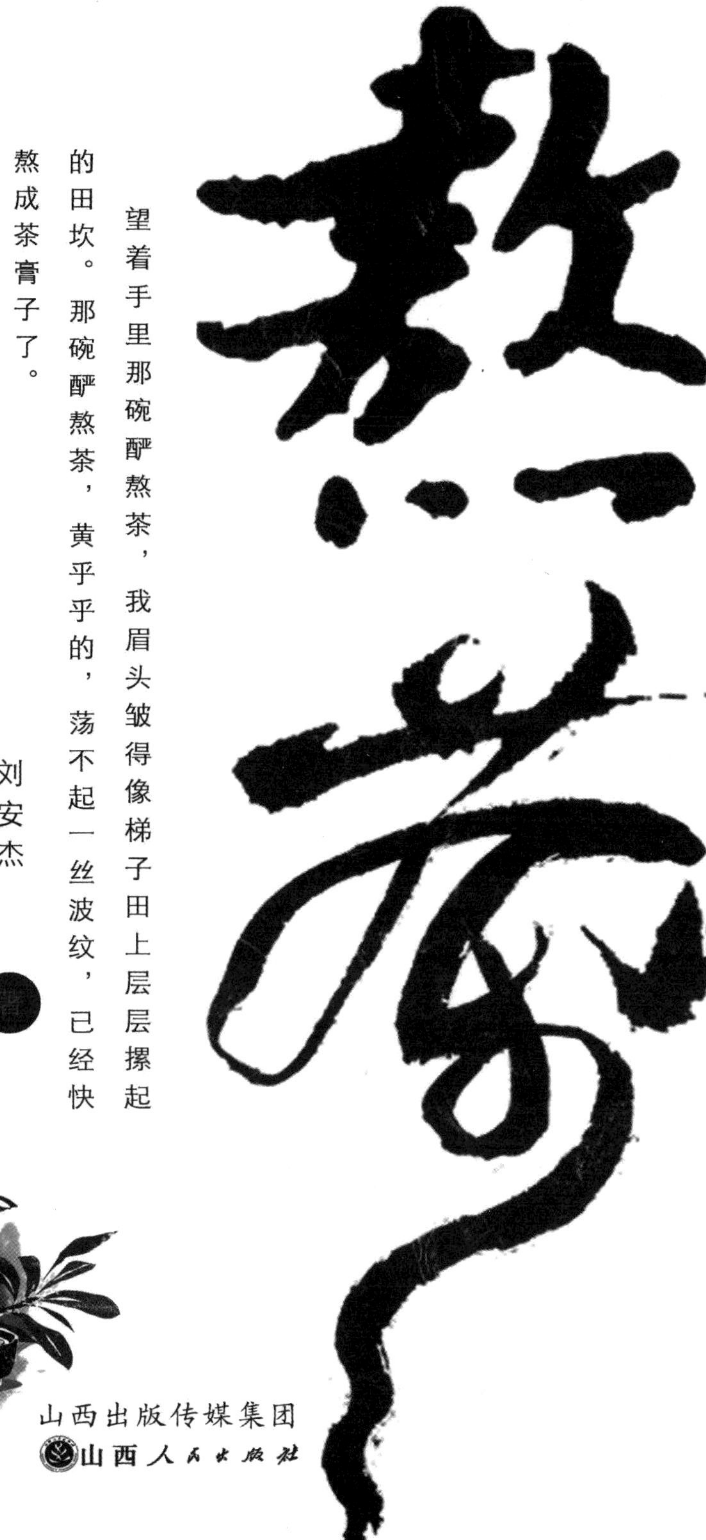

# 熬茶

望着手里那碗酽熬茶，我眉头皱得像梯子田上层层摞起的田坎。那碗酽熬茶，黄乎乎的，荡不起一丝波纹，已经快熬成茶膏子了。

刘安杰 著

山西出版传媒集团
山西人民出版社

**图书在版编目（CIP）数据**

熬茶 / 刘安杰著. -- 太原 : 山西人民出版社, 2024. 10. -- ISBN 978-7-203-13596-8

Ⅰ. I247

中国国家版本馆CIP数据核字第20249YZ735号

**熬茶**

---

著　　者：刘安杰
责任编辑：傅晓红
复　　审：崔人杰
终　　审：梁晋华
装帧设计：成都现当代文化传播有限公司

---

出 版 者：山西出版传媒集团·山西人民出版社
地　　址：太原市建设南路21号
邮　　编：030012
发行营销：0351－4922220 4955996 4956039 4922127（传真）
天猫官网：https://sxrmcbs.tmall.com 电话：0351－4922159
E- mail ：sxskcb@163.com 发行部
　　　　　sxskcb@126.com 总编室
网　　址：www.sxskcb.com

---

经 销 者：山西出版传媒集团·山西人民出版社
承 印 厂：成都市天金浩印务有限公司

---

开　　本：880mm × 1230mm　1/32
印　　张：8
字　　数：200千字
版　　次：2025年2月第1版
印　　次：2025年2月第1次印刷
书　　号：ISBN 978-7-203-13596-8
定　　价：68.00元

---

# 目录
CONTENTS

# 熬 茶

## 一

秧鸡比我还大三岁，按辈分，他喊我坎上大叔。

水井湾大嫂生他时不出奶水，去篁竹林里挖了几棵笋子回来补，他爹手指头都挤麻了，也没出一滴奶。东家讨一口，西家送一顿，逮住别家白胖胖的肉球就像蚂蟥叮鹭鸶脚，乡里堂客龇牙咧嘴痛到心尖尖上，再也不肯朝上撸衣服了。他爹就靠四处“编讴”熬米糊糊，喂得细颈子细胳膊细腿的。但只要他公的筷子头沾上几滴熬茶送入嘴里，他就呵呵开嘴笑。从小他公就养成了他的熬茶瘾。

“秧鸡”只是个诨名。就数二蛮子最不是个东西，看他病恹恹的身子骨，咧开大嘴第一个喊他“秧鸡儿”，到后来连秧鸡的爹妈也这样喊。不过大家都省去那个“儿”，只有二蛮子一直那么喊。还别说，秧鸡属小型涉禽，那细爪尖嘴，还真有点像。

我却一直羡慕秧鸡。

母亲说，他有咳痨病，活不长，要隔他远点。但二蛮子一喊秧鸡儿出气像沤大粪，我们反而“喔——”地挤着上前闻，一边

夸张地将手放在鼻子边直扇：好臭，好臭！

那时一帮子人望牛，其实就是将牛赶到蓝河里。牛儿们泡了澡，会自觉沿河而上吃草；太阳落土，沾了满身草籽，它们又自觉往回走。于是，中间的时间，我们站在高岩石上跳水，在河里打“排水”，钻眯子，不亦乐乎。

要是捡到大人们丢弃的草辫子，就可以到河滩上去拉鱼。我们的优势是人多，拖的拖，赶的赶，还剩一部分人跳跳地打水，唬得鱼儿直往河滩上跳。

得了鱼，垒沙筑石成像模像样的灶台，二蛮子掀来一块既大又薄的石板覆盖在上面，下面燃起捡拾的柴火。等薄石板面上的水汽散尽，触手发烫时，秧鸡的高光时刻就到了。

他从上衣口袋摸出一个小纸包，一层层轻轻揭开，现出两片肥腊肉。肉金贵得很，我们都不敢觊觎家里用来招待贵客或过年的一两块霉腊肉，但秧鸡他娘怕他养不长，一心为他补身子，无论他干什么都不会遭受责骂。

秧鸡手捏两张肉片，在薄石板上徐徐地滑溜，直看得一旁的二蛮子极不耐烦。“你妈的，搞快点啊，怕又是你爹从哪儿偷来的肉！”

终于石板面上有了些油光，大家抢着手将一条一条小鱼摊覆到上面，等散发出焦香后，就开始你一条我一条地争抢人间的至味。

夏初望牛，我有被老水牛欺负的厄运。那庞大如山的老水牛，有大人在时，在窄窄的田坎上，能乖巧地走猫步；牛眼睛边就是青乎乎的秧苗，它也装得像瞎子一样。可等大人们一走开，它呼呼就卷几大口不说，还故意将我挤进水田里。秧鸡是完全不用干活、不用认真读书的，成天袖着手闲逛，而且逢场天他娘还会拉着他上街去。

在八字先生的摊子前，瞎子老头仔仔细细摸秧鸡他娘肥胖的手，嘴里叽里咕噜半天，后来还免费给秧鸡称命，说他有三两命。秧鸡读书死无益，偏偏那些半通不通的偈语记得滚瓜烂熟，表现出极高的天赋：劳劳碌碌苦中求，东奔西走何日休；中年若肯勤与俭，老来成事免忧愁。仔细想来，可能就是老天爷要给他赏饭吃吧。

赶场回来，他一边嚼油粑粑，一边在我面前炫耀："八字先生说，我命里有一房半堂客呢！"我读书在班上算是数一数二的，尚且还不敢说未来的媳妇丈母娘喂起没，他倒好，直接一房半。

下河望牛，我母亲要是知道最大的危险，肯定会被吓得半死，就是要从一处不止十层楼高的长崖上爬过去。最危险处腰杆部位的岩包还是凸出来的，要将两只手伸进上面岩缝，脚趾抠住下面光滑的岩石，像壁虎那样趴着移动，稍有不慎就会落得个粉身碎骨的下场。

我文气，父母连太高的茶树都不许我爬，可恶的二蛮子先爬过去后直喊我"斯文屁"，还在那边手舞足蹈的。爬悬崖时，我手脚都出汗了，就更加危险，差点儿就葬身崖下的大石堆里。但秧鸡却不需要爬悬崖，他直接甩着手从崖下走过去，笑着钻二蛮子的胯子，嘴里叽里咕噜的不服。"老子老子，捞你妈上案板三斤二两油，砍你妈的猪脚杆！"

秧鸡挨了一顿耳光，鼻青脸肿不说，二蛮子噼里啪啦就是一阵骂。"狗 x 的秧鸡儿，你公是烧火佬，你爹是扒老二，你妈是酒葫芦，是荡货！你全家都是烂人。"

我脸上流露出些许怜悯之色，二蛮子一句话就飞快地堵住了我的嘴：“一根牛尾巴只遮得住一个牛屁股，关别人屁事！”

从悬崖上下来，我脸吓成了菜青色，三天两夜打不起阳气。母亲不知内情着急害怕，就从鸡窝里掏出一枚鸡蛋，带着我去水井湾大伯家打整。

大伯本来在一块形如弯月的磨刀石上磨一把弯镰刀，停手在衣袖上揩了揩，去地坝边上烧了两张黄纸，又在香龛前焚了三炷香，口里念念有词，在那枚鸡蛋上对着空气画符，最后将那枚被赋予了神秘气息的鸡蛋丢进茶罐里煮。之后，我剥开熟鸡蛋壳，上面显出一座奇形怪状的高山——他于是说：“这孩子肯定是被什么吓着了！”

机密泄露时，秧鸡偷喝一口他公的熬茶，在一旁贱贱窃笑，为自己没去爬悬崖而无比得意。那时，我心里恨他都入了骨头。

水井湾大伯说：“不要紧，鸡蛋吃了就好了。”

在他家大火坑里，煨了一个粗制的土茶罐，呼哧呼哧地出大气，上面那个没顶子的盖儿，一上一下踢踢踏踏直跳。大伯用一块黑黢黢的小帕子裹住弯曲的把儿，将茶罐壶退出来，倒出一小碗熬茶递到我的手里。

“喝吧，还阳醒神呢。”

## 二

望着手里那碗酽熬茶，我眉头皱得像梯子田上层层摞起的田坎。那碗酽熬茶，黄乎乎的，荡不起一丝波纹，已经快熬成茶膏子了。

但这茶却来得极其有讲究。

水井湾大伯家有一棵母茶树，长在了自留地的正中央。起垄打沟都不方便，清早雾水或者下点毛毛雨，都会打湿衣裤，因此反复被家人砍斫。年长日久，树蔸有大碗粗，茶丫子却向四面恣肆汪洋。家里人都一心只想要挖断茶根。

“留着它吧，那棵树上长的茶叶有冲头劲。”水井湾大伯裹长长的黑头帕，缠长长的黑腰带，吸长长的罗汉竹烟杆，每天蹲在阶檐坎上看古书，几乎不怎么干活。唯独每年春茶发了，水井湾大嫂也就是秧鸡他娘才会轻声嘟哝一句：“爹，您还不去掐茶呀。”

“不忙不忙，还没成咧，须等它冲了薹了……”水井湾大伯不看儿媳，只顾蘸了口水翻看古书，掐茶的日子卡得比他的腰带还长。

等到茶薹长到有两个指节了，水井湾大伯破天荒起个大早，头帕和腰带都缠得紧紧实实的，斜挎一个大竹笆篓，将一根根茶枝压在身前，手指就像老牛的糙舌头，唰唰唰地撸了起来。

竹笆篓里粗壮的茶薹被倒进大竹簸箕里摊晾过后，水井湾大伯让水井湾大嫂在大灶锅下生起毛毛火。“火大了——快！取两块柴……火又小了，加一小块柴……锅这边，这边……”他弓着永远伸不直的老腰，手里的大锅铲起舞翻飞，一辈子也没见他这样正正经经干过活。

炒制过的茶叶蜷在几个簸箕里要接受几个太阳的暴晒，脱了水分后有硬硬的茶骨。每年这样的茶，水井湾大伯总共也就能得五六斤。捻进茶罐，冲上凉水在火坑里煨，喝过一罐，又续上第二罐，天长日久就成了黏黏的茶膏子，往碗里倒，能牵起长长的

茶丝。要是哪天断了茶，光是粗茶罐子煨上凉水，都能解去茶瘾。

水井湾大伯茶瘾大得很，年头到年尾，哪一天没喝上熬茶比死了还难受。喝过酽熬茶，他望一眼一把骨头渣子的秧鸡，话语有些深沉："只要火坑里熬茶还在出气，日子就断不了！"

那次的两口酽熬茶，亢奋得我两天两夜没睡成觉。秧鸡家的熬茶，算是见识到了，没想到后来我也好上了这一口。

喝了熬茶猜谜语，秧鸡根本不是我的挨家。"一根树儿高又高，周身背的杀猪刀"，秧鸡一出口，我脱口就说出"杉树"。"一根树儿矮又矮，浑身都是乌狗崽"，我又说是"茄子"。"两姊妹一样样高，旮旯角落捡柴烧"，我说"火钳"。唯独秧鸡说，"四川下来个怪，帽儿翻起戴，说话流口水，周身长百癞"，我想了老半天不得结果，他才一脸得意地指着火坑里喘着大气的粗茶罐子。

那茶罐已经看不出底色，起了一层黑麻的灰壳，癞疤癞壳的。也难怪，我们家确实没有这种古怪的茶罐儿。

水井湾大伯一辈子没什么劳力，家庭就格外过得难些。小队里的人见秧鸡他爹是个老实坨坨，就让他掌管小木盒子的印斗，做保管员。粮食堆放在各家堂屋里，为防夜里被人偷扒，就由他提着印斗打上漏石灰的印记。

但一天早上，有个眼尖的还是发现了不对劲。稻谷堆上的印斗石灰印有明显重叠的痕迹，和昨晚睡觉前显然不一样。跟着一路抛洒稻谷的脚印追踪，发现长岭湾一处兽夹子边留有血迹，现场还倾倒了一些稻谷。

事态严重，二蛮子他爸从大队部被叫了回来。他不露声色地审问秧鸡他爹，后来厉声喝道：“大热的天，你把长裤腿放下来干吗！”案子破后，秧鸡他爹的保管员身份被撸了，还一个月没给他家出粮食。他家只能东家西家借吃的，秧鸡他爹的头都是塞在裤裆里的。从此，我心里有点厌恶那家人。

秧鸡读书时脑壳里不转边，逢赶场天都可怜兮兮跑去请假，为的是到八字先生摊子前狗守牛脑壳。请假的理由又总是他公害病了、公过生、公死了……初二下学期他流眼抹噜又去请假。“你公都死过两回了，坟头撒花椒——你麻鬼哟。”老师坚决不给他批假，但这回，他公真的死了。

我也请假回去看水井湾大伯的道场。他白布帕子，青丝腰带，一辈子也没见穿这样整洁过。打绕棺穿花时，水井湾大嫂长声数着哭，看死的人都捂嘴暗笑。不过后来在那数哭声中，人们醒过味来——怎么有一种翻身农奴把歌唱的感觉？

奠酒的时候家里没酒，道士先生只好改嘴喊“奠茶”，退出灰坑里的茶罐，倒出半碗酽熬茶。

水井湾大伯上山后，家里一片狼藉，我看到那个粗茶罐子被人踢歪在灰坑里，残留的茶汁从里面流出来，污秽不堪，由此对熬茶竟滋生了一丝厌恶。

第二晚，二蛮子他爸戴着解放帽，横披着件涤纶衣服，来小队里开会了。开头还是和以往一样，男人吧嗒喇叭筒旱烟，烟雾里都看不清人脸；女人低头纳鞋底，仰头叽叽喳喳；没人听会。后来，队里年轻人首先意识到今晚会议的不同寻常，吵起来了。一个个撸手扎腿，脸红脖子粗，闹哄哄的，会开不下去了。

二蛮子他爹威严地咳嗽了几声，会场安静下来。“我今晚是代表大队——往后要叫村了。现在上面政策来了，田土只是暂时

分下去。如果不合理，明年再调整过来嘛。”

乡人实诚，眼皮子浅，后来才知道，从大包干到最终土地确权，哪里有可能再来调整？二蛮子他爹是动用了最后的余威，硬把工作按了下去。开会的结果就是，秧鸡家分到的田，除水井湾以外全是望天丘，只能看年成的雨水吃饭。那时，谁会相信，干塝田会有变成宝的一天呢？

果然，两年还没过到头，秧鸡他妈就跟别人跑了。其中的过程，二蛮子的娘仿佛是最大的权威。她望向水井湾的方向，刻意压低声音，兴奋地又比又画，嘴角白泡子直翻。

“赶场天和个补锅的在喝酒，那男人个子好大，荷包里头有一沓沓的票儿，两个人躲门后边都抱了，亲嘴了。啧啧——恁样，恁样的，嘻——我男人说，秧鸡他妈天生就是个荡货，上街和男人喝酒的女人家，哪来么子好东西哟。”

## 三

秧鸡家有三天没开门，三天瓦屋顶上没冒烟。

我拿到重点高中的录取通知书，母亲还在垂头叹气。“哎！造孽人家哟。水井湾大伯还给你画过鸡蛋，你萎索索好几天，还是全靠喝了他家几口酽熬茶——细娃家家的，好开口，你先过秧鸡家看一下去。”

秧鸡的母亲在娘家是幺女，小名叫嘎妹子，生得肥胖粗壮，耙田插秧打谷挑粪，一般男人也不是她的挨家。有一次拖稻草棚时，一个男的悄悄摸了一把她的大屁股，她硬是捡起块癞子岩追了十丘田坎。“你个断手杆断脚杆的，回屋摸你妈摸你妹去！今天你不跪起喊老娘姑婆，许你一家人都莫想下倒席。”后来直到那男的家里老母亲，流着眼泪出来告矮，嘎妹子才义愤难平地丢了那坨癞子岩。

之后凡是上街赶场买东西讲价，姑娘媳妇的都会喊上她。“嘎妹子，那件衣服我看两场了，今天陪我去搞赢起，让赶转转场的亏死老血。”哪家姑娘在婆家受欺负了，要上门去讨个说法，只要嘎妹子一拢边，气势上立刻就占了上风。

嘎妹子年龄渐渐大了，媒人都怕癞子岩，不敢上门去。我母亲说，水井湾那家人老实巴交的，就差个狠媳妇，娶进门看能不能起个鼓。还没顾上三回九转、肘子膀礼信的土家规矩，借钱扯了块花布，嘎妹子就咚咚咚地进门了。

一次婚姻肯定会让家庭重新洗牌，嘎妹子进屋后还是蹦跶了几番的。奈何男人三天不打两个屁，公公爹温温文文，腰里吊着家里米黄缸和箱子的钥匙，每天蹲在阶檐坎上看古书，被骂得急了，才文绉绉地说教几句。嘎妹子才读过三年小学，公公爹那副让人要死不活的架势，活像她曾痴迷崇拜过的一个老师，那些话又半懂不懂的，慢慢地嘎妹子就不在坝子边上骂朝天娘了。

后来秧鸡出生，一副养不活的样子，都说是“种”他的公，一把骨头渣渣。我母亲心里却有点小得意——好歹水井湾那边还是留了一房人呢。

秧鸡家三天没冒烟，我敲半天门他爹才扯开门闩。水井湾大哥竟当着我一个小孩子的面直抹眼泪——只见秧鸡躺睡在一条长板凳上，像被拉上河滩的鱼，一副要死不活的样子。

灰坑里倒还有一丝火石气，粗茶罐里的熬茶也气息奄奄的。

我母亲听我回家一说，更加忍不住叹气。“家里剩得有点现饭，你先给水井湾两爷子端过去，哎——”那时，莫名地，我竟想起了水井湾大伯以前说话那神情：火坑里熬茶还在出气，日子就断不了！

正在大家都感到很为难的时候，第四天上午牛还没放出圈，水井湾大嫂竟然穿了身新衣、提了副猪心肺回来了。人一进门，家里就有了活气。水井湾大哥卖力劈柴烧灶孔，秧鸡拖了口大盆去水井边洗下水，水井湾大嫂啵啵啵切酸菜的声音，像是在宣誓家庭的主权。水井湾那边迅速恢复了往日生机。

之后，细心的村民看到秧鸡家米黄缸和箱子的钥匙，显眼地挂在嘎妹子的裤绊子上，心里都有些愤愤不平。二蛮子他娘拉着过路的婆娘，更是嘴角直翻浪浪：“我赶场听人说，人家补锅匠家里早有婆娘呢，是被那家几个姑娘骂着赶出来的。”

水井湾大嫂和手艺男人跑出去几天，回来像变了个人，大声指使自己男人，把头塞进裤裆里出去借米借油。“那几丘干塝田，天干年月苞谷都冲不起天花，刨个洋芋还没洋芋母子大，不晓得哪里刨得出屙痢食哟！”

赶场的头一天，病恹恹的秧鸡负责添磨，水井湾大哥把大石磨子推得呼呼转，雪白的米浆就不断流进下面的木水桶里。第二天一早，秧鸡一家人整装出发了。水井湾大哥挑着木水桶，水井湾大嫂竹背篓里背上铁锅铁三脚铁勺子和土茶油，连秧鸡也畏畏缩缩一路吊在后面。

我发现水井湾大嫂赶场的竹背篓里，每场都没有缺少那个粗茶罐子。那个古怪的粗茶罐子，就这样出现在了小集镇卖油粑粑的摊子边。但可能也就是我，每回都留意它一眼。

闷声不响的男人茶瘾也大，负责低头烧火，热了就喝口熬茶；水井湾大嫂性子放得开，坐在油锅边，手脚麻利，既负责炸制，又负责揽客。

土茶油被煎得直冒烟，香气从场头直窜到场尾。随后，铁勺子舀上雪白的米浆，沥净，嗞的一声下锅，沉在油里，抖几抖，浮出油面直翻滚。慢慢变得金黄娇嫩后，水井湾大嫂将油粑粑撸起来，搁在锅边铁丝架子上，诱得赶场的乡人口水直流。

我寒暑假，经常在街上看到水井湾一家人卖油粑粑，只是秧鸡多半是守在瞎子的八字摊摊前。有好几次，水井湾大嫂隔着半条街喊我："乖兄弟，快过来吃个油粑粑哟——怕么子丑嘛，我又不会吃你！哈哈哈……"吓得我脸巴烧乎乎的，赶紧将头扭向别处，装作八辈子人都不认识她。

二蛮子就不同，一副大爷样，甩手甩脚走到油粑粑的锅边，丢下两角钱："喂！来两个油粑粑，选大个的，要炸得焦黄的。"昂着头，唰唰地啃，眼珠子滴溜溜搜寻长得乖的赶场妹子。

后来水井湾大嫂的油粑粑生意还是做不下去了。我母亲之前就曾忧心忡忡：哪个女般家（指土家女人们）像她那个样子，别人买油粑粑喊她喝酒就喝酒，卖两个油粑粑灌了半斤猫尿……哎，丑人哟，后来街边边上蹲下去就屙尿——丢死人了！你以后可千万莫学她。

几回过后，去她摊子上买油粑粑的乡人就慢慢少了。但最终做不下去，却还是因为那个二蛮子。

他什么角色啊？夜里敢赤手抓鼓肚子的癞蛤蟆，闷在溪水里剥了皮，趁身子还在跳就将癞蛤蟆的头砍下来，从大到小在石头上摆成整整齐齐的一排，吓得清早去提水的姑娘家，水瓢瓜都丢落不敢捡了。

有一次，他夹住了个凶狠无比的泥鳅猫，见人就张嘴露齿地嚎叫扑咬。二蛮子瞅准时机揪住它的一条后腿，甩开膀子砸向阶檐石，当即摔得那野物脑浆四溅。他将泥鳅猫挂在木楼梯上，剥皮，开肠破肚，淋漓的鲜血洒了一大摊子。我连走路都得绕出去老远。

没想到，水井湾大嫂一家的油粑粑生意，竟然惹上了二蛮子。

## 四

那天赶场，二蛮子又走近油粑粑锅边，哪料水井湾大嫂已经醉得有些头脑不清，伸手去拿熬茶罐子，竟然将半锅滚油打翻在了二蛮子的双脚背上。

二蛮子在床上又骂又哼躺了两个月，秧鸡家连做油粑粑的米和油的老本都没着落了，最后还在一张一年半年都还不清的欠条上按了手印。

二蛮子的娘依然不依不饶。“哼！这下让我家幺儿败了相，起根根打篼篼，都是害得你们这家子人，要是以后他找不着媳妇，你们全家都莫想脱倒爪爪。”还别说，还真应验了，后来二蛮子找媳妇就靠了秧鸡。

秧鸡一家三天两头去照料二蛮子，每回热脸都往冷屁股上贴，下贱话说了几大箩筐，听二蛮子娘的意思，一辈子都下不了席了。秧鸡当时可能喝酽熬茶上了精神，瘦猴儿屙硬屎——胀了回干节子：“负责就负责，有鼓眼的将军就有闭眼的罗汉，没听说有过不去的河！”他硬气了一回，怼得二蛮子一家半天没话回。

我本来替他一家子人暗急，没想到倒是第一次见识了秧鸡是个肚子里长了能耐的家伙。别看躲在麦土稻田里的秧鸡灰麻灰麻的，还没拳头大，人没走近就咯咯尖叫，被逮住了也会鼓圆小眼睛，用细脚尖嘴猛抓猛啄，一松手就逃脱了。看来叫他秧鸡，还真是没叫错。

眼看日子过不走，水井湾大嫂见我母亲喂母猪能找来坨坨钱，就赖着上门赊猪崽子了。“婶，没你做回媒人，就没有我们这家人呢。那时你说我进门了，日子就会看着看着起来的，这回只差没裤儿穿，没早饭米了。你就赊我个猪崽子嘛，将来母猪收了窝，还能不还你账吗？”

我母亲就轻笑骂她：“做个媒人还要包生儿子包享福啊！我抽你根烟喝你口酒没？看看你一天到晚都搞些么子事哟！”我母亲从不多训，水井湾大嫂也半句都不还嘴，之后两人就家长里短起来。

“别怪我没说在前头，喂母猪全靠自家的潲桶运，要母猪能还债才行。这窝猪崽子正好出窝，你自己任意选一头回去。我这回算是‘倒媒’了吧。”母亲一松口，水井湾大嫂躬身就拉开了猪圈门闩，赶开护崽的母猪，选了个最大、奶口长得最好的猪崽，一路在呃呃猪叫声中回家去了。

水井湾大嫂家养母猪是有优势的，两口子打一回猪草，堆在堂屋里像座小山，够喂好几天；劣势是缺少精饲料，只长架子不长膘。几个月后，母猪好不容易收窝了，却只给他们下一个独崽子。我母亲听说后，嘀嘀咕咕地摇头：“老班子都说，独猪二狗，不吉利呢！”

好在猪崽子还是卖了钱，两口子也有了喂养的经验。第二窝就乐坏了人，肉隆隆下了12个，拱奶时一猪圈哼哼唧唧直叫。两口子更勤了，甚至还借了些苞谷洋芋红苕下奶水，秧鸡也每天开猪圈门去看几回。围着猪圈转的日子，一家人脸上都开花开朵的。

一窝猪崽子快要出窝时却传来了坏消息——猪价垮了。水井湾大哥挑着两筐大猪笼子去猪行，一看，净是卖猪崽的，买猪模样的人却少之又少。

“大哥，过来看哈，这窝猪个个肥隆隆的，包你过年杀头大肥猪。”水井湾大嫂终于拉来个戴偏帽儿的农二哥，可人家背着手，最后嘟哝了一句：“不管钱，喂不起哟！”

一个崽子都没卖出去，喝干一整壶熬茶，傍晚水井湾大哥只好又全部挑回了家。秧鸡看到爹妈黑着脸，跑到猪圈里一数，叫了起来：“怎么还多了一个呢！”

水井湾大嫂急了，赶紧跑过去，后来竟一屁股坐在猪圈门边哭骂：“哪个背时砍脑壳的哟，趁我眨个眼睛，又往猪笼子里偷悄放了个猪崽子！这下朗门喂得起哟！我造了孽，倒了八辈子血霉哟——”

后来被农人谐谑称为“秧老板”的秧鸡，有一次和我聊起这一段，还连灌几大口酽熬茶，不住地摇头苦笑。“不怕你笑话，就是在那时节，我削两个竹筒刮了十二根竹签，用硬纸壳做了二十四张纸牌，借张白纸画上阴阳八卦图，朝家里拿上小桌子小椅子，往街上一摆，当起了帮人打卦算命的八字先生。”

我一直觉得秧鸡摆摊算命，是老天爷赏饭吃。他那副恹恹要死的样子，像根风里快要吹灭的火柴头，让人一见之下就怀疑他和冥界有深厚的关系往来。

他不仅从水井湾大伯那里传承了画鸡蛋的本事，还会画卡子水。当着别人的面，将竹筷剁成寸多长的尖头，丢进熬茶罐里，他郑重其事地画几通符，嘴里念念有词，然后让人咕咚咕咚几口连茶带尖竹头灌下去，喉咙管竟一点事儿都没有。

秧鸡的八字摊，刚开始时无人问津。一场赶下来，粗茶罐里的酽熬茶都喝得见底了，茶叶死死压在罐底，最后还是提着空罐子回去。

一个月都没人上门，有一回我从他那摊子前经过，看不过意，就丢了二十块钱给他。他不去看钱，只笑笑摇头："我这个是生意呢，又不是在街上讨钱，你拿回去吧。"当即臊得我脸都红到了后颈窝。

那回又逢场，秧鸡还是堆着脸肉皮喝酽熬茶，二蛮子竟然吞着冰棍，荡到了八字摊前。"死秧鸡儿，你个背万年时的，手里抓块豆腐都能霉成坨坨，你还出来给别人算命？"

"命里有时终须有，命里没有莫强求。时来铁变金，运去金变铁，命中还有命，半点不由人。想当年姜子牙……"

"吓，吓，莫在那儿一根头发遮住脸，装作认不到人，猪鼻孔插大葱，你装什么相！秧鸡儿你那锅底灶墨，我还不晓得？"

"要知来处，才问去处，二蛮子你今天摊前一站，求的是哪样嘛？"秧鸡狡黠地闪闪小眼睛。

"我求个屁！"二蛮子气恼在言语上并没有压过秧鸡，冰棍的冷气往下压，气鼓鼓的热气往上涌，嘭的一声，一个响屁破空而出。

"哈哈……求屁得屁，大吉大利！此命生来脾气暴，上来一阵双脚跳。一挂肠子八下扯，既顾南朝又北国，别人算命你上火，还想与人动干戈……”

二蛮子本来是真要动手的，结果就这么被秧鸡给堵住了。一旦当众动手，秧鸡不就推算准了吗？二蛮子一时真的气得双脚直跳。

“那你给我算算，老子今年财运得行不。算不准，你全家过年都莫想安生！”二蛮子面露凶气。

“那你到这边坐下，仔仔细细报个八字出来。”

就这样，二蛮子只好规规矩矩，像孙猴子高台打坐一般，恼恨地一一报上了生辰八字，成了秧鸡名义上的第一个主顾。

之所以说是名义上的，是因为他根本就没给过一分钱。

## 五

那年暑假，我拿着大学通知书，一路飘着脚步往家里去报喜，秧鸡从一旁凑上来，嘴里呵出一股臭气。“你妈早就让我给你算过几回了，肯定能考上。我还说是往北的方向上走，你看，你看，这不是应验吗？”一脸的得意，那样子好像比我还兴奋。

那时，秧鸡算命已经在乡里小有名气了，水井湾大嫂逢赶场都要打酒称肉，过路赶场的农人都凑在他家阶檐坎上，歇脚喝熬茶，吵吵嚷嚷打中伙（吃午饭）。

秧鸡书读不进去，并不等于是个没脑壳瓤子的家伙，相反他的聪明是藏在生活的苟且里。好多年后，我这个自以为聪明的人，才发现他看人世比我要通透得多。

秧鸡不算命当了真正的“秧老板”之后，有一次和他在一个偏僻人家坐夜，夜长难熬，喝过几大碗熬茶后，他袒露了一些之前算命打卦的要义。

秧鸡算命首先是那双滴溜溜的小眼睛毒，只要坐到他的摊子前，来人的职业、身份、家世，一样一样都像被填了表。做官的做生意的最信，那些农二哥一般是出了事才会来。秧鸡说，其实来人要算什么，都是清清楚楚的。其次是气场，来人火急火燎，他气定神闲地喝熬茶；顾客无所事事，他则东拉西扯，一口熬茶匀作三口喝。他用一副跳出三界外的释然神情，看着来人煎熬蹦跶，最后膜拜于他的股掌之中。然后是话术，慢慢牵着鼻子套你的话，此其一；说话留三分，模棱两可，此其二。比如“父在母先亡”，他一字一顿地往外吐，任何顾客就都会拍头惊呼“算得好准哟”。

秧鸡有一个超出别的算命先生的特技，每算一命，必用一个笔记本留下底子。有一次，一个鲁莽村夫测算生儿生女，事后提着棍子来砸摊子。“我还多丢给了你二十块钱，这几月什么好吃的都堆给堂客吃，专心指望能传宗接代，昨天生下来却是个赔钱货，你看今天这事该怎么办！”

秧鸡吞了口熬茶，并不着急。“凡事都有天数，我早就窥透天数，从不失算。来，你把你两口子的生辰八字再报一次，看看我到底有没有算错。”来人报生辰时，秧鸡从个布口袋里摸出个毛刺刺泛黄的笔记本，指着上面说，“来来，你看你看，上面写得清清楚楚——女孩。”莽村夫死无对证，哑口无言，而旁边看热闹的人却啧啧称赞起来。原来狡猾的秧鸡，事先把可能相反的结果暗暗写在笔记本上，就为摆脱今日失算的风险。

秧鸡要弄起像二蛮子那样的乡人，还能不要个团团转？

刚参加工作那几年，单位什么活都推给我们这些新手，一般都抽不开身。有一天，我母亲突然打电话来，告知二蛮子和秧鸡

都要结婚了。两个捡螺蛳都要隔几丘田坎的家伙，日子竟然都看在了同一天。

“要是单位走得脱，你能不能抽空回来一趟。都是屋上坎下的团转人，尤其是秧鸡，造孽一个病秧子，算命的摊子都被砸了，哎！成个家不容易哟。”

“怎么被砸了!?”我在城里工作，老家的信息断了不少，母亲的叹息也大出我的意料。

“二蛮子他爹，按秧鸡掐算的那个日子去提亲，亲没提成，大胯子骨却摔断了，躺在床上哎哟哎哟呻唤了半个月，二蛮子气不过……”

“真是的！那——两个家伙怎么会定同一个日子结婚?”

“还不是秧鸡给看的日子，哎!”

我心里有很多疑问，可在单位上班，电话里一时难以说清，于是告诉母亲会回家一趟。

到了日子，我和母亲先赶去了二蛮子家。吹吹打打，张灯结彩，又是拦门拜堂，又是坐席敬酒，二蛮子家三层砖房前的大水泥地坪，整整拖出去二十张大桌子。几辆缠花贴朵的结亲小车，格外牵人眼睛。

二蛮子西装皮鞋，还勒了条领带，咧开一张大嘴，领着个一身大红、娇小的新娘子一桌桌地敬酒。

低眉顺眼、五官精致的新媳妇欣莲，站在二蛮子旁边，就像一堆庞大的营养物滋养着一株娇艳妖冶的山花。

下午去秧鸡家，他站在土坝子边边上迎客，嘴里客气讨好的话，比他家酽熬茶还浓。

秧鸡家三柱二歪斜的木屋柱头上，都贴了红对联，那歪歪扭扭、粗细不一的字，肯定是他用批八字的笔涂画的。来喝喜酒的人也多，少数还是包帕子的老人。以前那些到他家喝熬茶、打中伙的，粗喉咙大嗓子地帮忙抬饭端菜，像自家在办事一样。坝子边上停了些老式大红柜子箱子，也有锅碗瓢盆绑成宝塔样的嫁妆。

他家安排的酒菜被二蛮子家甩出去一条街，只是每桌都放了一个装有熬茶的大洋瓷缸子。那浓酽的茶味儿，竟勾起了我当年第一次在他家喝熬茶的味道记忆。

“三茶六礼”时，秧鸡和新媳妇跪伏在堂屋正中央。我就有一种强制不住的想法，要是秧鸡嶙峋虾米的身材和新媳妇肥蛮矮小的个，能够互补一下该多好啊。

新媳妇大梅没言语，不喊人。秧鸡说：“嘿嘿，从老山界上下来的。我算过了，她命不好，是三两九钱的命。此命终身运不通，劳劳作事尽皆空；苦心竭力成家计，到得那时癫梦中。”

“这样说你媳妇，你——”我有点吃惊地侧头去看大梅，只见她几个手指捏来捏去的，只顾盯住我呵呵傻笑。

“哎，你和二蛮子平时棒槌对针尖的，结个婚，倒还定下同一个日子。”我都有些看不过去，故意把话题岔开。

秧鸡小心翼翼地向四周看了看，低声说：“晓得不，别看二蛮子靠他老头子风生水起的，他那傻媳妇还是我帮他娶到手的！我是做了个恶事哟。”之后秧鸡像熬茶喝过头的脸色，更暗淡了下去，“作孽哟！作孽哟！我昧良心行事，怕是要遭天谴的。”

秧鸡这个家伙，伤天害理的事情这辈子怕是没少做。

## 六

那次秧鸡算命时辰不准，他自己说老月母子被儿卡死了，把

二蛮子他爸爸算到折腿倒在床上。二蛮子拖把畲刀冲到了秧鸡算命摊子前。

“我们两家有仇吗？扯我的篱笆又打我的狗！以前你家一锅滚油倒在我脚上，让我败相；现在又让我爸瘫到床上，非得把事情做得这么绝，让我家爬都爬不起来才作数？”

算命摊子前，迅速就有一些人围过来。

“烫了你的脚，我们不是——出了药费，还——包了你家一年的散活路吗？”秧鸡熬茶送到嘴边，吹了几次，最终连半口都没敢咽下去。

“那行！我来煎一锅油，也倒在你脚上试试！这回的事，我看你一家怎么下席！”二蛮子的畲刀往算命摊上拍得轰轰直响，那红眼鼓嘴的架势，恐怕连玉皇大帝的凌霄殿都要被掀翻。

“你爸是干部，是懂道理的。药费……我出。”

“干部就不是人啊！只出药费，干挨痛啊？你来试试！”

街上看热闹的人越聚越多，秧鸡见抵赖不过，只好大包大揽，灌下去一口酽熬茶。“你找媳妇那事，我也包，总行了吧？哎——等事情一过，我这算命摊子，就任凭你掀。”

原来二蛮子看上的山妹子欣莲，家境贫寒。她老子虽说是个食古不化的老古董，但也早听闻了些二蛮子的恶名。见二蛮子他爸上门来提亲，熬茶也不倒一口，就撵出了家门。

二蛮子他爸一直在村里、乡里当干部，几时受过这种气？深一脚浅一脚，回家路上就摔折了腿。

对秧鸡，你杀他没几口血，吃他没几两肉的，要是他能挽回这段姻缘，就算被骂十回祖宗十八代，二蛮子脸上都会笑起肉堆堆。秧鸡这算是掐准了二蛮子的命门。

之后秧鸡就下乡赶转转场算了回命。来到欣莲家，围着屋子连转三圈，头摇得像陀螺，嘴里还叹出口大气。

欣莲她爹见状，脸色铁青，赶紧装烟倒茶迎进门。“你家是不是五年前有老人过世？三年前你家立房子时是不是有人从梁上摔了下来？去年你老两口是不是害了三场大病？每晚屋边老林子里是不是都有怪样的叫声？”秧鸡一边喝熬茶，一边慢条斯理地打问，甚至看都没看主人不住点头、越来越阴沉的脸。

“有请先生，你说的完全都应验了。我屋这是犯了什么煞吗？”

望了一眼诚惶诚恐的主人，秧鸡叹了口气。“你家姑娘八字实在太大了。生就香骨又若何？几番辛苦苦日多；命中难养男和女，夫家心狠命坎坷。”

“那——可有解招？求先生指点，辛苦费我们一分也不得少。”

“哎——女大不中留啊！匹配上个干部家庭，儿娃子要属火属兔八字大点的，脾气硬点，即使错付一生还不至于祸害娘家人。”说完，秧鸡算命钱也不收，径自背着手一摇一晃走了。

秧鸡回来让二蛮子再请媒人上门，轻轻松松就将欣莲娶进了家门。

“这是我这辈子最后一次算命，是要折寿的。”听了秧鸡黑着脸讲完前因后果，我也相信他昧良心做事，一定会遭天谴。但没想到，没过多久报应就真的来了。

我母亲在电话里头说，本来秧鸡那堂客别看癫头苕脑的，只晓得闷头干活，不会用钱，有时她发起狠来还将你水井湾大嫂吼上坡去帮手呢！后来她触到了二蛮子打猎忘记收法的草坛（打猎

前做了法忘了收法），人就变得疯疯癫癫的了。一个人也嘻嘻嘻嘻地笑，半夜里也上坡干活，只有喝了熬茶才会清醒一时半会儿。

秧鸡打那回事后，收了算命摊摊，再也不肯收钱算命打卦了。他身体从小就不好，知道自己寿缘不长，每天只顾打牌和东游西逛；大梅后来还为他生了个儿子，每天都夹在她手弯弯里，不肯交给旁的人，三四岁了还在喂奶，看得旁边人都急死了。

中间有几年，我也忙着成家立业，连秧鸡父母过世都没到场坐夜。听说两个老人都是草草上山的，脑子里想象那些情景，心里难免一阵难过。好在后来听说秧鸡去找了民政，将大梅捆送到优抚医院治疗了一回，大梅回家后闷头闷脑不说话，脑子反应钝，生活自理倒是没有大碍了。

没想到单位领受驻村扶贫任务时，秧鸡的名字竟然在我的表册里。

这么多年后，秧鸡家的变化是虫蛀的木板壁换成了砖砌，横横竖竖的线条像无数堆码起来的日子；再就是大梅生的二儿子，这时也满两岁了。

了解贫困信息时，秧鸡说，那两年他做牛生意，靠牵绳打纤买了些砖。所谓打纤，就是出门一双空手，这家牯牛要换飘沙母牛窜牛崽子。他牵了牯牛出门，中间牯牛换沙牛，沙牛换母子，母子又换俩牯牛……几番倒腾，几经易手，最后换得各家满意后，进门时秧鸡手里还剩了一头属于自己的牛。

我查看他们家的生活状况。灰坑里的粗茶罐冒着一丝热气，锅里有一些干干稀稀的油茶汤。我又看了一眼当年盯着我傻看，如今不说话、低头不看人的大梅，叹了口气，对一副要死不活模样的秧鸡说："这些都不是长久的，还是得专心做点事情才行。"

秧鸡嘿嘿笑："春茶出来，我开电动三轮麻木（麻木车），收茶呢！还是我的公、你水井湾大伯帮着拿的主意。"

他公不是多年前就死了吗？

原来秧鸡闲逛打牌的日子，家里连吃饭都成了问题。有那么一晚，他多喝了一小碗酽熬茶，床上像撒了钉子，怎么都睡不着，迷糊中水井湾大伯也就是他公，温温文文地训斥他："不孝孙娃哟，你揭开我那茶罐看看嘛，连几片茶叶子都养不起了，日子还怎么熬哦！你就不晓得到茶路上去打点主意？"

秧鸡醒来顿时如醍醐灌顶，再看脚边大儿子红彤彤的脸，第二天就骑上麻木车到公路沿线收茶去了。他人缘本来就不差，看他一副烂兮兮的样子，背笆篓的茶农很少和他多讲价，采茶那几个月，秧鸡买了茶再倒手进茶厂里，倒也能赚下些糊口的费用。

也就是从这时起，那些不知道他大名的淳朴茶农，听别人"秧鸡秧鸡"地叫，还以为他姓"秧"，为表达一层尊重的意思，就发明出了"秧老板"的称谓。

"你知道吗？我家大娃子在学校里读书行着呢，经常拿满分，不比你当年差哟！我经常就拿你当年读书的事来说教他，做人要做人上人……"

看秧鸡那一脸骄傲陶醉的神情，我十分诧异：就他和大梅那样，能养出飞龙在天的孩子？应该只是他不懂得学校现在的分值吧？还以为他读书时考个 60 分就不得了了？

不过，当我望见堂屋中间密密麻麻的奖状，嘴角边终于泛起了一丝进屋以来的笑意。我掏出两百块钱，让他给孩子好好读书，心里还担心又像那次算命摊前给钱一样，会遭到拒绝，但他嘿嘿笑，一把就接过去了："他坎上大公给钱，依不得，依不得，要接起！要接起！"

## 七

秧鸡真正成为"秧老板"，是因为培植白茶。

精准扶贫的浩大声势，非同之前的驻村扶贫。乡里借机做大茶产业，准备从外面基地调一批白茶苗来，免费发放给农户。我们扶贫干部像打仗一样开院子会、下到田间地头发动，可效果并不如人意。因为之前引进兔种、蓖麻、生漆、白芷、猕猴桃……有太多失败的先例了，老百姓闻之色变。就连二蛮子这样的爱占点便宜的家庭，听说了这样的"好事"，也都躲着不肯见面。

就在狗越混越熟，人越见越生的时候，我走进了秧鸡家里。这个家伙或许是对我信任，也或许是窥透了天机，有天生的敏感和洞察力。他端起突突冒气的茶罐子，倒给我一碗熬茶，听我说了一番这次栽种白茶的优势，爽快地就点了头。

"好啊，好啊，坎上大叔你晓得，我家那几亩田，本来都是干塝田，种么子都没得收成，白送人都没人种，正适合种点白茶。要是真的效果好，我就把水井湾的水也都抠干起。"这时秧鸡享受国家优惠政策，已经免费到州城治疗了肺结核，长期吃着免费发放的利福平，脸上明显有了血色，此刻笼罩着一层红晕。

没过两天，几大车白茶茶苗一到，秧鸡就突突开着电麻木，兴冲冲来领了，那架势比娶老婆还兴奋。我说："这么多茶苗，必须及时移栽，不按时移栽成活率怕是个问题哟。"他笑。"我屋熬茶从来没断过，帮忙的人多。称两副猪下水，打几斤酒回去就行了。再说，我那背时堂客，一天只晓得闷起脑壳搞活路，半天不搞活路就要发癫病，嘿嘿……”

过一天，我不放心，到他家干田里去查看。帮忙的人还真多，都是以前赶场天在他家喝熬茶、打中伙的农人。他疯癫过的老婆，就像一台只需喂两碗饭的干活机器，连头都没抬起来过。

又过了还不到两年，我在省城出差，接到母亲电话。“秧鸡那疯癫堂客头天还在茶田里除草，第二天早上就没起来床，死了。一家人都把个茶苗当宝，不分晴天雨天都钻在茶行行里头，苦哟！她没享过一天的福……”

我心里咯噔了一下，脑子里浮现的就是她蹲作一团，在田里栽白茶苗的情形。虽说白茶价格会高出普通绿茶几十倍不止，也高出黄茶好多倍，但种植的前两年是根本没有收入的，她疯疯癫癫一辈子，大概真的没享到什么福，哎！

在秋季上学之前，秧鸡唯一一回进城找来了我家。他和高他一头的大娃儿，七弯八问，傍晚时把我家的铁门锤得嘭嘭嘭地响。我妻子并不熟识他爷俩，也没想到是我老家来的人，隔着猫眼不耐烦。

“开开门吵，我是秧鸡，找坎上大叔——”我一听这声音，赶紧就从沙发上跳了起来。

“坎上大叔，没得么子拿的——”进门，秧鸡将一块不知从哪里弄来的老腊肉靠在了门边，霉毛冲冲的，都不知放了几个年头了。我没去接，妻子也没接。

一问，爷俩还没吃晚饭，妻子赶紧钻进厨房去做吃的。秧鸡说：“大娃儿录取通知书到了，是重点大学，上学要请你帮忙贷个款哟。”

我接过通知书，是农学系，心里高兴，茶呀水果呀烟的，直往前递。大娃儿壮实，虽然穿得很朴素，但是没显出乡下娃儿的卑怯，和我没一点儿生疏感，任何话题都能侃侃成河，比他老子强多了。谁相信这是当年被他疯癫的娘，成天夹在手弯弯里的孩子？

教育局有我的老同学，电话一问，这情况完全符合助学贷款的政策。我又联系希望工程，恰好香港有个富商正想结对帮扶，改天只要寄几张照片，填个表，就愿意每学期3000块，一直扶持到大学毕业。

大娃儿喝了点酒，聊到他娘，眼里泪花点点，有些哽咽。“我爹他身体不好，听了您的话起了雄心壮志种白茶，后来又扩大了种植面积，其实都是靠她起早摸黑呢。她一辈子都只晓得干活，那天天黑喝下一口熬茶，第二天一早就吞下了最后一口气。那副棺材实在太小了，都盛不下，几套衣服还是最廉价的……”

妻子坐在我旁边悄悄抹眼泪。“哎，女人一辈子都是劳碌命哟！腊肉你们两爷子明天拿回去，给幺儿子多加点营养，孩子得有出息啊。”

没想到，酒饭过后，两爷子熬茶没喝到嘴，竟然担心会睡不着觉。我妻子被逗得偷偷躲被子里笑了小半夜，既好笑他们，也笑话我。

因为我们单位驻村实行轮换制度，等我再次下乡精准扶贫时，表册里秧鸡家最后一格里已经加上了两个字——“摘帽”。秧鸡已经是真真实实的“秧老板”了。

茶叶“秧老板”的形象在我以前是根本不敢想象的。

秧鸡早年患过肺结核，现在虽然基本痊愈，但气度非凡肯定挨不上边儿；他并没有读过多少书——当然他公留下来的一堆古书不算数——所以儒雅睿智，肯定相距几大丘田坎，但是他清早起来，只几个电话一打，一帮子农人戴了草帽，背了竹背篓，挎上竹笆篓，就会风急火燎地钻进他家的白茶田里。

“水井湾今天要接上蔸口（干活的位置）掐哟!”“杨家老坎要留点茶薹哟!”“土地丘那块要掐整齐点!”……电话里没有一个人敢嫌秧鸡烦。

快中饭时，秧鸡回笼觉睡好了，才不紧不慢地套上有模有样的西服，开着他那国产农用车，呜呜呜地来到白茶田边。那群清早进田的采茶工，早就堆在那等着了。秧鸡吩咐人从车上拖下一台大磅秤，衣角起风，稳稳立在秤边：“欣莲，你过来帮忙计数，我在这边看着秤。”那些采茶工赶紧就把竹背篓、竹笆篓、编织袋往秤上面丢放。

二蛮子的堂客欣莲做事仔细，即使一两半钱的账，也既不欺采茶工，也不负“秧老板”，俨然已成采茶田边的小负责人。二蛮子心里一直不服气秧鸡，每天罩着头在家睡觉，绝不去秧鸡家白茶田掐茶，对欣莲也是一早一晚横鼻子竖眼的。

采的白茶按斤头对半分成，采茶工一个上午荷包里能揣进一两百块，“秧老板”“秧老板”地叫得清蜜子甜；而秧鸡将农用车往乡里茶厂一送，半天都有几千块钱的入账。

白茶有了产出，秧鸡每次看到我，都会停车装烟。他摸了又摸，翻出两包烟，从五十一包的烟盒里抽出一支装给我，那十五块一包的牌子大概是用来装给茶农。在他家喝的熬茶，是在地坝边上架起铁三角熬的，因为他家砖木结构的老房子已经推了，请了一班子泥瓦工正在闹哄哄地重建。

看秧鸡那副小人得志的嘚瑟样，我不由有点担心起来——就他这点出息，早早晚晚一定还会出什么状况的。他那命运，属于先天性营养缺陷那种，或许承受不住生活如此巨大的张力。

## 八

秧鸡家的三层小洋楼在旧屋址上拔地而起，比蜜还甜的小日子，都写在赶场过路的乡人妒忌的眼睛里。有房有车有票子，儿子还争气，这是无数乡民的梦想。

秧鸡很享受乡民嫉妒的眼神和直露的讨好，冷清下来就不舒服。曾经老木房里吵吵闹闹，勺碰锅响，鸡飞狗叫的，如今亮晃晃的小洋楼就剩他和小儿子清清冷冷地住着。楼上楼下房间很多，家具也多，但连灰尘都懒得去打扫。两爷子各玩各的手机，好多时候连电视也不开，打个屁都响几间屋。

有一次我顺道进屋喝碗熬茶，家里早已没了火坑，秧鸡将那只存留下来的粗茶罐，放到洁净的液化气灶上烹煮。茶水一开，茶汁四下滚涌。喝一口下去，大致还是那个味儿。但秧鸡直摇头："哪来以前火坑里一天到晚煨出来的茶好哟。熬茶熬茶，是熬出来的！我公那时熬出来的茶，有不同季节雨水的香气，有万年泥土的涩味，那种茶才叫上头哟！"

茶园栽种面积扩大后，白茶开采的几个月，秧鸡的茶田里需要大量的劳力。茶厂一天、半天的收购价都不同，时间就是一张张花噜噜的票子。但一年中耕三次、除草四次时并不需要那么多的人，人手要得不是那么紧。秧鸡一副站在田坎边上风都要刮走的样子，索性放手，把绝大部分茶田管理的工序都交给了欣莲。

欣莲有农村妇女少有的妖娆身材，只要带起一阵凉风出现在茶园边，女茶工们就都跑过去拉起她的花衣服看，问她的头发是在哪里做的，问她那种香香到哪里买得到。太阳晒得皮肤辣痛了，几个男茶工就开始起哄：“欣莲，都晒脱几层皮了，你悄悄打个电话，叫秧老板开车送壶熬茶来吵！”

“嘻嘻，打电话叫你那骚堂客去吵，反正秧老板一个人歪在屋头的，叫他两个慢慢熬，熬酽点再送到蕻口上来。”欣莲才不怕，一阵哄笑，臊得那男茶工把手里的薅锄刮得哗哗直响。

不过，欣莲后来还是真的打电话叫秧老板送熬茶，而秧鸡也真的就听话地将熬茶送到了蕻口上。秧鸡背着手到茶垄里看，指着垄沟里说：“欣莲啊，这次中耕和上一次不一样呢，只挖两寸深，要把春茶采摘前堆积在茶树行的杂草翻入土中，既保水分，又增肥力。”欣莲走过去，认真地点头“嗯”。秧鸡走后，茶工们都学秧鸡那副死样子笑，而欣莲没有。她佩服秧鸡爱看个书，干什么都能戳到点子上。

欣莲代管茶园本来得心应手，唯一被捆住了手脚就因家里的二蛮子。

二蛮子壮得像头大象，走路像狮王，脾气更像草原平头哥。以前二蛮子他妈骂起人来连野草都要枯死几回，他爸每天吊着一副别人欠钱不还的丧脸，小两口还只能在螺蛳壳壳里绕圈较量，后来俩老人都走了，家里进进出出、人情上下都由欣莲管着，二蛮子没了牛鼻圈，喝酒了就红脸鼓眼发横：“那秧鸡儿是个什么狗东西！他公是烧火佬，他爹是扒老二，他妈是荡货！以前穷得叮叮当当没裤儿穿，给老子舔鞋底板都不够格！”

欣莲不爱听这些话，就杠起来。“一天就晓得翻那些老皇历，人家秧老板，靠山山倒，靠水水跑，爹妈除了一身烂账，啥都没

留。当年田土那些还是你爸他们挑剩的……”两口子于是越闹越凶。因为二蛮子还有痛指拇（有伤的手指）捏在欣莲手里，最后他才缴械举旗。

我们精准扶贫尖刀班后来接到欣莲抽抽搭搭的电话，前去调解了一回家庭纠纷。

“一天喝猫尿了就只晓得发脾气，还打巴掌。我是哪辈子作了孽哟！我哪点对不起这个家……”欣莲脸上还留有手指的青痕，嘤嘤抽泣，却没忘记我们进门后倒熬茶。她家的熬茶却淡得多。

“我喝酒总比有人偷人强！一天不落屋，怕是外头么子腌臜事情都做出来了！”二蛮子酒后发横没得一句好听的话，两头一样粗。

“我偷人？你床上抓到了？我不出门干活，你喝西北风啊！”欣莲当人当众被自己男人冤枉，不管不顾豁出了脸，“自己没本事，每天都想干那些龌龊事，只晓得编排花样乱折磨人。有本事你就当一回真男人，我天天跪起烧高香！嗯——嗡——嗡——”

难怪这两口子这么多年没生出一儿半女，里边是有不为人知的隐情呢。

我只好蔼声劝二蛮子：“你家庭条件还算是好的，媳妇又能干漂亮，有什么不知足的？身体有毛病嘛要少喝点酒，现在医院条件那么好，能治好的。”

这回调解过后，家庭的伤疤被彻底撕扯开，就再也合不上了，之后隔三岔五，我们扶贫尖刀班都会上门去调解一次。好的是，后来二蛮子被他隔房幺姑爷喊出去喝酒，趁着酒兴劝动了他。

“做个大男人，一天把个媳妇守得梆梆紧的，到头来只怕还是狗守牛脑壳，有么子出息！跟我出门去，我工地上差个放得心的人，包你吃香喝辣的。城里的婆二客，夜里马路上都起浪浪……”第二天一早二蛮子捡了几套衣服，招呼都没给欣莲打，就上车出门打工了。

之后有一次我去秧鸡家喝熬茶，故意正正经经地问他：“死秧鸡，都是一堆一坨长大的，你给我掏句对得起死去水井湾大伯的话，到底有没有做过对不起二蛮子的事情？”

秧鸡神色黯然，显出一副窦娥走上刑场的神情。“你看我黄土都埋大半截了，哪能哪敢呀！当年我骗她嫁给二蛮子，昧良心害过她一回，我良心蒂蒂还没烂透吵！”

看他抽烟都叭叭叭不大抽得出烟子的情形，再看那副烂风车架架只差要垮的身子骨，我当时反正是相信了。

## 九

村里路加宽硬化了，水、电、网络也都通了，几个辣椒、油茶、中药材的种植加工厂以及成规模上品牌的茶厂都建起来了。局长打电话给我说，那边精准扶贫暂时能松手了，单位你负责的那块工作，如今有几个大事情催得紧，你把接力棒交一下，赶快回来。

临走前，我的熬茶瘾又犯了。秧鸡说：“煨起的，煨起的。嘿嘿，我上百亩的茶园，还怕你来喝几口茶啊！”

秧鸡的堂屋里，竟然专门新安了个无烟的土炉子煨茶。土炉子干干净净的，配了四个考究的茶杯。

打一进门，我就察觉到他家有明显不同于往日的味道。两爷子一身干干净净的，屋里收拾得规规整整，一尘不染。再看地坝边上，放了几盆妖妖艳艳的花，晒了几绳子的床单衣物，旁边一条女人的花围腰，格外显眼。

“欣莲?”我眼睛盯住秧鸡。他家幺娃子正趴在一张桌子上，认认真真做作业，似乎对大人的话题毫无兴趣。

“嗯!”茶气氤氲中，秧鸡重重地点头，慢慢像是醉茶上头了。

“坎上大叔，你是不晓得，欣莲对幺娃子有多心疼，是那种天生的母性，看得我心子都化了。那回幺娃子不小心手摔出血了，她流着泪，用嘴衔住伤口去吸；幺娃子爱吃什么，她赶场天满大街去找；幺娃子在学校受了点委屈，她去学校找老师，上门一家一家找家长；她不准幺娃子老吃泡面，她还不准他一天都玩手机……

“家里有个女人就有了饭香，床单上也有了太阳的味道，才像过日子哟。欣莲掺出来的油茶汤，有豆腐果，有糍粑颗，有米粉段，有酥肉、炒米、花生、黄豆……我和幺娃子都喝上瘾了，只要一天没喝上，从早到晚都是萎索索的。

“茶园好多事她都替着我。掐茶到处抢劳力的时节，别的茶老板急得双脚跳，瞌睡都睡不着。她几个电话一打，别人家男的来不了，堂客也要来；年轻的来不了，老的要来一个，从来我都没为难过。现在茶那一套，她都拿得下来。我刚从书上看个无公害种植绿肥的技术，买了些种子回来，只说过一次，没过多久茶园里就青乎乎一片了。”

…………

我只顾听，不作声，有时摇头。秧鸡木着一张长年浸透熬茶的脸，喃喃自语："生就的命啊，是我要害她一辈子啊。我命运蹇事难谋，渐有财源如水流；到得中年衣食旺，终如黄叶飘深秋。"

说到后来，秧鸡竟然低声哽咽。我让他擦泪，一旁委婉作劝："现在日子好过，都这把年纪的人了，顾头不顾尾，刹不住车不行！看你这副身体，瓤子都掏空了……"

第二年端午，母亲电话问我回家过端午。"我看秧鸡家怕是要出事哟！"我心头一惊，就劝母亲不要捕风捉影瞎猜。

"你是不知道，我看秧鸡那个家是欣莲在当呢！今年刚买了些机器回来，要开茶厂了。秧鸡都大半截埋土的人，才没那么大的闲心。不是我个人在说，村里屋上坎下，长眼睛的哪个看不到啊！"

我想给秧鸡打电话，可又不知道怎么劝他。果然，翻年春上，秧鸡茶厂收茶的资金链就断了。一个茶厂运转起来可不是他算命、种茶那么简单。

"坎上大叔，你找下关系帮我贷款吵。只要茶叶款一回笼，我保证还款没问题。你带他们到我厂里来看看，熬茶帮你煨起，生活那些我都朝好的安排。"听得出秧鸡电话里的语气，十分着急。

疫情开始肆虐，怎么去帮他贷款？再说，茶叶的销售也将面临严峻的困难，这我也是清楚的。我只能心里替他着急，却根本无法可想。

好在秧鸡才开的厂子不是很大，自家又有茶园，更让我想不到的是，秧鸡那个家伙，竟然还给茶农打白条，而那些茶农并无多少怨言。

我母亲在电话里头说："厂子倒是没垮，就是一急一累，秧鸡那身体吃不消，前后都住三回院了，有一次都直接转到了县里。只怕有命找钱没命花哟！"

我说："娘你别乱说话。破罐罐经得住敲嘛，这么多年秧鸡要死要死的，不还是活得滋滋润润的？"

母亲在电话那头就直叹气。

春节我提前休假回家过年，没想到村里爆出嚼舌头的新闻竟然是二蛮子。

二蛮子那家伙跟他幺姑爷出门打工，几年里不寄钱不打电话不回家，这时候竟然带个白胖敦实的女人进了家门，手里牵的小儿子，都满三岁了。

村里人对于在外打工有女人、组建临时家庭甚至生孩子都不会感到特别奇怪。农村人出门去打工，有的是想立业，有的是想寻缘，有的是想养家，而有的是为躲情躲债。让他们惊掉下巴的是，二蛮子和欣莲在一起那么多年，一直连个蛋壳都没掉下来，二蛮子怎么就牵个儿子回家了？那时两口子吵架打架，不是说二蛮子小时候被什么吓着一回，从此光打雷不下雨吗？

再就是，如今一个门里塞进了两个女人，这个年还怎么过哟！

## 十

后来经村里闲人反复研讨考证，终于得出了定论——那个外地女人手里牵着的崽娃子，肯定就是二蛮子的种！那仰天鼻，那厚嘴唇，那宽隆的肩背，都是二蛮子脱下来的壳壳。

至于以前和欣莲多年没见响动，那一定是天打雷不下雨，土地里头也没水分滋养。于是村里人都去二蛮子家道贺——老木疙篼长新蔓蔓，福分好哟。二蛮子打哈哈比雷还响。

而欣莲打二蛮子三口儿进门，就既没哭也没闹，没说一句话，眼睛红红地捡拾起自己的衣服用品，径直去街上租了间小屋子，转眼就从寨子上没了踪影。

小年那天，我去秧鸡家，喝了平生最为寡味索然的一顿熬茶。秧鸡有气无力地躺在床上，眼珠子里空荡荡的。“熬茶还是热的，杯子你自己洗一下。那棵我公那时留下来的茶树，今年没发什么新芽，茶叶都在火炉边上，你自己加点慢慢煨……这个年，怕是难过清净啰。”

但猪儿还是杀得呃呃叫，豆腐还是推得吱嘎闹，粑粑还是打得轰轰响，还是喝酒打牌耍闲钱，只是人们似乎都在等着年前发生什么事情。

果然，除夕头一天，二蛮子喝多了酒，双眼赤红，仰天鼻呼哧呼哧喷着股酒气，闯进了秧鸡家里。

秧鸡家熬茶的火炉最先被一脚踢翻，他被二蛮子从床上拽了下来，啪啪打了两耳光，口鼻里都是血。“你狗的是个什么东西！你公是烧火佬，你爹是扒老二，你妈是荡货！你以前穷得叮叮当当没裤儿穿，给老子舔鞋底板都不够格！一根头发遮住脸，你动我的女人，不知道马王爷长几只眼啊！”

秧鸡揩了揩口鼻边的血，瞪圆小眼睛，伸长细脖子反而朝二蛮子跟前凑：“来！有本事你打死我啊！”这显然更加火上浇油。

屋上坎下的村人瞬间就从哪儿冒了出来，但都不敢靠近二蛮子，有的扯祸边，有的啧啧连声。

我拱进人堆，大喊一声，扯住了二蛮子像擂钵粗的拳头。“二蛮子，你喝酒了莫乱来！打人是要承担后果的，你今天有好多羊子赶不上山吗？再说，你现在都有小娃儿了，是想到里面过年吗？”其实二蛮子从来都有点虚我，看我那样子，气势上就萎了下去。

“这事反正不能就这么过去了！搞不好，这年大家都别过了。都欺人上脸了，仗着荷包里有几个臭钱，就爹是皇帝妈是官了？”二蛮子犟性上来了，几盆冷水也难泼灭。

“不像有的人爹当过官，我的钱就是臭钱，还有一条烂命！今天二蛮子你能把我怎样？”秧鸡这家伙血糊刺啦的，言语上却并不饶手。

“秧鸡你先把臭嘴闭上！二蛮子你赶紧回家醒醒酒去，等明天酒醒了，我们当面锣对面鼓地解决好不好？我保证既不伤边边，也不伤沿沿，几辈子人都搬不开移不走的，有么子解决不好的？”秧鸡见我开了口，立刻识趣地闭了嘴。二蛮子也听出了我的话绵里藏针，慢慢熄了火，一路大声骂着秧鸡的几辈子人，往家里去了。

那些看笑话的顿时觉得像没了逗哏的，失了趣味，稀稀拉拉都散了。

大年三十秧鸡主动上二蛮子家，赌咒发誓一根指头也没碰过欣莲，还硬气地说：“至于今后的事情，得由欣莲自己做决定！”说完狠狠地扔下用报纸包着的四万块钱，“这是欣莲打脱离的钱。”二蛮子盯着那四万块钱，眼里仿佛有光冒出，但仍然愤愤不平：“狗的秧鸡儿，我反正就不离婚，从老子嘴里吐出来的东西，你也休想吃到嘴里去！”

好像欣莲也没过好那个年，因为她租住在街上，具体的情况我就不得而知了。

第二年刚刚做出春茶来，我很意外地接了个秧鸡的电话。“坎上大叔，晚上到我屋茶店里来喝熬茶吵！”此时茶刚刚做出来，这个家伙莫不是要我帮忙销茶？这可不是我的强项。

“我最近单位的事情，忙得四只脚不得落地，哪有时间回来陪你喝茶哟！”明知难为，干脆事先拒绝，这是我一贯的做事风格。

“不是在老家呢，是新城这边的苗露茶城。你那大侄孙还有欣莲，专门叫我给你打个电话。你下班了就过来吵，我先把你水井湾大伯那棵老茶树掐下来的茶，帮你煨倒起。”

秧鸡几时在城里开茶店了？他和欣莲是不是已不再明铺暗盖？喝茶喝茶，就秧鸡知道几十年来我就好着这一口。

新城有一条堂皇的茶街，据说还是政府为了产业发展垫付的租金。秧鸡家的苗露茶城很好找，位置显眼，装得也最堂皇。大门既古色古香，又充满了现代气息。秧鸡站在柔和的霓虹灯招牌下，咧开的嘴扯得老宽老宽，见到我，还努力想拉直虾米状的身子。

进入茶店，正中央精心摆放了两套红木大茶桌，上面高山流水自然景观的茶具都是紫砂的，稳重古朴又不失尊贵高雅的气息。四面木柜上各色精美包装的茶叶，摆放得清新爽目而绝无累赘感。尤其是，两个穿着苗家服饰的漂亮女孩子，打客人一进门就款款有型地穿梭忙碌着。

这么高档而雅致的格调，会是秧鸡这家伙开的茶店？他几时有了这样的品位？我一时惊愕不已，即使以前也经常进茶店，此时不免还有点手足无措。

“坎上大公，你来了！里面备有专门的雅间，专程招待像您这样的客人。”一身笔挺西装、发型纹丝不乱的秧鸡家大娃子，从容不迫地从里间迎了出来，笑意里压制着一丝不易察觉的纡尊降贵气息。

走进里面雅间，更是让我的下巴都合不上去了。

## 十一

雅间并非很大，全木装修，一尘不染。坐具、墙面、灯光的搭配，好到没有一丝一毫的夸张和做作气派。任何人进到这里，都会有一种这就是我想要的样子的感觉。

哎！即使有钱，也难能造出这样的格调啊！我心里不由又一阵感叹。

当然，最惹我注意的是，在最中央竟然安设的是农村古老的火炕。錾花的大龙骨石镶边，白灰、青冈柴、铁三角、吊钩、柴炕，一样都不少。此时，秧鸡家的那个粗茶罐压不住一肚子的豪情，正扑哧扑哧喷吐大气。

这个茶室有沿袭，也有创造，可偏偏没有一点违和感。

欣莲一身干干净净的，瞥见我进来，就低眉顺眼地起身站到了一边，嘴里还是像以前一样，依着二蛮子轻声唤我“坎上大哥”。

“嘿嘿，我这把烂行头，今年收茶就交了权了！”秧鸡已经看出了我眼里的各种疑惑，“身体像个破罐罐，今天没敲明天敲，打理茶的事务我是头去腰不来哟！于是干脆双手一摊，全交给了大娃子。”

难怪！是说就秧鸡那副死样子，哪能弄出这番格局？

原来，秧鸡家大娃子大学毕业后，本来在外面也考了编制，但见秧鸡茶厂办不下去，每回打电话都直叫苦，就干脆辞职回来帮爹一把。毕竟当年他上的是农大，在外面开阔了眼界，接受了一些新的思想，接手过来就有了肉眼可见的改观。

“我一接手就请了个专业团队来做方案。办茶厂我爹和欣姨他们的那一套理念早就过时了。且不说茶叶高端品牌凭一己之功难以成事，光是现在电商直播带货这些，他们就真的一窍不通。

“最终我们采用的是农户+基地+工厂+销售的综合方式，这样能最大限度抵御市场风险——坎上大公您知道，毕竟我们厂现在才刚刚起步嘛。

“在茶的包装上，我们也动了脑筋，更靠近年轻人，注重小包装，独创了简包装和随手礼的样式，避免大规模的积压。做出一批卖一批，目前看来销售效果还很不错。

“就说外面的茶叶展厅吧，我的店就坚持做《苗露日报》和视频，利用各种平台传播茶知识和茶文化。虽然花费了我大量的精力，却通过探讨和共鸣成功吸引了 120 万的粉丝。可以说，这都是别的店里没有的专业态度。

“之所以今晚专门请您过来，就是想以后您帮我们做上几期视频，引导茶消费的文化趋势，向深处挖掘一下我们土家族、苗族的茶文化……”大娃子最后笑着，大方地吐露了邀请我喝茶的目的。

这是请我喝茶，请我办事，还是给我上课？最可笑的是，我这个当年读书数一数二的高傲娇子的表现，竟然和读书烂死无益的秧鸡一样瞠目结舌。我和他一样，在今晚的火坑边，都被边缘了。

我端起一个看上去价值不菲的茶杯，嘬了几口熬茶，还是当年他家那个茶味儿，不过显然已经增加了精致生活和尊贵享受的

内涵。我定定望着茶杯，思绪开始散漫：一口熬茶，在千百年苦难的土壤里长，在烈火、暴日下涅槃嬗变，在罐子里翻滚煎熬，不就为此刻一缕高贵的醇香吗！一下子，做第一期视频的主题从我的脑子里涌流出来。

秧鸡送我出茶店门口的时候，八街九陌早已经灯火辉煌。我突然问："你这家伙和欣莲现在是个什么状况啊？"

那个鬼东西嘿嘿直笑。"他俩没费多大劲倒先离了。嘿嘿，我自毁道行，悄悄上门给二蛮子的二门堂客算了回八字。说二蛮子那八字天煞地克太硬了，不穿上牛鼻圈就会有牢狱之灾。结果，第二天上午二蛮子就把欣莲拉去离婚了。其实呢，不离也是不行的，他都犯重婚罪了！

"我这边嘛，俩娃儿倒是懂事得很，巴不得我们老来做个伴，是我算了又算，不想扯这个结婚证。坎上大叔你晓得，我那八字里生就只有一房半的堂客啊！"

这个家伙，简直是让人无语到了极点。想了想，我突然说："秧鸡，我说个谜语你来猜吧？"

秧鸡真的就竖起俩尖耳朵，做出一副正儿八经聆听的样子。

"四川下来个怪，帽儿翻起戴，说话流口水，周身长百癞——"

"这——这不是我家的粗茶罐子吗？"

"你这个鬼东西，我看就是个怪！"

"桀桀桀桀……"秧鸡那奇异的笑声，在霓虹闪烁的街面上，传出去很远，很远。

2023 年 8 月 19 日

# 渡 职

天擦黑的时候，我两边脸嘟嘟上还挂着两粒“猫尿”。队办小学都快上半年了，我还捏不好铅笔。父亲用粗大的食指弯，在我头顶狠狠地“啵”了两下，钻心般地疼。

泪眼中看什么都是麻噜噜的。

竹林边传来如同破干竹的两声咳嗽，接着，拄老棍敲击石阶檐。我定定眼睛就看见，身穿一袭干干净净的长衫，戴一顶高帽子，手里摇着一把老鹰扇的老人，慢慢从我家的地坝边上冒了出来。

我赶紧用衣袖抹一把腮边的“猫尿”，兴奋地朝堂屋里高喊：“妈，妈——尕公来哒！”脚丫子早已经飞了起来，身子也扑上去，双手拉住了老人的长衫下摆。尕公咪咪笑着，摸我的头，从衣兜里抓出几颗水果糖，塞进我的小手窝窝里。

尕公家离我们这里有十好几里的路程，他的上一辈势弱，被人撵着到处跑，年年搬家，好不容易才在一处大山脚下找到个安身立命之所。如今，那一河沟的姑娘们都好生羡慕，她们羡慕尕公将女儿（也就是我母亲）嫁到了有大米吃的田坝子上，有福气。有记忆起，每年农闲时节，尕公的拄老棍总会敲响我家地坝边的阶檐石，我和弟弟也就有了一段拽着尕公长衫下摆的时光。

母亲欢天喜地地开门迎了尕公，端来洗脸水，恭恭敬敬地倒了碗热腾腾的黏熬茶，又朝灶孔里塞两把干柴，这才钻进房屋里去，用撮瓢在米缸里撮了些米，呼地倒进大锅的滚水里。我拽着母亲的手直摇："看，尕公给的水果糖！"母亲压低声音说："给弟弟分点。你快去找抹角伯伯编筐（赊借的隐晦语），晚上要一斤土酒……"

抹角伯伯正勾着头，专心致志地在一块大磨刀石上磨弯镰刀。天长日久，磨石的腰已经弯了下去，此时发出有节奏的霍霍声，像喘息一般。见我蹦跳着杵到眼前，他用手指肚轻轻刮了刮锋利的刀刃，嘿嘿笑着捏了捏我的脸蛋："今天有糖吃啰！"水果糖可香甜了！我会用嘴包着它，让它游遍口腔的每个犄角旮旯，等到口水化了一大泡，才"咕"地一口吞下去。一颗糖，会让我幸福一整天。

"我妈……让我来编筐……一斤酒……"我伸出一只小手，并没有半点不好意思，只是嘴里包着糖，堆着口水，说话有些不利索。

"你尕公来啦？尕公来了，崽崽就有好吃的啰——泗先生也是好久都没来啰。"抹角伯伯两眼放光，放下弯镰刀，弓着腰进到抹角屋里，脚下垫把嘎嘎响的竹椅子，从那黑黢黢的板壁钉子上，解下一个输液用的葡萄糖玻璃瓶子。

"崽崽莫跑！走慢些——莫把酒瓶瓶打破了吵！"抹角伯伯伸出放光的额头叮嘱的时候，我已经撒腿跑到我家地坝边上了。

尕公是渡职了的道士先生，远近闻名，渡的是清水职，不是香火职。只要他一来，我和小弟不仅有水果糖吃，而且再也用不着看猪吆牛了。我两个每天陪他东家进，西家出，也不明白他在做什么，只管张巴张眼地跟着，好奇地听人们恭恭敬敬地叫他泗先生。

吃饭时，没肉，炒了增分量的两盘自留地里出的蔬菜外，油炸了干洋芋块块，加了一碗飘浮着蒜叶的茶叶汤。我和弟弟都眼睛咕噜地盯着尕公。此时，吃饭仿佛突然变成一种隆重的仪式。见父亲母亲都坐定了，尕公拣起一根筷子，将筷子头伸进装酒的小洋瓷杯里，蘸起一滴酒甩向身后，又同样蘸出一滴洒向身前的地上，这才双手捧起筷子伸在面前展平，平和地朝大家示意一圈，说："都吃饭吧。"

中国人吃饭时，往往都是一家子人交流的最好时机。我们听尕公漫山绕岭的摆古入了迷。不过，母亲却从旁轻轻飘了一句："爹你也是的，现在公社都破四旧了，反对封建迷信，听说还要办学习班呢……"尕公于是皱眉捋了一下下巴的胡子，轻轻叹一口气，摇摇头，放下酒杯，不再说话。

日子就像母亲手心里的麻绳子，搓捻着就拉长了。农闲一过，母亲就让尕公带我去他家住。临行前，母亲从米缸底撮出一撮瓢米，尕公闷声不说话，伸手到腰里摸出一个小布口袋，将袋子的口张开，接住了。母亲又偷偷朝尕公荷包里塞进几元几角钱票，尕公拄着拄老棍低头往外走，并不停步，只作没有看见一样。

去往尕公家的路要翻山越岭，感觉十八弯的山路，好漫长，好遥远。我起初蹦蹦跳跳地跑在前面，后来跟着长衫子撵，再后来腿酸了疼了，走不动了，就赖在地上不动。尕公仿佛并没见我眼睛咕噜的讨怜相，更不过来背我。也许是他从来没背过孩子，也许是穿长衫子背个小孩儿，有损形象吧。但他走过来，眯眯笑

着说："外孙崽最听话了，就要到了。前面湾湾里有口大凉水井，清甜清甜的！来，我来给你扇扇子。"想到临行前母亲曾告诫过我，如果出门了不听话的话，以后就再也不准到尕公家去了，于是我气鼓鼓地爬起来，眼泪不争气地在眼眶里打转，万分委屈地又往前挪步了。

走过一处叫大院坝的地方，如镜的水田就少了，人家越来越稀，山路也突然就变窄变小了。参天古木蔽日，巍巍大山入天。仿佛天地间一下子就变得密实了，行走其间，人有一种被挤压得憋气的感觉。

这之后还要蹚过五道河。其实也就是尕公家吊脚楼前绵延有一条小溪，进屋的羊肠小道要绕田，要躲岩，要避山，所以就要在小溪上过去过来五次。

赶羊吆牛扛柴火的农人，嗓门洪亮，在沟里遇上后，老远都会像亲人一般打招呼："泗先生回来了？到屋喝茶哕！"等走近了，他们一定会偏着身子，等尕公先过。尕公仁厚地笑笑，拉着我当仁不让地昂首走过去。

一处路边，有棵巨大的摸痒树，须三四人围抱。树干光溜溜的，不长树皮，却长有很多奇形怪状的树包。尕公哂笑着逗我说："你过去，摸摸树的胳肢窝，它护痒，上面的树枝就会摇动。"我找了几处古树的分岔处很用心地摸，再仰起头去看树颠，树枝真的在空中颤抖不已！

过了有三根巨大杉树的大坟地，又捡拾起河滩上的五彩卵石掷扔到小河里后，就要踏过一座令我梦里都会心惊胆战几回的小木桥。农人们砍倒三五段杉树搭在小溪上，腐烂得都只剩下树心了。踩着光溜溜的树心，脚心痒索索的，眼睛花噜噜的，怕得要死，但却从没听说有人掉下去过。

等再一转弯，就看到尕公家被大李子树、白蜡树掩映着的吊脚楼了。家中的赶獐狗见有生人到来，嗡嗡嗡嗡地叫，宣誓的吼叫声在两岸山峰间回荡不止。两个表弟听到狗叫，开门跑到吊脚楼下，抱着吊脚楼的柱子远远怯怯地望着……他们衣服裤子上都有破洞，但正是因为有他们，我在尕公家的生活才变得丰富有趣。

尕公进屋时要规规矩矩地走大门。跨过很高很高的堂屋门槛，他在香火前恭恭敬敬地作揖。他指着立的香火牌位，细致地告诉我“天地君亲师”的写法：“天”不出头，“土”不离“也”，“君”不封口，“亲”不相“见”，“师”不相连。我看他亲笔所写的那几个字，笃厚稳重，意蕴雄浑，却又锋芒内敛。我那蚯蚓般的铅笔字，简直是无法相比的。

幺舅舅见尕公回来了，赶紧端来热水让他洗脸，等他洗过后再端出去，泼在地坝边上，又去忙农活去了。

尕公家有一个大火坑，用四条圈石围着，架着一节粗大的干柴，是一年三百六十五天从不熄灭的。天渐渐暗下来，白天没太注意的溪流的声音，轰轰鸣鸣地响起来，到处黑黢黢的，只有火坑里的火苗，一下一下卖力地舔舐着鼎罐的黑屁股，时不时还会蹿上来一股，像吐着信子的蛇。我打开木板壁上的一个小孔窗透气，也许是烟熏火燎的缘故，我的眼里装满了泪水，但又不敢让他们看出来。

吃饭前，幺舅娘大声吼表弟：“屙痢了，还不快把枞木槁烧起！”表弟使劲揩了一下清鼻涕，从外面灶下拿来枞木树带油脂的皮，吱吱地烧起来，插在板壁上，屋里就多了些昏暗摇动的光。比起我家的煤油灯来，枞木槁（枞木块、松木块）燃烧发出的光，能见度实在是太差了，如果想看书认字，那是绝对不行的。但是表弟们不需要读书用功，所以他们绝对不会因此而提出抗议。

幺舅娘端来一张很小的条桌，横跨在火炕尾巴上，靠近尕公的面前。尕公坐着根本不动，也不出声。幺舅舅恭恭敬敬地倒上半杯酒，尕公照例用筷子向身后、面前的地下洒了两滴酒，然后往我的碗里夹了点菜，晚饭就正式开始了。

晚饭快吃完时，大表弟也许是吃兴奋了，打开板壁上的小窗孔，对着屋外的黑山喔喔地一阵吼叫。幺舅娘就借机杀起了夹子话："天都黑尽哒，吼冤吗？要分得清外头里头，一天都只晓得在外面冲……"

尕公的脸色变了，幺舅舅狠狠地刮了幺舅娘一眼。幺舅娘甩气，收拢碗筷时，声音很响。尕公是渡职的道士先生，一年走西家，进东家，确实很少在家。幺舅娘话里"在外面冲"也许是指这；"外头里头"也不知是不是指嫁出去的姑娘家和儿子的家要有所区分。

那时，其实我是听不懂这些敲柱头惊柱石的话的。后来听母亲说，和幺舅娘的婚事是尕公一次在外醉酒后允下的。幺舅舅从小在尕公的严格督促下，写得一手好正楷，又学会了木匠手艺，是可以起高楼的五尺掌墨师。他鼻梁高隆，五官端正，人长得高大帅气。而幺舅娘呢，却一脸大麻子，性情泼辣放肆。怎么看，两人也不怎么般配。

尕公在外面收有很多徒弟，却唯独不肯将法事传给幺舅舅。现在想来，那时幺舅娘心里的不满，认为尕公分不清内外，是不是也暗指了这一点呢？

我最怕的，是在尕公家过夜。他家是单独的一户人家，黑暗中山风嗡嗡直响，感觉树木山岭一起向我挤压过来。半夜里，狗十分不安分，屋前屋后狂吠不止。各种野物也在山里的某处发出各种令人毛骨悚然的奇异叫声，有时远，有时近，有时凄厉，有时清越，有时凶狠，有时哀嚎……我仿佛置身在一个无比繁杂、无从追索的世界里。脑子里全是令我无比恐惧的各种念头。睡的被子都是像狗儿子坨坨的棉絮，上面爬满了虱子。其实虱子还好点，被咬了并没有疼痛的感觉，第二天在衣缝里可以很轻易找到那些蠢蠢的家伙，用两个指甲轻轻一挤，鲜血迸溅，或者是找到白生生的虱蛋，指甲一挤啵啵直响。最要命的却是虼蚤，跳得很快，咬了痛痒难忍，很难抓住它们，即使偶尔抓住一只，它却长着干硬的壳，挤压起来一点快感也没有。

终于挨到天明，我和两个表弟围着屋子跑了好几趟，抱着吊脚楼的柱子溜了好几回。突然，我看到屋后，遮盖着的黑黝黝的棺材，一下子吓得不知所措。表弟说，要不，我们下河去吧。我们于是跑到吊脚楼前的小溪里捉青蛙，用篆子（一种按在水里、鱼儿只能进不能出的篓子）关钢鳅，翻开水底的石块抓石蛙。等爬上岸，全身衣服都是湿漉漉的。这些，我在家里时，父亲和母亲是绝对不准的，他们说，那些是没人管的野孩子。

又到天打麻子眼的时候，只听两边山上牛角呜呜齐鸣，成群的赶獐狗嗷嗷吠叫。原来是幺舅舅带着七八个农人，打麂子归来了。有两人背着绳网，另外两人将一只黄麂子的四脚捆着，吊在一根木棍上晃荡。他们将狩猎的喜悦演绎成了一路的嬉闹。

我们小孩子追风一般跑着，围了上去。麂子的毛柔柔顺顺的，两只大眼睛灰灰地鼓着，舌头咬在嘴的一边，像一头刚出生的小牛犊子。

分到麂子肉，全家人脸上都压抑不住喜气。今天晚饭时，是幺舅舅兴奋地舞动筷子："老林湾里，到处是野猪的脚印，地被那些畜生拱翻得像刚挖过一样。刚开始我们都没察觉，后来是我发现了老虎的脚印。那家伙！鬼得像山神，爪子收起来后什么也看不出，发力猛一蹬，地上的爪痕足足有一巴掌深。我正拿不定是什么野物的脚印，猛一抬头，妈呀！黄朗树皮皮上的爪痕，足有两个人那么高。"

这天夜里，我再听屋外呼呼的巨鸣，其中似乎真的就有老虎过岭时低沉的呼啸。

回到家后的日子，我心里一直很羡慕两个表弟，他们读书只当是爬桐子树。父亲就不像幺舅舅，他把我的学习盯得好紧。

读初二时的一天，我趴在矮到快齐膝盖的桌子前，用勾股定律、轴对称、平分线、平行线，还画上五条辅助线，终于解出了一道钻到牛角尖尖里的题，一抬头，就看见在教室门口，母亲眼睛红红的，正在给昂着头的班主任讲着什么。老师后来踱到我跟前来，说，你出去吧。

尕公去世了。

母亲邀约了全小队的人，还有几房亲戚去吊孝。走在最前面的人高举纸扎的七龙幡伞，跟着的是擎着大花圈的两人，后面是轩昂震荡的锣鼓班子，是如泣如诉的高亢唢呐八仙，然后是十几个人手里牵上好几丈长的白布，背篓里面还装着鸡鸭鱼三牲祭品，最后面才是专司炮火的人。

尕公家那条山沟都喧嚷沸腾了，烟雾缭绕，掺杂着刺鼻的硝烟气味。田土里的庄稼全部被踩翻踏烂了，也没人过问。狗呀猫呀猪呀都不知躲到了哪个角落里，此时已没人理会。

母亲和两个舅娘跪在灵前比着哭，边哭边诉。一层层的人拥着围着，陪在一旁唏嘘垂泪。

尕公是渡了职的道士先生，徒弟很多，葬礼自然很隆重。徒弟们以前似乎都处于地下状态，怕戴上搞封建迷信的帽子，为此要进公社的学习班。此时田土下放了，公社也被称作乡了，大家都忙着搞生产，似乎没人经管这些事了。

我印象很深的一点是，尕公的棺材高高大大，黑黝黝的，是整墙整盖的。棺材的墙子、底子、盖子都是由整棵树木刨成，中间无需通过木匠费事地去镶、接、补、填、添。那时，山头屋后要找这样的大树，根本也不是太难的事情。

我挤出人缝，跑到旱田里排开的桌子上去吃饭。以前坐席时，必须先理清谁是这一桌的老辈子，推他到上席坐定了，然后由他发布开席动筷的命令。现在好像没有了。大家不管谁，守在桌子旁边，抢到筷子就吃。还有个老人一直在一旁讥笑：现在时新坐“抢抢席”啰。

尕公去世祭奠的高潮是“开天门”。他是渡了职的道士先生，由他最得意的大弟子做了一通法事，焚了香，烧了纸，最后摆上凳子、梯子，由一人爬上去，刨开几匹黑瓦，一道让人睁不开眼的白光直射到灵前。

渡了职，一生奉教的信徒，死了后也是有功德天的。

丧事料理完过后，幺舅娘面子上是很有光彩的。她说，一百二十桌客人，就没向别人家借过一粒粮食。她还一定要我母亲拿一床那狗儿子坨坨的棉絮走。母亲不要。她瞪眼了，是你爹生前

交代了的。

我特地看了一下，幺舅娘喂了两圈猪，肉滚滚的，家里几处都放上了崭新的煤油灯。看她很得意兴奋的样子，我想说，我家都拉了电灯，有收录机了，但直到走出门最终还是忍住嘴没说。

“幺舅舅也做了道士先生?”初中快毕业时，我听到了这个消息，无比吃惊。也许是看我这次考得还不差，吃饭时，父亲很有耐心地为我讲解了其中让人意想不到的演变过程。

“他现在也正式渡职了，就如同你将来拿到了毕业证一样，他是正正规规的道士先生了。”

父亲说，你尕公过世后，他大徒弟去找你幺舅舅，要尕公生前的几本经书，你幺舅舅不答应。尕公的大徒弟就告诉他，渡职分清水职和香火职。你尕公生前渡的是清水职，是不能直接将法事传递给自家香火的后人的。

幺舅舅就把有文化的父亲找去，他很看重父亲遇事的见地。父亲说，既然生前没舍得把经书给外人，就是让你去找他大徒弟渡职呀。

经这么一点醒，幺舅舅就买了鸡公，给尕公的大徒弟做了一身新衣，在家做了通大法事，请了几个道士先生现场见证，入行做起了道士先生。不过，受规矩所限，他仍然渡的是清水职。

渡职做道士先生，所做的事情无非是为当地人驱邪，看风水，择日子之类，最主要的职责是在土家老人过世后为逝者做法事道场。土家人认为，人的一生中难免会做下许多恶事，如大逆不道、不敬不孝、不睦不义等，就注定来生要托牲畜类。当他死后，如果有孝属亲友请道士先生为他的亡灵做法事“开路”，就可以免于阴间的酷刑折磨，指引光明向善的道路，也可以庇佑子孙后代福寿绵延，开疆拓土，风生水起。

我后来在外面读书后，很少听到幺舅舅的消息。有一回，父亲给我写信说，你幺舅舅都上州城大舞台了。这让我着实吓了一跳。原来幺舅舅他们灵前打绕棺的仪式，又叫“穿花”，被作为民俗文化送到州城去展演了。

那个假期，我专程去看望幺舅舅。感觉路没那么远了，也宽了，小溪上的桥搭建得也规矩了。那些大树都没有了，就连那棵大摸痒树也被人买走了，只留下一个巨坑在那里，长满了野草。这让我心里有了一丝细小的遗憾。

幺舅舅包着一长圈的白布帕，穿着干干净净的羊钉钉口子的对襟衣，嘴里抽着纸烟。他端起酒杯后，话顺着酒杯就没停止过流淌。

“你尕公其实早就有心思让我继承他的衣钵，不然不会逼我从小就要规规矩矩写一手毛笔字吧？也不会死前把几本经书压在箱子底吧？可惜的是，他一身的本事我还是没法学全了。你尕公会软尸上轿，做大水陆道场的——哎，可惜了！每次他祭酒时，不管多么铁石心肠的孝家，鼻涕眼泪抹都抹不赢。哎，可惜了！”

拿出几本发黄的书，都是手抄的，他让我帮他认一些很生僻的字，还特别认真地提起毛笔的细尖，用别的汉字在旁边标了读音。我喝酒时用眼睛扫了幺舅舅家里一圈：电视有了，收音机有了，电饭煲也有了。

酒后，我趁着酒意到吊脚楼下的小溪边走走。溪水已经变得很细小干涸了，没有什么生趣。也许是小时候感觉不同而已，我自己安慰自己。还好，泡泡脚，小溪里的水还是如小时候一般的清爽。

参加工作后，有一次，我到一个同事家去坐夜。我看到那天主持法事的人正是幺舅舅。看到我，他的眼里有惊喜，但只点点头，并没有停下手头念唱的活儿。两个表弟也都有模有样地跟在他身后做法事。

灵堂的棺材用小白花、常青藤、蓑衣草、竹篾扎了花架子，棺材前摆放有一张放大了的死者生前近照，有死者牌位，有三牲、水果和盛放香蜡的盒子。灵堂两边柱头上有幺舅舅挥笔写就的挽联、挽幛……各路菩萨神仙都对应有画像、香位，甚至还有传说中十八层地狱的鲜活彩绘。

经幡飘舞，香烟袅绕。幺舅舅他们一班子人唱念敲打，孝子在后面端着灵牌子跟随，整个灵堂庄严热烈却又一点儿不失章法。

这次，我终于见到了幺舅舅的两项绝技。

我以前听幺舅舅说过，“打绕棺”被农人们俗称为“穿花”。目的是打探地狱里的情形，借助菩萨神祇的法力去解救亡魂。只见幺舅舅他们七人，将长衫盘在腰间，手里敲打着钵儿铙儿鼓儿镲儿，脚下踩着鼓点的节奏围绕棺材旋转。有时两两结伴舞跳，有时两列分开交错。舞跳的动作由最前面的道士先生即兴确定，后面的人立刻跟随。有祭神拜祖的庄严动作，有耙田薅草打谷砍树的劳作，有狩猎推磨打糍粑的挥汗情形，有迎亲划船打土地的滑稽表演，有一个舞蹈章节还惟妙惟肖地模仿了山间林里的各种飞禽走兽。开始时转得很慢，后来鼓点越来越急，越来越快，后面的舞者难免手脚无措，跟不上节奏，找不到对应的伴舞者。这时反应灵活的舞者，故意用手肘顶，用脚尖绊，用屁股撞，让笨拙者当场丑态窘态毕露。守灵者、观舞者暂时忘却了哀痛，一起嬉笑、欢呼不止。当喜庆的高潮降临，就意味着亡魂已经脱离苦海，去往乐土净界了。

围绕棺材转过二十几圈后，鼓点突然一顿，穿花的舞蹈立刻又趋于舒缓，表明已成功打开了地狱门，亡魂已经得到救赎了，由此又转入感谢各路菩萨神祇的庄重表演了。鼓乐声里立刻呈现出一种解脱、通透过后的皆大欢喜。

有人说土家的丧葬法事，是生者与死者之间的灵魂对话，是情感与幻想的阴阳交流，表现了土家人对生活对人生的豪爽、豁达态度。后来我查了一下，这种舞蹈，别处也称“撒尔嗬”，在土家聚居地流传较广。“绕尸而歌”其实是土家自古流传下来的习俗。

第二天出殡前，幺舅舅将灵前烧的火把往外使劲一扔，再从棺材下抓起那只祭祀用的鸡公，口里念念有词，扯下一匹鸡毽毛，沾着鸡血在棺材四周都画了符咒，再催动法力，让那只散养的公鸡规规矩矩站立在抬丧杠的中央。人声嘈杂，锣鼓唢呐声喧天，那只鸡竟然一直呆呆听话地站立着，即使棺材摇晃抖动，那只鸡就要失去平衡，晃动几下后，它又牢牢抓住了抬丧杠不放。一直到了墓井，它才乖乖地被人抓了下来。

那次见识幺舅舅做法事后，不久我就调进了城。我也从那时渐渐养成了一个习惯，很少接听陌生号码的电话。去年立夏那天，一个陌生的号码不断地打进来。见我不接，后来就跟进来一条短信：“哥，我是你表弟的老婆，你幺舅舅下来住院，你来帮忙找个专家看看吧。”我着急了，赶紧就接通了电话。

经常听到母亲说，这几年两个表弟都结了婚，两个表弟媳妇都很厉害。她们在家耕田种地带孩子，还照顾老人，却将两个表弟赶到外面去打工。两个表弟怕老婆怕到要屙血的地步，结了工资当天就必须寄钱回来，除了留下烟钱，差一分都说要拉着孩子找过去。

幺舅舅是苦日子过来的，有点小钱也“护骨”，出门做法事熬更守夜，有点辛苦钱赶紧就存起来。除了做法事，他还有两早（两个早上的活儿）生漆，看得比命还贵重。他穿的那两身出门做法事的衣服，还是徒弟们头两年帮他裁缝的。

等我急急火火赶到住院部楼下，就看见两个表弟媳妇穿着新衣，从一辆国产小车上走了下来。幺舅舅歪倒在车的后座上，神志却很清晰。我问他，他只说这半年走路没得力，这半月都不怎么吃东西了。

都倒床了！乡里医生也查不出毛病，打了几天针没得丝毫起色，才想到进城来看看。两个表弟媳妇只咧动了几嘴，就道清了幺舅舅在乡下治疗的全过程。

农村人有病，一般情况都是挨着，挨不下去了才住院，既然转院，那就意味着病情十分严重。我赶紧联系了医院里的一个老同学，他看看我，神情显出郑重，慢吞吞地说，必须住院，要检查。

幺舅舅身子陷进雪白的病床里，恹恹的，但话兴却不减。家里养了十几桶蜂子，今年蜜糖汩汩直冒；坡上生漆也卖得起价钱，甩两个漆桶走不上街，就被窜乡客抢夺走了；听说如今还有什么商，可以挂到网上卖，你听说没？你这两个表弟，在集镇新街上屋挨屋修了三层，都买了车了，麻着胆子，都敢开起上路了；你那几个表侄，也都上街读书了，考八九十分呢，就是进屋后眼睛不离游戏，松不得爪爪……

半夜，幺舅舅突然从迷迷糊糊中醒来，睁大灰黄的眼珠子，吵着犟着非要回家。“我刚刚梦到你尕公了，他在做法事，好大好大的场面，非要喊我过去……他一生功德，只活了七十三岁。我今年刚好也满七十三岁，寿缘尽了，治也不过是白花钱。阎王判你三更死，决计活不到五更……”

半夜犟着要出院，当然是不可能的。

第二天化验结果出来了。医院里的老同学特意把我和表弟媳妇拉到隔壁医生办公室里。“是再生障碍性贫血，已经拖得太久，造血功能已经衰竭，已经是时日不多了。”

两个表弟媳妇紧紧盯着我。“那意思是，眼下只有拖回去了？”

“怎么可能？昨晚还那么健谈。”我装作不看她们的眼神，嚷道，“到州里去，一定要查个清楚！”

幺舅舅仿佛已经有了某种预感，倔强着不肯答应。他不断摇动干枯的手掌，嘴里咕咕个不停，我就只有七十三岁的寿缘……

我头脑里灵光一闪，开导他说，到州里去看看，没事的，你一生所做的功德无数，说不定是可以改变命数的。

一路高速，这是幺舅舅此生第二次进州城。飞快的车速中，从两边一闪而过的景色，让他半坐了身子，脸上也渐渐有了喜色。我几次问他有没有不舒服的感觉，他都说没事的。一路上，他还断续地讲了那次进州城表演的经过。突然，他像想起什么，叮嘱我说：“我有本《汤头歌》，是你尕公留传下来的，以后等有空了，你要记得帮我打印一下，交给别人我还不放心呢。”

很残酷的事实很快就破灭了我的幻想。刚入院，那个戴眼镜的主治医生拿起那张检验报告说：“我们这里也是送到那家机构去检验的，结果肯定不会有错，只能先保一下。”

州里治了半月后，幺舅舅最后还是蜷缩到了自家的木床中。两个表弟都从外面赶回来了，幺舅舅此时渐渐有了些回心转意。他也许开始接受我先前劝他的话了，以为自己做了功德，真的还会痊愈。我暗暗问他：“你渡的职将来准备要传给谁呢？”问时，我的声音很小。

“你两个表弟都是拿得起来的。”他很自信地说。

背了他，我又借机去探两个表弟的口风。他们说什么都不肯答应顶坛门，都不愿意渡职。两个表弟媳妇在一旁更是坚决反对，一口回绝。大表弟还说，还要找外人才能渡职。求别人少不得一身新衣下地，头三年做法事得了个鸡公，还都是别人的。没搞头！我苦笑着摇头，话说到这份上，只得作罢。

幺舅舅死时，渡过职的几个徒弟也都在外地打工，电话里好一阵猛催，才生拉活拽叫回来两个。

灵堂理所当然设在集镇上表弟们的新屋里。砖屋平房确实盖得很气派，很堂皇。灵堂内还是经幡飞舞，香烟袅袅，还是黑布黑棺材，白纱白挽联，处处含哀。我看了看，灵堂里毛笔字用得少了，都是用电脑打印出来的，显得很规矩。灵堂里播放着低回哀婉的哀乐，有了乐器班子的现场表演，但哭的人却一个也没有，也很少看到哀痛的表情。那边记人情的礼房里倒是始终很忙，很挤。外面那些来坐夜祭奠的人，开来五花八门的车辆，将公路两边都占满了，拉出去好远好远，车喇叭刺耳的叫声一直都没停止过。

“你幺舅舅这一辈子，善事做了好几大箩，等自己收脚印的那一天，却……哎！”最近回家，母亲总在我耳边念念不休。也不能怪她耿耿于心，一个牵引别人灵魂的人，去世后开个“天门”却搞得不伦不类的，但现在不是都修的是平房，没有屋瓦吗？也无法责怪别人法事做得不周全。

就在昨天下午，我去到一个朋友家里坐夜。突然，我看见在那儿做法事的赫然竟是我那两个表弟。表弟们见了我点头，并没有因此懈怠眼前的法事，但他们肯定看出了我愕然的眼神。

等他们歇了下来，我赶紧问：“怎么你们——？”

他们笑笑，神情很坦然。“这段时间反正还没出门，你幺舅舅死前是放话了的，他死后，我们就算没渡职，也是可以管三年的。”

“那，你们以后还要渡职吗？”我忍不住好奇，继续追问着。

“边走边看吧，这个事很缠人。现在的人也不大相信了，外面才好找钱。有一大家子人呢！”

“你们的孩子也会了吗？现在能帮你们忙不？”

“你问他们呀？嘿嘿，打游戏，喊都喊不拢来。看都不愿意过来多看一眼。”

经声琅琅，乐音铿锵。表弟他们的身影又重新浸入了香烟袅袅之中。他们虽然都不健谈，但还是一如尕公、幺舅舅们当年一样，念，唱，跳。那神情还是很投入，也很笃信。土家族几百年来一直都是这样热热闹闹地送亡灵，但我在表弟他们身上，分明已经看到了很多新的意味，甚至也有无法回避的各种改变。

# 五尺江湖

在那棵沧桑的大拐枣树下面，几个老班子人捋着下巴翘起的山羊胡子，一直在津津乐道：己丑那年哪，天现异象——

豺狼、马豹、野猪、熊瞎子都成群结队地从深山老林里钻出来。它们大摇大摆地走赶场大路，喝寨子水井里的水，即使碰见了行人也绝对不避让。紧跟着，山神虎王跑到屋山头上，啸吼了整整七天七夜。然后，一切悄然归于宁静，不见了所有精灵们的踪影。

就在那几天里，尕公也惶惶不安。他一头钻进三柱二昏暗的房屋内，战战兢兢地从黑漆漆的柜子里，翻找出一本泛黄的老书，一番推算后，脸当即被吓得变成了苦胆色："要大变天哟！"他狠狠心，将大舅舅和幺舅舅都赶出了家门：只有艺不压身，一辈子得抠住个饭碗碗呀。

兄弟俩离家时泪水花花挂在腮帮子边上。幺舅舅还死命箍住房屋的柱头不松手。眼前这个三柱二的家虽说又矮小又黑暗，比牛圈也大不了多少，但那是尕公那辈人，被人追撵着，躲过兵，逃过匪，出血流汗，给人下跪磕头，打长工，东家讨，西家要，穷尽半生才修建起来的。这间小屋子里承载着尕公大半生的希望与骄傲，也记录着兄弟俩所有童年的温暖和美好。

十四个寒暑，只弹指一挥间，大家都成了公社的社员。山沟河岔的农人都喊大舅舅大木匠。大家笑，大舅舅自己也笑。但大家肃然称幺舅舅为掌墨师时，幺舅舅自己不笑，也没别人敢笑。

虽说兄弟俩都是从最低贱的背木匠背篓子、磨推刨叶儿、拉下锯、当墨蚌头儿开始，但大舅舅却没固定的师父。他贪东家喊西家请落下点饭食钱，十几年里，什么起楼、打柜子、箍黄缸、装猪圈粘上就学，什么也学会点。幺舅舅不一样，十四年里他只侍奉了一位师父。最后，师父微微一笑说，可以出师了，今天我要“茅山传法”给你。幺舅舅赶紧备了鸡公土酒，还有新头帕新衣服新裤子新鞋子，一身下地孝敬师父。师父郑重其事地请出一根长五尺的木棍，焚香跪拜，念起了咒语：“江湖风高浪急，五尺定海神针。祖师爷神通归附，邪魔外道靠边行，急急如律令！”

幺舅舅双手紧紧握住掌墨五尺：那是一根用听不到鸡鸣狗叫处的桃木做成的棍子，长一百八十厘米，宽二厘米，用坝漆漆成了棕红色，上面钉有一个精致的小铜环，刻有“收杀”用的“※”符号，尺的中部刻有二十八宿图画和“紫徽微”（木匠术语）法令图样。翻到正面，赫然刻着“鲁班先师”几个大字。

手握五尺，幺舅舅胸中风云激荡，眼前仿佛现出一片宽阔的江湖。他当即就起了宏愿：一定要改变父辈那引以为豪、毕尽一生而建造的小木屋子。

那三柱二的木房，大舅舅幺舅舅分家各住一厢房，中间香火堂屋共用，实在显得太过窄小不堪了。如今社会已经没有了谁欺压谁，幺舅舅用不着去卑躬屈膝，发誓要建起一栋五柱四四列三间（即木房每扇五根木柱，四扇排坊，每坊四间房）附带吊脚楼的大瓦房。

作为掌墨师，此时幺舅舅手下已经聚拢了一批能工巧匠。石匠、陶匠、泥瓦匠都有，木匠更是固定了一支十几人的队伍，甚至连二墨师也有了。决定造新屋时，幺舅舅并没有多少积蓄，为此他又含辛茹苦了整整两年。好在作为掌墨师缺什么都会有人及时送来。建五柱四的木房，关键是木柱头要大要长，二墨师在自家自留山里就主动贡献了二十根大杉木。那时候，什么都已经公有了，好在大山里古木参天，修木房的难度因此就小了很多。

可交通运输却成了当时最大的难题。公路勉勉强强都只修到了公社上，赶场路、毛毛路还是当时最主要的通途。就在十几个匠人进屋的当天，一根根四五百斤的大杉木还静静地堆在二墨师的家里。望着众人焦虑的目光，幺舅舅只淡淡一笑："不急，明日准辰时，大家只管下沙河坝去扛就是。"当晚，幺舅舅沐浴后，净手焚香，在香火前虔诚地推卦起爻，口里念念有词，最后双手捧起五尺，啪地拍在了大八仙桌上。天空中瞬间就风起云动，跟着就来了电闪雷鸣。迎着大家恐惧惊异的目光，幺舅舅轻松地起身，掸掸衣服上的尘土，平静无比地说："大家都去睡吧，我已经请了师父了，明早定会准时送来。"

第二天一早，天刚麻麻亮，众人吵嚷着来到沙河坝时，二十几根粗圆的长杉木，已经静静地码在了河坝边上。掌墨师使法有驱木赶石的神通，消息顿时不胫而走。当时，也只有大舅舅一人在一旁阴阴恻恻，戳一小句什么篓子话，被幺舅舅狠狠剜了一眼，就吓得没敢再作声了。

二十几人一个多月的忙碌后，定下了腊月初六的吉日起高架。头天擦黑时，幺舅舅拿上五尺，提了把大斧头，邀大舅舅悄悄上了山。他绕了几座山岭，最后停在一棵巨大的杉树前。他一眼看出，那是一棵树根吸吮了龙脉的血而生长出红色木质的杉树，该是“树中之王”了，是特别适合用作梁木的。至于树是谁家的，自不用去管，好梁木是必须要靠偷的。偷来龙脉的神气，也偷来主人的福气。

只见幺舅舅快步走到神树前，一膝头跪下，拜了三拜，起身后口里念念有词：“手拿斧头走忙忙，主东我今砍栋梁。一砍天长地久，二砍地久天长，三砍荣华富贵，四砍金玉满堂。”轰的一声，大树倒地后，幺舅舅起斧如风，三下五下就砍成一段规规整整的梁木。用五尺的刻度仔细一丈量，梁木长刚刚一丈八八，宽刚刚八十八公分，厚刚刚四点八八公分。大舅舅当即就被幺舅舅的斧功神技彻底折服。大舅舅刚要快步跨过去用肩膀抬，却被幺舅舅断喝了一声：“梁木已成，你敢!”在木匠的江湖上，梁木是不允许有一丝一毫被亵渎的。

吉日凌晨四点，幺舅舅开始敬鲁班。他用三十六树长线，分别在解马、木马、滚马及东西南北中各个方位上点燃。将红布五尺，鸡公一只，刀头一块，三碗酒，斋粑、豆腐、净茶分别摆放在五方神位，在正位上摆上三炷香，一站板子钱，桌下铺上五谷杂粮。幺舅舅整整衣襟，将五尺醒目地插在桌子前正中央的地上，用红布盖上五尺的头，将墨斗锉子刨子摆开在桌子上，然后用鸡公冠子上的血挂号，开始恭请鲁班祖师，安抚五方四邻。“起眼观青天，师父在身边，师父在我身前，在我身后，隔山喊隔山应，隔河喊隔河灵，不叩自准，不叩自灵。”这通法事刚毕，他又安杀方，画字灰，滴了三滴鸡血在酒碗中，血滴不是虚点或丝状，而是浑圆的血点，他这才如释重负。

新屋的排扇是在头天就做好了的。中柱、二金柱、偏柱，都已经被椽、枋用栓子锲子锁住了，只等掌墨师一声令下。只见幺舅舅头缠白丝帕，身穿对襟衣，脚踏白布鞋，手提一柄雪亮的斧头出场了。他高声念唱道："此锤不是非凡锤，青龙降下一蛮锤，上不打天，下不打地，又不打人丁六畜，专打五方六类邪师，一锤打到你万丈深坑永不超生……法锤一响，黄金万两。"嘣地就一锤击打在中柱上，大家如同得到号令，齐声高喊："起呀——"那一刻，绝对是幺舅舅一生最辉煌的时刻，是他的五尺江湖上浓墨重彩的一笔。

排扇在众人的齐喝声中，吱吱嘎嘎地被拉起，摇摇晃晃中参天而立。也是好事多磨，不知道是大舅舅头天喝酒醉了身体乏力，还是他阴阴地使绊子，由他负责的中柱筒杆突然滑了一下，整列排扇突然间就摇晃着快要倒塌下去。众人一时都被惊吓得变了脸色。如果此刻排扇倒了下去，所有的材料将全部报废不说，还会造成人员的伤亡，更是修房造物的大不吉利。

只见幺舅舅身形一晃，突然就出现在了中柱前。他手里五尺啪的一声巨响，拍打在中柱上，猛然向天一指："起！"众人一激灵，瞬间有如被灌入了神力，那列排扇就直直地立了起来。

当时是无意还是有意为之，已无法说清楚，反正大舅舅和幺舅舅的心里，从此就有了永生都解不开的一个大疙瘩。

修起五柱四带吊脚楼的木房子，虽说还是让幺舅舅还了好多年的债，但鹤立鸡群般的房屋，让他在那个年代里很是沾沾自喜，还有其间被演绎的种种传闻，更让他掌墨师的五尺有了一片宽阔的江湖天地。村村寨寨里，虽说能建新屋的人家并不是很多，但每栋房屋修成，他都要耗费上一两个月。一年到头，他都有忙不完的活儿。

时间再一晃，广播里宣传了几次政策后，小队里开了几次社员大会，田土就在吵吵嚷嚷中被分下户了。所有的人，像被突然施了魔咒，开始轰轰烈烈忙致富去了。幺舅舅根深蒂固地以为，他的五尺江湖一辈子都不会受到冲击，但山民们突然像受到山外“时间就是金钱”的感染，纷纷砍了山里的树木，被做成木枋，不分白日昼夜，一大车一大车地往外拉，慢慢地山里就没有了大森林，大的树木也越来越少了。他这时才有了焦虑，可除了叹气之外又无可奈何。

这期间，大舅舅到集镇上开了个家具铺，生意开始好起来。他脑壳灵光，什么都愿学，什么都能学成一点，这时恰恰就派上了用场。幺舅舅心里暗暗恨气，绝对不走上门去，即使赶场也绕着道走。有一次，他在别人家见到大舅舅用宝丽板、三合板、压缩板做成的家具，是一套高组合和一套矮组合，样式艳丽新颖，很受结婚的年轻人喜欢。他走上前去摸摸敲敲，一个劲地直摇头：“像屁黏的，中看不中用，连揸脚墨也没放，哎……”

他还瞧不上做生意时那种讨价还价的行为，感觉好没有尊严。好在山里人看重生死，老木总是会留下的。幺舅舅是掌墨师，做起打棺材的活，那也可以说是神乎其技。传说鲁班大徒弟是石匠，使“红线”，二徒弟是木匠，使“黑线”，三徒弟瓦匠，是使“白线”的。不管“红线”“白线”，哪个不是最终被装进棺材？哪个敢不怕“黑线”上的？

山民们上了岁数时，就会把幺舅舅请进门去打棺材。他放下木匠背篓，规规矩矩立上五尺，一一码放好大大小小的锯子、刨子、凿子、墨斗，架上木马，眯着眼，墨线一弹，甩手就是三斧子，顿时木屑四溅。这时，早有主人家端茶、递烟，恭候在一

旁。幺舅舅喝了茶，吐出来几口烟后，悠悠道：“还没成呢，三十年内，棒棒都捶不死！”主人家立刻欣喜得不能自胜。要是像这样一说——“怕是年前年后的客啰”，主人当即就被吓得面色如土灰，赶紧暗暗规划起后事来。进门三斧子说的话，没有一家会不应验。谁还敢对掌墨师心怀不敬之心呢？家里有病人久病难起时，也有打棺材冲喜一说。幺舅舅在打成时，用五尺猛拍棺材墙子，真就有病人突然来了精神，马上起身叫饿，要喝水要吃饭的。

毕竟不是天天都有棺材打，相当长的一段时期，幺舅舅只能算是勉力度日。大舅舅的生意却渐渐风生水起了。这年过年，他家就买回了好多冲天炮、大花筒，还有筛子样的大圈鞭炮。大舅舅家的儿子年少不懂事，在大年头天晚上，就犟着头非要试炸几颗大火炮，不想有几颗竟然炸到了幺舅舅家的屋瓦上。气得幺舅娘跳起脚来骂了小半夜。这不是仗着有几个钱就碾压人吗？

大年三十，正是最忙的时候，大舅娘突然倒床了，眼里着急，手里比画着，口里却不能言语。大舅舅赶紧过去瞟了一眼那症状，就黯然低垂着头，朝幺舅舅家的方向窥视。儿子急得双脚跳，赶紧催着要送老娘上医院去。大舅舅突然愤怒地站起身，大声说：“大过年的送医院里去，吉利吗？哼！都是你做的好事！”见儿子立在一旁张巴张眼的，他又缓声说道：“去看看吧，你那些冲天炮，保证一个都不会响的。”儿子一试，真的一个个全变成哑炮了。

“哎，还是我去找你屋幺叔吧。”大舅舅背着手，踱步到幺舅舅家里，坐下，倒了杯茶递给幺舅舅，轻声说：“是你侄儿好不懂事，不服管，大过年的，你家嫂子倒在床上，都哑声了……”

“哦——”幺舅舅轻轻吹开浮在上面的茶叶，低头喝了一小口，伸指在几个指弯处掐了掐，翻翻眼皮子说，“没事啊！你去堂屋里，把我五尺翻个面吧。”大舅舅赶紧恭恭敬敬地依言而行，等他回到家里时，大舅娘已经在一边骂儿子，一边捏糍粑了。

再过几年后，家里留不住年轻人，大舅舅和幺舅舅的儿子们都陆续出门打工了，钱通过邮局都寄回家里来。过年那几天，镇上取钱的山民排队排得老长，有几次，邮局还紧急从城里调钱才算拿到了钱。慢慢地，孩子们娶了媳妇，买了国产小车，都不再满足住在原来的山沟河岔里，坚持要到集镇上去修砖房。

集镇上修的是三层楼的砖房，幺舅舅的五尺根本就没有用武之地。现在修屋，木匠篓子也用不着背了，甚至木马也不能好好地码放，只是在建窗子和木门处，他才弹了几下墨线，亲自挥动了几下斧子，推了几刨子。这让他很有江郎才尽、英雄无用武之地之感。他吸着闷烟，喝着闷酒，暗自叹了好几回气。不过，当他看见恢宏峻拔的砖瓦房拔地而起时，再想想自己那曾经引以为豪的五柱四吊脚楼，突然就有了一种自惭形秽的感觉。一生的骄傲和自豪，一瞬间就土崩瓦解了。

相对于尕公那辈人修屋时的屈辱与血泪，相对于自己修屋时的艰辛与危险，儿子们修砖屋都只是拿了钱包出去，更像只是一个管理者和验收者。幺舅舅意识到，作为掌墨师的五尺江湖，怕是已经走完了最后的里程。

幺舅舅还是坚持要独自住在老屋里，不肯出去。老屋毕竟有他一生无数的记忆。树木越长越拢来，老屋周围一年年恢复成了深山老林，慢慢就成了现在人们口里经常说的“金山银山”，但上门去请他修木屋的，已经一家也没有了。

他的五尺，失去了舞台，他的神技不再流传，他的江湖里一片沉寂。甚至，他最疼爱的小孙娃，哭闹着，也不愿到他的五柱四的老木屋里去看他。即使被大人们强行带来了，也会犟着嘴直嚷："我要回去！我要回新屋去！这里黑黢黢的，又不能打游戏——"

幺舅舅变得越来越老态龙钟，沉默寡言，十天半月也说不上一句话，仿佛和这个世界就将彻底脱钩了。

年前，突然就来了些工作人员。这些人当中竟然还有有大学问的教授。他们很耐心地坐在幺舅舅搬出来的小板凳上，端着小洋瓷缸子喝茶，仔仔细细地询问掌墨师的种种，并规规矩矩地记了笔记。临走时，那个教授还说，要为幺舅舅评土家吊脚楼建造师呢！

就这样，幺舅舅走上了州里大学建筑系的讲堂。

作为掌墨师，幺舅舅是精通木匠行的"全挂子"。一座房子，有几十根梁、柱，几百根枋、椂，上千个榫头和穿眼，其规格、尺寸、次序他都了然于胸；中柱、二金柱、大骑、小骑、一穿、二穿、檐柱他都讲得清清楚楚。开嵩画墨，"鲁班字"的符号，他能在现场一一演示。从安杀、砍梁、排扇、起水、敬鲁班到说福事，一整套的流程，他都讲得活灵活现。

学生们几时听到过这种讲座，一个多小时里，无不听得津津有味，意趣盎然。最后全场爆发出排山倒海般的掌声，让幺舅舅仿佛又回到了五尺江湖，那曾经最辉煌的时刻。即使此刻五尺早已经被请下了神坛，但却以另外的形式，在别的领域获得了新生。

又是一个喧嚷的赶场天，乡镇邮政银行里的乡民像插笋子一样。幺舅舅费尽了气力才按紧荷包，拱出身来。雪白的头帕映衬着他那张酡红的脸，是夕阳醉了山头的颜色。

他头一次昂首进了大舅舅的家具店，刚刚坐下来，话头就没捂住："老大啊，往后的日子又要从头过了……"大舅舅家的儿子有点酸酸地说："都上报纸了，幺叔您如今评上了国家级吊脚楼营造技艺传承人，每年还有一两万奖金吧？"幺舅舅悄悄摸了摸那个鼓鼓的荷包，无不骄傲地说："奖金嘛是小事，关键是县里要建吊脚楼技艺传习所，要请我去当讲师呢！"

2019年9月29日

# 哦，石门寨

因为下乡扶贫的原因，我无法再去“饲养”心灵上早已层层起痂的伤口，而且分明知道那伤口，从来就没真正愈合过。嘀地关上小车的门锁，头脑里浮现过千百万次，又抗拒过千百万次的石门寨，清晰地呈现在了我的眼前。

两边石门山耸天峙立，关护住一座小小的山寨——黑瓦木屋吊脚楼，石阶石檐石地坝。寨前一条清澈无比的小河逶迤而过。小河紧靠寨门处，生长着一棵蓊蓊郁郁的柿子树。在柿子树的浓荫下，袒露出一块巨大光滑的天然石板，即使五六个人同时在上面躺坐也伸展裕如。以往山民们从各自忙碌中歇息下来，背倚柿子树，脚浸溪流中，是一幅多么宁静而安详的画面啊。

## 幺儿，你姓姜

那棵巨大的柿子树，曾是柿儿家唯一能够骄傲的“财富”。小的时候，她偶尔一生气，就会嘟起一张小嘴，瞪圆两只扑棱着的眼睛：“走开，不要你坐在我家柿子树下！”

此时，我能重拾勇气，心平气和地坐到柿子树下去乘凉吗？

一抬眼，我就真真切切地看到牯牛、痨病鬼两人，一躺一卧在柿子树下的那块大石板上。两人如同刚刚历经了一个回合的热战，正用身体演绎着硝烟过后的冷战对峙：牯牛呈“大”字斜躺，占据了石板上的辽阔幅员；痨病鬼后脊弯向小河的上游，弓起的病瘦躯体极力维持偏居的一隅。看情形，两人正比拼耐抗力——就看下一秒谁先撤出这块争斗的“高地”。

“哦，杉哥——是你？你回来了！”痨病鬼脸上现出意外又迟疑的复杂表情。那表情里有令我害怕的地方——他好像透彻了一切。

“嗯嗯……这次我下乡，就是专门来找你的。”我内心蘖生着无从消除的疙疙瘩瘩，尴尬中顺势将手里的米和油递向了痨病鬼。

这个看上去显得有点猥琐的男人，我真的能高高在上地去帮扶他脱贫致富？一个战战兢兢才敢回转的人，有这个资格吗？

“搞个贫困户的金碗碗端起硬是安逸哦！穷到巴地哒还有人送上‘自来食’……哼！”牯牛转身看见了我，只斜乜了一眼，嘴里一通噼里啪啦，身子却并未动一下。

算来，我们这几个儿时的小伙伴，应该有快八年没见面了。此时再一次相聚，竟然没有一点儿重逢的激动，也没有泛起一丝惊喜的波澜。

“贫困户怎么了！一不偷，二不抢。我只是身子骨弱，底子薄，又要负担孩子，是政府照顾我评上的！不像那些单个子人，一个人吃饱，全家不饿，爹不管妈不管的，当然舒坦……”痨病鬼身体单薄孱弱，但马瘦毛长，偏偏生就了一副铁夹子嘴。

“谁是单个子人？老子的儿子送给别人在养！不像有的人只敢一直躲在暗处打卦，挖别人的墙脚。”牯牛瞪眼红脸，脖子那

一圈鼓了起来，那架势就像要生吞活人。

“儿子！是你的儿子吗？哼！硬把别人的屁股作脸待。我上次‘打纤’那头断尾巴牛倒是最好喂，给把草就把牛屁股胀翻了……”痨病鬼如果踩住了尾巴，是绝对不会抬腿起脚的。

恰恰就在此时，一个虎头虎脑的男孩一溜烟从寨子里飞了出来：“爹——我娘在堂屋里叫你哟。”

“幺儿，快过来吵。”痨病鬼脸上立马换上一副糍粑蘸蜂糖的慈祥，“你杉伯伯今天从城里回来了。他是来看我们的呢。”他又侧眼瞟一眼牯牛，故意亲热过度地搂住孩子，甜蜜蜜地笑着：“乖幺儿，来，告诉你爹，你姓什么呀？”

“我姓姜啊！”痨病鬼大名就叫姜渔美，听了幺儿的答话，脸上立刻堆满了开花开朵的自豪。看着孩子那双清澈无尘的眼睛，我心里突然涌起一种异样的感觉。那宝石般熠熠闪亮、能荡涤人心的眸子，不就是曾千百次刺痛了我的，柿儿的那一双眼睛吗？

见痨病鬼铆起劲秀父子亲热，牯牛脸上青一阵白一阵，面部神经扭成了几股，带动脸上的肌肉不停地绞动。一时陷入怔神的我，还来不及上前劝解，痨病鬼脸上就已啪地挨了一记响亮的耳光。

“妈×的，你了不起啊！让你凶！”牯牛打了人后，背着手气鼓鼓地往寨子里走了。痨病鬼捂住脸上鲜红的五指巴掌印，嘴里还没开骂，那小男孩早已吓得拱进他怀里，哇哇大哭了起来。

这一幕从小到大我都不知道看了多少回了，只是没想到今日刚一回到石门寨，会马上再次上演。哎！

我再见到柿儿，就是在那天晚上。

呜哇呜哇的警车声大作。柿儿纤瘦的身子蜷缩在肮脏的床头，头发凌乱，衣衫不整，半藏于被子的一角里抽泣。牯牛红着眼睛站在床上，一手死命拽住柿儿的头发；痨病鬼则歪在床边的角落里。

牯牛下午在柿子树下吃了顿瘪，晚上就一气灌了很多酒，闯进痨病鬼家里，强行上床拉开了柿儿的被子逼问："你给老子说，儿子到底是哪个的！说！"痨病鬼那时都歪在床边的角落里了，嘴里却还不肯下矮："幺儿姓姜，反正就不会是你的……"

牯牛呼地掀开上身的衣服，露出黑毛横生的胸脯，揪住了柿儿的头发一阵狠拽："贱女人！一直你就和那个狗东西挨挨擦擦，和老子一床铺盖睡那么久，儿子会不是我的种？信不信老子今晚就再来一回？"

直击这种无比揪心的场景，我哪里还能看下去，喊道："牯牛，你喝酒了莫癫！快放开手！"

牯牛喷着粗气，一下子就转将怒火烧向了我："你莫装好人！多读书就了不起啊？读书多的都假正经，肚子装满坏水，没一个是好东西！"我几步过去想抓住他的拳头，但哪里能和发狂了的牯牛匹敌？

寨子里的老老少少慢慢都挤进了痨病鬼的家里，但也没人劝得住。直到警察进屋后，牯牛才像膨胀的气球一下子泄了气，耷拉着脑袋，嘴角嗫嗫嚅嚅，眼睛再也不敢看人了。痨病鬼嘴里先是不停地叽叽咕咕，见警察进了门，谩骂声突然就加大到了上百分贝。

叽叽喳喳的议论声中，一个老男人分开人群，挤了进来，对着垂头丧气的牯牛就是啪啪两个耳光："狗×的，叫你莫喝酒莫喝酒，灌点马尿就认不到人哒！我前脚刚出门，你后脚就给老子犯

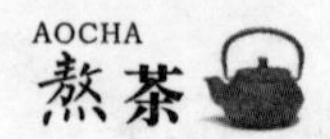

削！”老家伙说完转过头来，脸上的笑立刻能拧出一碗甜水。他从荷包里抠出一包黄鹤楼，点头哈腰地递烟给两个警察——“他表叔，来，来，抽烟，抽烟。”

“嗯——我们也只能公事公办。这事说简单也简单，说复杂我们就只能带人走啰。”那个被叫“他表叔”的警察，鼻孔里飙出了两股浓浓的烟雾。

“柿儿，你就卖一回爸爸——老叔这张老脸，看我回去不狠狠捶他一顿饱家伙！这个不争气的狗东西！”柿儿还在呜呜地哭，一时没有及时表态，那老家伙突然朝着自己的老脸上就是两耳光，“柿儿，我给你跪下啊——”

柿儿哪是那种一根头发就能遮住脸的人啊，当即止住了哭，轻轻“不，不”了几声。之后，警察叫过痨病鬼和柿儿在一张纸上签了个字，警车就又呜哇呜哇地开走了。

怎么说都曾叫过老家伙一声爸爸，他当着众人这样下矮，柿儿如若再不肯原谅，以后还怎么在石门寨里走路？

就在我转身要走出房间的时候，突然就看到了那无比凄楚的眼神。

## 喝过猪奶的女孩

我娘嘴边常念叨，柿儿才刚刚三个月大时，她娘就患上“天蛾子”，水米不能进，咽了气。死的时候眼睛睁得好大哟，怎么用劲都抹不拢。好可怜哟，柿儿小时候都喝过猪奶呢。每次，我娘眼里都盈满了泪水。

冉老蔫抱着脖子都软塌塌的女儿，上下几个村子里跑，看见有奶孩子的妇人家，就觍着脸将柿儿往别人孩子的摇篼边一放，什么都不说，雄赳赳地就去帮主人家挑煤，砍山，担粪，挖生土……开始时山里人心肠软，抹不开面子，嘴里啧啧几声，抱过柿儿喂上两顿。冉老蔫干活回来，坚决不动主人家的碗筷，只守在一边望着舔嘴的柿儿傻乐。后来妇人们都不干了，埋怨说，难怪柿儿克死了她的娘，原来是饿死鬼来投胎，咬住奶子头的小嘴就像蚂蟥的吸盘，吸住了就不肯松口，钻心般地疼，连血丝丝都被她吸出来了。

冉老蔫只好四处借钱买奶粉，借不到钱了就去小卖部赊账记账，后来连小卖部也记不了账了。有一天，听见寨子里的大黑母猪在喂猪崽子，他竟然打开猪圈门，赶跑了那群小猪崽子去挤奶。听到猪圈里吱吱嘎嘎的小猪叫，主人家闻声将他当贼堵在猪圈里。一阵铺天盖地的狂骂，臊得他老脸通红通红的，好长时间都不敢在石门寨里抬头。

逢年过节时，冉老蔫就挨家挨户地上门去打土地、唱干龙船，说白了就是“走出世外认亲访友，不用盘问为求衣食”，唱的都是些没脸没皮的讨好话。主人家图吉庆，丢出几挂火炮炸一气，嘻嘻哈哈笑一阵，刻薄不刻薄地戏骂几句，但总会封上一个小红包。寨子里有红喜事他争着去抬嫁妆；有白喜事他挤进去唱孝歌，主人家也总会打发些零碎钱。冉老蔫手里捏着点钱，就赶紧奔小卖部去给柿儿买奶粉、买米糊糊。就是这样，柿儿拖一顿饿一顿，风里雨里，竟然长成了山垭口边的一株油杉树——嫩嫩绿绿，亭亭惹风。

能蹦跳后，石门寨里柿儿帮爷爷抱烟，帮奶奶添磨，帮婶婶拾柴，帮姐姐打猪草。跳来蹦去的，小嘴儿还特别甜，没有哪个

不喜欢她。我娘见了也一个劲直抹眼泪："好可怜没妈的孩子哟，那么水灵，招人喜欢，比我家杉儿还要懂事得多哟。"

冉老蔫混日子变得越来越油滑，东家田里帮忙插秧，西家土里帮忙挖洋芋，尖着一张嘴到处混吃混喝，自家田地却是寨子里出食最少的。但柿儿绝对不会去撵爹的脚，只独自在黑黢黢的小木屋里煮饭热菜，出得门来又总是乐呵呵的，黛山绿水的眸子里，竟然看不到一丝儿荫翳。

再大点后，柿儿也会到寨子里红白喜事上去帮忙。一身陈旧干净的衣衫，一条黑黝黝的辫儿，明眸皓齿，惹人怜爱。在寨子的大石坝子上，一溜儿排开十几桌的席面，唯独她添饭时特别招人叫，忙得像一只飞来飞去的小喜鹊。

柿儿偶尔也有生气的时候。我初中毕业那年，痨病鬼不知道从哪里学得打卦、"打纤"的技术回来，牯牛无聊，非逼着他当我们面算柿儿将来嫁给谁做媳妇。痨病鬼煞有介事地掐了掐手指，白眼仁向上直翻，细长的脖子咕咕吞了几口口水："一轮明月圆又缺，几点寒星围残月，萤虫点蜡蜡不着，夜晚哭泪流前袄。算不得——说不得哟——"牯牛就从口袋里扯出五元钱，照着痨病鬼胸口一巴掌拍上去："你狗×的快点说！怕哪个不给你钱吗?"痨病鬼差点一口气没上来，疼得龇牙咧嘴的，但还是直摇头："这个姻缘，解不得，解不得哟!"

"放你妈的屁！你他妈快张开狗嘴，柿儿是不是要做我媳妇!"牯牛看他那副死样，更加气冲喉咙，又朝着痨病鬼的后背擂了一拳。

"做梦吃饭不充饥，哑巴做梦总不提，竹影扫尘尘不取，纸糊马儿不能骑……柿儿的姻缘，我是算过了的，只怕是……不能说，不能说……”痨病鬼挨了打，双手抱住头，边说边弓腰往一边躲。牯牛捏紧拳头，追撵上去又要打。

“滚开！不然以后不准你在我家柿子树下歇凉！”柿儿杏目含怒，连我和痨病鬼那时都被她的勇气惊呆了，“再闹我就去喊你主任爸爸来！”牯牛吃惊地瞪大了双眼，像被人拽住了牛鼻圈，垂下头，悻悻地走开了。

我高考回家那天晚上，柿儿从痨病鬼家开门出来，柿子树下只有我和她两个人。月色如纱，柿叶婆娑。一些还青涩的柿子在叶间时隐时现。

“杉哥，姜渔美刚刚还说你八字好，以后你就要到外面去读大学了……”

“嗯。”

“你以后得不得忘了——石门寨哟？”

夜，那样静谧安详。河水在喁喁私语，夏虫小蛙不知躲在何处忽远忽近地鸣唱。整个世界似乎不再向前，时间也定格在近乎凝固的情怀之中。我沉稳的心好像突然觉醒了，如焚如燎扑扑急跳，像活蹦蹦的小兔，欢喜不停，紧张不已。我们似乎都在等待着什么，又都能预见即将到来的倾覆。

“杉哥，到下河去走走——”终于，柿儿像鼓足了勇气，声音低低的，却清晰明澈，一如笼罩天地的月辉。

走到了下河的沙滩边，我们不约而同地停下了脚步。朦胧的月色，松软的白沙滩。月光下，柿儿扬起熠熠发光的眼眸，如杳渺银河里的星辰。一缕如兰似麝的气息无声袭来，我积聚起最后的一丝勇气，拢住了柿儿柔弱无骨的腰肢。

“杉哥，你听——河水，风，还有虫儿……”

傻柿儿，那时，我哪还能听到别的声音，只能听清你的喃喃昵语。

也是的，多年没见，不怪牯牛对我那态度，喝醉了酒还骂我“读书多的都假正经，满肚子坏水！”在那一晚，我确实曾指着天上的月亮信誓旦旦——只要大学一毕业，就要回石门寨娶柿儿的！

## 屋里拖出了畲刀

扶贫驻村，让我有时间去捋清一切断续的来龙去脉。

牯牛家在石门寨是最富裕的。我们从小都喊爹，唯独他家喊爸爸。他爸爸给他起名白孟强，也是很响亮的。

他爸爸当村主任很风光，经常觍着肚子，横披着一件西服走村串寨。上面千根线，下面一根针。别看只是个绿豆芝麻的村主任，不光各方面关系熟络，还信息灵通。他头脑灵光，最会审时度势。早些年就利用关系贷到款，在石门寨边修起一栋小楼，开了生活物资小卖部。各种副食、肥料、百货、生活用品都卖。不用上坡干活，也远比一般人家过得滋润。

白孟强的妈个子矮，肥胖到走路都像在地上滚动。以前只要老远望见冉老蔫往小卖部来，她就木着张脸，将头高高昂到了天上。

“她婶娘，柿儿今天歇气时候都哭哑声哒，给我赊包奶粉嘛……等新谷子出来哒……”冉老蔫这个当老表哥的，觍着老脸皮子，悻悻的，贱贱的。

“哼！上次的钱都还赊起的，今年的谷子才扬花，新谷子出来只怕还不够屙痢食的!”白孟强的妈根本不看人，鼻子一哼，眼皮也不翻动一下。

“她婶娘——大主任娘子哟，昨天擦黑时我从老林湾过路，老茶园里的草都长到人多高了。你们俩都是大忙人大能人，没得人手嘛，我这几天就上去帮你们薅草吵。”为一包奶粉，冉老蔫不惜嬉皮笑脸，硬是给他家薅了十天的老茶林。但后账盖前账，补丁上摞补丁，冉老蔫前前后后还是欠下小卖部三千多块钱。

有时赊给冉老蔫的奶粉竟然还有已经过期的，石门寨里的人就说，白家是犯了众口，现世报应就出在白孟强的身上。

白孟强随他妈，长得“蛮”，从小性子就特倔。白孟强四五岁时，他妈天天在寨子里扯起嗓门骂“朝天娘”，他连脸皮子都不会扯动一下。他爸罚他去跪石地坝，他跪得直直的，眉毛也不皱；用竹丫子抽打他，打得噗噗直响，他竟然一声不吭，一副电影里打死也不求饶的“英雄”相。放火烧别人家的草树，偷吃别人家的鸡鸭，开圈放跑别人家的牛羊……当真算得上是个无恶不作的小恶魔。但是，每一回，他的主任爸爸不管怎么打他罚他，最后总还是会帮他收捡烂摊子，以至于就有了更为出格的事情发生。上初中时，他竟然在教室里用父母的避孕套吹气球，还藏到学校女厕所的粪坑下面，偷看女孩子们解手，被一个挑粪的老农当场擒获。

我走出石门寨上大学后的那一年，白孟强色胆包天，晚上竟偷偷舔通薄皮纸窗格子，去偷看柿儿“抹汗”。柿儿突然回头望见窗户上的大黑影，吓得一声尖叫，赶紧抱住身子蹲到了澡盆里。恰恰那晚冉老蔫从外面赶白事归家，一口气追撵了三条巷子，揪住了他。

“你！你个狗东西，看我今天不打死你！”冉老蔫鼻孔像在拉风箱，气得扑哧扑哧地喘粗气。

“嘿嘿……我是看了，什么都看到了。你能怎么样吧？”白孟强反而以一副死猪不怕开水烫的神情挑衅。

“你！”冉老蔫一愣，脑子里突然就跳出了他老子的样子，“有娘养，没娘教的东西！走，看你那主任老子今天怎么交代——”

他老子具体怎么教训的，无需赘述，反正当晚整个寨子都没安宁。第二天整整一天，白孟强被罚立在石地坝的太阳下，没吃一颗米，没喝一滴水。快晚饭时，他的主任爸爸将屁股下面的那把枞木小椅子压得嘎嘎直响，手里拿根大竹棍敲击着石阶檐喝问：“你龟儿子都喝一天的风了，想清楚了没？咹？!”

“还想么子！我娶她！”白孟强在太阳底下晒出了两斤汗水，嘴壳子反而变得更加干硬。

“你！你这狗东西，在石坝子上杵一天哒，还在想好事！”他的主任爸爸气得一脚踢飞椅子，扬起手里的竹棍就要打人。

“嗡……嗯嗡，幺儿你就给你爸爸认个错啰……再莫犟了吵。”白孟强的妈一旁见儿子快虚脱的样子，眼睛一红，放声哭了出来。

“都是你！哪次教训儿子，你都扯天扯地护犊子！”白孟强的主任爸爸怒不可遏，转身朝着女人大吼。

“你是不痛吵，是我身上掉下的肉呢！”

“今天我偏就不依着你这头发长见识短的女人！”主任眼见寨子里围看的人越来越多，情绪的宇宙马上就爆炸了，伸出手去一拉，女人就摔倒在了石地坝上，一身一脸都是灰土。

白孟强见他妈被扯滚到了地上，受了刺激，突然就像发了狂的牯牛，一股风跑进屋内，拖出一把大畲刀，仰手作势就要砍向他的主任爸爸。

“你个老东西，一辈子都在家里称王称霸，看我今天不劈了你！”

“幺儿——幺儿哟，砍不得啊！”白孟强他妈快吓死了，死死抱住儿子不松手，“么子都依你！我们么子都依你还不行吗！快把刀子放下来啊——”他妈号哭不止，胖滚滚的脸上不见一丝人色了。

冉老蔫开头硬着头皮，坚决不肯答应这门亲事，无奈劝说的人好说歹说，又怵着人家主任的身份，何况还赊欠了小卖部三千块钱，也说不起硬话，最终就要了一份厚重的彩礼。这中间，唯独反对的人只有痨病鬼，他摇摇头：二命难觅海底金，月老配错这个婚，男子配错裙钗女，女子配错儿夫君。自从结婚心不稳，恍恍乎乎等天明，命中造就出二门，男女须定二次亲。但谁肯听他的叽叽咕咕呢？

冉老蔫在女人死了之后，总算是过了一段没有债务的时光。本来日子好像一下子就要变得好起来的，可是，冉老蔫却没福气，冬日里喝了酒去割棕，从高高的棕树上摔下来，断了腰杆子。柿儿流着眼泪守了三天三夜，人最终还是走了。

快咽气时，冉老蔫一直喊叫，要白孟强进屋去交代几句。白孟强不爱看人死，犟着头，硬是没有进屋去。连后事穿寿衣那些，都是柿儿红着眼睛找来痨病鬼一手一脚办到底的。

冉老蔫死后，牯牛强拽着柿儿出门打了一回工。因为他觉得在家里面，只要那个主任爸爸还在，就压着一座大山，永远没有出头之日；再就是柿儿老对他冷着一张脸，偏偏有空就老爱往痨病鬼家钻，虽说那个东西在他眼里根本都不算个男人，但也怕在石门寨里听到难听的风言风语。哪知道打工时，一次酒后，他开摩托车出去送货，竟然出了车祸。

牯牛被送进医院时，一只手已搓得血肉模糊，惨不忍睹，人也昏死了过去。医生望着泪水涟涟的柿儿说，必须截肢，否则一旦感染将性命不保。柿儿以前都没出过石门寨，又何曾经历这样的情形？万般犹豫纠结，塞进她手里的那支笔如有千斤万斤重，握笔的手都颤抖不停。她正准备咬牙在手术方案上签字时，牯牛就睁眼醒过来了。他咧开嘴直喝冷气，扯了扯护痛的那只手，一看几个手指头都还能动，顿时狂躁起来，伸出另外一只手就在柿儿粉脸上，狠劲地打了一个大耳光，破口就是一通大骂："你他妈凭什么要老子一只手！你说！在家里你一跑脱就往痨病鬼家里钻，老子没手了你好去偷人吗？你安的是么子心啊！"

"我，我……"柿儿捂住脸，扭过头去泪水不断线。

"你昏迷过去了，她是你的妻子，有这个权利……"连一边的医生也看不下去了。

"妻子!？就有这个权利？老子马上就休了你，偷人的婊子，你还有这个权利吗?"牯牛那时凶恶的神情，活像要毁灭地球的宇宙怪兽。

柿儿手里捏着离婚协议书，心里淌着泪水，在医院尽心服侍了牯牛两个月，直到他终于吊着一只伤手出了院。

"看看，你们都来看看！老子这只手，就是从那个贱女人手里抢回来的!"那只留有像巨大蜈蚣一样伤疤的手，牯牛逢人就高高地举起来，牙齿咬得咯咯直响，心里却如同打胜了一场人生决战一样得意。

回到石门寨后，柿儿绝口不谈医院的经过，任谁来劝，都再也不进牯牛那个高门槛、大砖房的家了。逼急了，她就将门闩从里面插得死死的，不管谁来都不应声，也不开门。不过，在那段时间里，痨病鬼却经常出入柿儿的黑木屋。

我刚回石门寨那晚，牯牛喝醉酒了，闯进屋里发酒疯，逼问柿儿，还因此引来了警察，也正是因为那男孩是在这不久之后，并未足十月就出生了。

关于牯牛，我回石门寨扶贫之前所不知道的一切，大多是那两次去老林湾作茶园估产时，出自痨病鬼带点偏激的讲述，不过，听上去也还是有鼻子有眼睛的。

你看看，是个什么东西！光这句话他当时就咬牙切齿了好多回。

## 是棵读书的苗子

小时候，石门寨里的人都说，我是棵读书的苗子。冉老蔫就无数次当着众人夸我："你们看看李杉，走路斯斯文文的，说话文文气气的，石门山将来肯定是关不住他的哟！"乐得我娘在一旁欢喜不已。其实，他的话并没有多少判断力和可信度，也就是有几次他在石门寨石坝子上，唱采莲船和打土地戏耍时，我歪打正着接唱上了，因而就被他欣赏吧。

说来也怪，石门寨没几个孩子爱读书，我却成了例外。小学、初中到高中，各种疙瘩题、绞肠题、破脑壳题，很少有难住我的时候。我家堂屋的板壁上，贴满了花花绿绿、大大小小的各种奖状。每次奖状拿回家，我娘都让我去喊冉老蔫来架楼梯帮忙贴。而冉老蔫总是贴得规规矩矩的，贴完之后还眯起眼睛笑，退后几步，左看一遍，右看一遍，好像奖状里也包含了他的某种功劳一般。

高三上学期，我又拿了奖状回家，冉老蔫贴罢没事，就嘿嘿笑着逗耍起我来："杉哥儿，你学习成绩恁好，人又长得帅，在学校里怕是牵妹娃子们的眼睛哟!"

我薄脸一红，随即就反唇相讥占他便宜："你乱说！那——我喊你亲爷嘛……""亲爷"，在我们石门寨就是对老丈人的特定称谓。

"要得，要得啊。我家柿儿要是有这个福分，我才巴不得呢！嘿嘿！我睡瞌睡到半夜都要笑醒哟！嘿嘿……"他眉眼飞扬，傻乐不止。我清楚地记得，还是上初中时，一次牯牛曾在寨子石坝上喊冉老蔫"亲爷"，被他一阵追撵，打了一顿家伙，还大骂他"有娘养，没娘教"。

见他傻乐，我自然也很开心。但我一回头，猛然就看到我娘脸上霎时已蒙上了一堆黑云。打小时候起，我娘不是一直夸柿儿好懂事，模样水灵吗？也就是开个小玩笑，她怎么会是这副表情？我当时大为不解。

高考完了回家那个晚上，狂热和激情让我和柿儿两个蓬勃的生命体最终挣脱了羁绊。就在激情消退过后，我恍惚看到小河沙滩边，一个单薄佝偻的身影隐向了墨团一般黑的树影之中，感觉很像是我的娘。难道我娘她……

我的大学录取通知书，是寄到白孟强他妈妈的小卖部里的，递到我手里时，从那女人眼睛里我看到了羡慕嫉妒恨。我娘终于长长地松了一大口气，但表面上最高兴的却是冉老蔫。他往石门寨里每家每户蹿，到处传播喜讯，兴奋得像是他家孩子考上大学了一样。

夜晚河滩边上，月亮的清辉洒在柿儿的脸上。她欢喜激动地将录取通知书看了又看，摸了又摸，后来就默然低下头，声音轻若蚊蚋："杉哥，姜渔美打卦还真准！他就说你是飞在山外的富贵命。你以后还会回来吗？走出石门寨的人，好多人都不肯回来了。"

那深彻的戚容，一下子让我的内心柔软到了无力。

"傻瓜！我在这里出生，在这里长大。这里是我的家呀！"我伸出手去安慰她，将她围入怀里，"今天晚上，回家我就对我娘敞开我们俩的事情，从小到大她都顺着我，还那么喜欢你，肯定会答应我们的。"对此，我那时想当然地自信满满。

"杉儿，我聪明的儿子哟，今天怎么就稀里糊涂啦？"没想到我娘听完我小心翼翼的陈述，一下子就面若冰霜，"柿儿倒是个好姑娘，可她那种家庭，从小都没娘教没娘疼的……我养你这么大不容易哦，你现在还要去读书呢。这十几年来，娘也不知受了多少苦，流了多少泪，一心就指望你能走出石门寨呢……"

一直都温和顺我心意的娘，是那么善良、仁慈、宽厚。我当时怎么都没想到，对待柿儿她竟是这态度。她大概也看出了我的惊愕和不满，并不想违着我的性子："杉儿，娘又不是一定反对你，只是要等你以后大学毕业……上大学到了外面，什么都不比家里，要好好用功哟。我们老李家就指靠着你呢。"

我娘不断扯衣襟揩眼泪，我快要冰封的心，一下子又融化了——我娘到底并不是反对我们的。年轻的头脑总是因为简单而

乐观，那时我还飞快地告诉了柿儿。因为没顾忌是在痨病鬼家里，当时柿儿脸上一下子就飞上了幸福的红晕。

一走出高高封闭的石门山，踏进厚重的大学校门，万千气息扑面而来。我急切地将看到的、感受到的，都写信告诉柿儿。柿儿因为普九而读完了小学，看到回信那纤细的字体，我就像看到了她苗条柔弱的身影。

开头一封回信，她叫我不要想家，说好想好想这辈子也走出石门寨，四处去看看。还告诉我，那封信为了避开外人，是趴在痨病鬼家的小饭桌上写的。我写了满满的五张信纸，她却只回了半页粘有油渍的材料纸。但我并没有一丝一毫怪她，因为我知道写这半页纸，一定都难为死她了。

后来我一再写信，就再也收不到回信了。大一寒假前夕，突然收到她一封信，信里只说，姜渔美说她与我八字不合，她马上要结婚了。信纸上依稀还滴有泪渍。知道她没手机，我就拼命往白孟强家的小卖部打电话，可几次白孟强的妈都不耐烦：她又不是在这里等起的，我到哪里去帮你喊人？后来我娘打来电话后，我才知道，柿儿千真万确已经嫁给了白孟强。这怎么可能？我顿时如闻晴天霹雳，万万不能接受这既成的事实。恰恰也就在那时，班花主动上来撩我，一屁股坐到我的课桌上，斜着眼睛，挑衅地望着我说："嗨，大才子，寒假敢陪我去西藏穷游吗？"

从那一刻起，石门寨成了我心中的痛。以后，每个假期，我都对我娘说，不回石门寨了，假期就在外面找点事做，既可以找些学费，又可以温习温习功课。除了逢春节时我娘会在电话里控制不住地哽咽，其余时候她总是乐呵呵的：我杉儿从小就知道用功，我放心，放心。她哪里知道，我那样拼命脱离石门寨，其实是在内心放逐了自己。

后来果然没出意料，虽然我娶了班花，但找工作却没能如意，重新又回到了小县城，好在离石门寨还有足够遥远的距离。之后我让我娘也搬进了城，我们一家子住到了一起。有好几次，石门寨里的亲戚带信来要过红白事务，我都以工作离不开为由搪塞，只让我娘代表全家回去一趟了事。

谁承想，这次的精准扶贫工作，逼着我最终还是回到了令我万般踌躇、万般纠结的石门寨。

儿子永远是母亲心头的一块肉，我感觉我娘似乎完全懂得我这么多年的那点心思。临行前母子俩独处时，她轻轻地叹了好几口气："哎——到底还是要回石门寨啰！我当初就不该哟！"我无法劝说，只能在一旁黯然无语。

叹完气后，我瞥见她悄悄躲到了屋子的角落里，扯起衣襟一个劲地抹眼泪。

## "打纤"打卦的痨病鬼

姜渔美在石门寨是外来独姓，从小得了痨病，细手细腿细腰细颈子，终年戴一顶陈旧的绿军帽，两腮上殷红，像熟透泛光的桃子。冉老蔫说，那都是病闹的，严重哦。

寨门前大柿子树下，小时候，痨病鬼经常抠心挠肺般咳嗽到像要断气，才吐出来一口浓浓的痰。牯牛十万分厌恶，直接就开骂："滚开点！痨病鬼，短命鬼，出气屎臭！"

"我短命，你千年万年！你爸你妈都千年万年！你祖宗八代三亲六戚都千年万年！"

牯牛知道痨病鬼是在拐着弯子骂他，却一时没听懂，气得在他后背心猛地来了两拳。

“抻脚动手，不是好狗！说不赢哒就动手动脚的，是小时候你妈没把你的手脚包好吗?”痨病鬼即使疼得龇牙咧嘴，一口气都只差要断线了，但嘴上却绝不会吐出个“输”字。

痨病鬼一副病入膏肓的死相，还经常打破砂锅问到底地钻牛角尖，惹得老师同学都厌。有一次他娘趁赶场跑到学校里去问儿子的成绩，老师笑笑说：“数学一二三，语文没话说。”他娘听后高兴了老半天，痨病鬼回家一问，就没好气地埋怨起来：“你还乐，老师是在变着法子踏削我！说我学数学算到四就算不到了，学语文又不会说话！这都是些么子老师哟。”他妈醒悟过来差点没被梗死。

混完初中后，痨病鬼跟一个江湖“游半仙”出门逛了一年，回来时就已“大变活人”。他吃了好多瓶政府免费发放的利福平，身体状况已经开始好转，虽然还是瘦骨嶙峋的，却不咳不吐了，只是仍不能干稍重的活。他学会了打卦算命：十里八乡赶场，找店家要个小板凳，脚边铺块硬胶纸，三本算命书，两瓣牛角卦，嘴里哼哼唧唧一通，山民们就虔诚地将一些小钱塞进了他的荷包里。闹出些小名声后，遇事主动上门的山民，也络绎不绝。

算卦只能找些小钱糊口，但“打纤”就是找“坨子钱”了。据说，痨病鬼空手空荷包出门去，走到山边王老伯家，见到他家喂养的一头大腱子牛，膘肥肉满的，就随口赞了一句：“耙田犁地的好家当哟!”王老伯没好气地直翻白眼：“翻田不上场口哟!顶人又踢脚，只要枷担一挨它肩膀就爆牛脾气!”痨病鬼说：“我想法给你换一头母牛回来，还能生牛崽子。”于是他牵着王老伯高高大大的腱子牛，走进了下一个寨子。河坎李表叔年轻力大，家里田土也宽，那时正为家里的母牛累到屙血尿而犯愁。见到痨病鬼，硬是不停说好话，强行用母子两头牛换下了那头大腱子牛。五天下来，痨病鬼分别将几家人的耕牛都换了一轮。等他将一头被驯服母牛的鼻纤绳，塞进王老伯手里时，他自己那边手里还拉着另外一头大黄牯牛。

走家串户加赶场，痨病鬼竟然求得了活命的一条生路。不过，唯独那次，牯牛一定要他算柿儿给谁做媳妇，即使后背挨了几拳他还是没敢说。其实他既知牯牛的命理：此命生来脾气暴，上来一阵双脚跳，对人脾气没得好，经常与人吵和闹。他也排出了柿儿的八字，推算出了她婚姻里的曲折坎坷，如与牯牛匹配姻缘只能是：二命难觅海底金，月老配错这个婚，男子配错裙钗女，女子配错儿夫君。自从结婚心不稳，忧忧乎乎等天明，命中造就出二门，男女须定二次亲。算来算去，也只有与他痨病鬼的八字才是最契合的。但那时，他敢说出来吗？

女人的心，会天然靠近弱小无助的男人，因为同情和倾诉是她们的天性。柿儿一直就什么肚尖心肠都一股脑儿对痨病鬼敞开。

如果不是后来听牯牛发嘘气，我简直不敢相信我上大学后，柿儿曾像讲别人的故事一样，讲了我和她在那个月下沙滩的夏夜——杉哥说，大学毕业了就会回来娶我的。我这辈子都从来没有那个晚上那么幸福过！痨病鬼只在一旁静静地听，又轻轻地摇头。这个会打天卦的家伙，那时一定早就算出了后来的一切。

杉哥的妈妈今晚流着泪来求我了，老人家求我不要扯杉哥的后腿，他还要在大学好好读书，将来还要做大事情，我——该怎么办哟！我上大学期间，我娘竟然单独去找了柿儿。柿儿抽动着双肩，嘤嘤地哭；痨病鬼悄悄递过去一条小手帕。他肯定知道，我娘的厉害之处，并不是像白家那样用强。哪家的娘不会张开翅膀，尽力护住自家孩子的晴空呢？

牯牛他妈妈，这几天请了好多人来说亲事，一浪一浪的——我爹还欠着他家的债，我心里好乱好乱啊！就指望我爹他……柿儿焦躁，坐立不安，那段时间也许是她最难挨的日子，怎么还可能给我回信？那时痨病鬼就定定地望着她，一会儿搓手，一会儿咕咕地往肚子里灌黏熬茶。那时，他岂会算不出冉老蔫最终是扛不住的？

牯牛——他嫌我不是清白之身，他……他那个，夜晚好变态啊！他妈还骂我是克死娘的命，说一进门就糠箩跳进了米箩里，是八辈子也撞不上的大运……渔美，我的命怎么这么苦哦！柿儿新婚那段时间竟然也偷偷去找痨病鬼倒苦水。除了痨病鬼，还能到哪里倾诉？痨病鬼低垂着头，默不作声。

渔美，在外面的大医院里，牯牛好狠心哟，当着那么多人打我一个大耳刮子，巴掌印过了十天才消完，我都恨死他了，呜呜……在人前，柿儿一直不肯吐露打工照料牯牛的经历。那时，在暗含倔强的哭声里，痨病鬼已经隐隐察觉，柿儿的心开始偏向自己了。有些人注定是等待别人的，有些人是注定被人等的。痨病鬼千百次打卦，肯定信奉这个姻缘逻辑。

“渔美”，柿儿是这个世上唯一这样称呼痨病鬼的人。痨病鬼伸肩膀过去，一只手无限爱怜地护住了柿儿。靠在那瘦削的肩膀上，柿儿后来竟然渐渐入睡，发出了细细微微的鼾声。

柿儿在医院服侍完牯牛，独自躲进矮小昏黑的三柱二屋子里，几乎没有一个安宁的日子。一个小寡妇的艰难是可想而知的。也就是在那些时日，只有痨病鬼每天夜里拨亮她那盏孤苦无依的心灯。

听说柿儿就要和痨病鬼搞到一处，牯牛哪里会服气？隔三岔五喝酒了都跑去惹事。就算要重嫁，你嫁远点不行？何况在牯牛眼里，痨病鬼根本就是世上最无用、可以被任何人踏削的男人。柿儿竟然要和他搬进一个屋里去，这简直就是对他牯牛的最大侮辱。

痨病鬼被抵死到老坎上没有退路时，被逼着摊晒出了和柿儿过往的根根蒂蒂：你牯牛了不起啊？柿儿几时真心实意跟过你？你看看，柿儿哪样没对我掏心掏肺？她是你的女人？你知道这么多年她内心的盐咸醋酸吗？你晓得她肠子往哪里弯，晓得她心子蒂蒂哪时痛吗？

牯牛一时竟有点蒙，猛然又回过味来："妈×的，就是你狗×的朝天打卦，一步步算计走了老子的女人！老子这辈子都和你没完！"

之后一次在河边柿子树下歇凉，牯牛喝了点酒，对我揉烂了一张满是横肉的脸，像是想恶心我一回，溅我一身脏水，又像是要状述痨病鬼历来可耻的所作所为，让我来一次"公审"。最后，他无比怨毒地甩出两句自认通彻无比的话："打卦的狗东西，他妈×的一开始都没输！还是数你李杉最狠，松松活活就甩脱了那个贱女人！"

我头脑里想象出痨病鬼与柿儿过往的一幅幅画面，内心好一阵翻江倒海——几千个日日夜夜的痛苦纠结，甚至没有勇气敢回到石门寨，是连牯牛也看出了我内心的怯懦吗？即使如今被逼着回到了千千心结的石门寨，我的三千愁思该去找谁述说！用我三生烟火，换你一世迷离，在石门寨里，大概是没人能懂的。

“冉柿儿，姜渔美，今天都在家咧。我这里有一本《扶贫手册》，需要上门来找你们填一填。”不管内心怎么激荡，我还是只得又一次走进这个让我内心无法平静的帮扶户。进屋刚一抬眼，就对接上了柿儿那双清澈宁静的眸子。就是这双眼睛，曾千万次出现在我的梦里，让我在半夜里冷汗涔涔，醒来后就再也无法入眠。但此刻与这双眸子对撞时一闪一转的瞬息，我猛然意识到，自己好似已成了飘过情感时空的过客。

今日，他们归置过的屋内井然有序，打扫得纤尘不染。柿儿热情地喊坐，倒茶，烧饭，显得那么自然而从容，就像是这家主妇在接待一位远来的客人，抑或本来就是接待一位下乡来扶贫的干部。

这一刻，风轻云淡，生活似乎洗净了过往时光中的无序杂乱。

“杉哥，柿儿每次都说我家幺儿活像当年的你，长得眉清目秀，读书也行着呢！你看都拿了奖状回来了——”姜渔美朝堂屋的板壁上指了指，脸上洋溢着不加掩饰的自豪和满足，“将就送这个小家伙读书，我们俩商量好了，准备搬到镇上去做点小生意——政府在镇上为我们修了安置房，柿儿她勤快能干，我现在身体也没什么大问题了，能帮帮衬衬的。”

这些话听进我的耳朵里，重点全然不是痨病鬼想要表现的自豪和满足。时至今日，长得像我，难道还是残存于柿儿心中的一种愿望和目标？

“杉哥，你就放心吧。渔美——他是很聪明的……”柿儿的声音还是那样轻柔，还是那样明澈。她这是在担心我此次下乡的扶贫任务，还是有意在外人面前夸耀自己的丈夫？我盯住那双没有烟云飘拂的眸子，一时无法明确答案。

哦，冉柿儿，姜渔美，你们终将也要走出石门寨了！

两边石门山耸天峙立，关护住那座小小的山寨——黑瓦木屋吊脚楼，石阶石檐石地坝。寨前那条清澈无比的小河逶迤而过。小河边的寨门前长着一棵蓊蓊郁郁的柿子树……

在这次下乡扶贫回程之时，我兀自怔怔地回望了好久，好久。

哦，我魂牵梦绕的石门寨！

# 老屋基

火老汉一生勤奋节俭，到五十岁才修起了一栋新砖房。但是等到分家分房时，恼火的事情就来了。

俩儿子，两栋房。一栋是祖传的“三柱二”老木房，一栋是新修的砖房。

新砖房精心选址在赶场的公路边，交通便利，宽敞明亮自不必说，还可兼卖点小副食、日用百货之类，日不晒雨不淋，就可以稳妥赚取生活开销。

“三柱二”的老木房呢？房屋窄矮黑暗，陈年木柱都快被腐蚀一空了，尤其还不通公路，拖点煤炭、粮食都得靠肩挑背驮。

火老汉鼓眼“抡”了两个儿子几眼，喝过酒的脸上肌肉抖了几抖，现出点为难的神色：“儿大不由爷，分家才有奔头。两栋屋嘛……我看老大刚结婚，就住砖房；老幺住老屋。老屋是亏些，但我身体还好，就住老屋帮衬你，二年再修一栋新屋。”

虽说手板手心都是肉，但他其实是偏心的。老大两口算邋好哒：实心对实眼，一点儿心尖肚肠都没得，做起事来总是捞块板板就杵齐坎坎。他们不住新屋，怕是几辈人都爬不起来的。而老幺呢？小时候肚子里就多弯弯肠子，脑壳里的“鸡骨转儿”转得飞快，背后的“影子”特别长，根本就不用担心他没得“起鼓”

的一天。

“老汉，我有点想法，大哥总算把媳妇接到屋哒，而我的婆娘还在亲娘肚子里喂起的。住这老屋，这辈子怕是没得哪个姑娘跟着我一路哦！再说，我住新屋做点生意，将来也可以帮扶哈大哥吵！”老幺见老汉话已出口，先前讨好老汉买的那条烟没起作用，就赶紧“弯弯田坎弯弯上”，随即挽起了“转阁楼”。分家立岁，事关家业的起点，势必据理力争不可。

“你、你……房子是老子修的！”火老汉见幺儿竟敢当面和自己分庭抗礼，一火就燃上了天灵盖，“老子叫哪个住就归哪个住！”他鼻孔里呼哧呼哧的，要是像红孩儿那样照鼻子打两拳，绝对会喷出火来。

“老汉，我也不是故意犯‘对门冲’，只是讲哈我的想法。”幺儿见势不妙，赶紧打“圆凿”，“我看干脆凭运打彩——抓阄。好汉阄下死，谁该住新房就让列祖列宗来做决断吧！”

“爸，我看老幺说得也有道理，我们两口住哪里都行。”见老幺将列祖列宗都请了出来，老大也已经软口，火老汉也就不好再说什么了。

“我来写阄子！”老幺好像生怕火老汉会改变主意似的，当即跳起来忙活。他用纸片写好两个阄子，认真地折了折，又揉揉捻捻成两个小纸团，捂在手心里摇动了好一会儿，随后抛滚到面前的桌子上：“大哥，来！由你先抓！”

老大想都没想随手捏了一个阄子，展开一看，歪歪扭扭地写着俩字——“老屋”。老幺见了，随手就将自己的阄子扔进了火炉里：“大哥，这是天意！我们弟兄家打断骨头连着筋，将来我发达了，不会忘记大哥的。”

火老汉和老大此时根本没想到，老幺扔进火炉的那个阄子上面也是写的“老屋”呢。

见事已如此，火老汉急忙安慰老大两口子：“分到老屋也没什么不好，那是我家祖祖辈辈传下来的老业。你爷爷的爷爷就说，老屋里有宝，住人人发财，生儿儿大个，还要我们赌咒发誓不能转卖呢！再说，旁边就是两亩菜园子，还有田土山林也很近。”

分家过后，老大两口子本本分分过日子，老幺做小生意，原本相安无事。哪里知道才刚过一年，老幺就非要撵着住回老屋去。这时火老汉屁眼儿都是火：“你个东西属狗脸啊！前次分家你搞‘花板眼’，一根头发遮住脸，连你大哥也骗。这是你喝酒了后自己说出来的。今天你又要来搞么名堂！莫不是你狗鼻子又嗅到屎臭了！”

老幺要调回老屋去住？难道这次是他有遗算？但他的“粑粑”可从来就没烤煳过呢。

请来一堆人劝说没能奏效，老幺又泪流满面地上门哭诉：“大哥啊，新屋那里的风水克我啊！新屋立基之地原本是‘黄龙卧盘’的宝地，怎奈是‘出海船形’面北而居，青龙盛而白虎弱，宜长克幼呢。大哥你看我做点小生意，一年内就被工商罚两回，又被税务罚了一回，本钱都亏进去了。那新屋对我是诸事不宜啊！”

“少给老子抠花花肠子！你哪里长发岔，老子都清清楚楚！黄鼠狼跳进鸡窝——也有好事？”火老汉只要看见老幺上阶檐，就把烟杆敲得“轰轰”响。

最后迫不得已，老幺竟然甘愿出血，割肉一般拿了五万块，换回到了老屋里去住。

半个月过后，老幺将老屋卖了，那歪歪斜斜，即将被蛀蚀一空的“三柱二”老屋，竟然卖了二十万！

原来老幺一天神戳鬼戳，早打听到香楠木涨成了天价，而老屋的柱头木板全都是香楠木的呢。

难怪老幺求爹爹告奶奶，不惜血本也要回到老屋，名堂就在这里！

火老汉得到这一消息，全身裹着团烈火，扯起块木枋子就要去打老幺的“家伙”。但是老幺早不知躲到哪里逍遥去了。

又过了一个月，突然闯进一帮人，凶神恶煞地堆到老大一家住的砖房里不走。他们拿出砖屋的房产证，又拿出老幺亲笔签名的卖房合同，逼迫老大一家马上搬出去。那个老幺，虽说调回老屋去住不假，竟然背后还留有一手，故意没办财产变动事宜，偷着又将砖屋卖予他人了。

这回，火老汉嗫嚅着嘴，喊不出半句话，几乎油尽灯枯，就像块燃尽的木炭，竟至一病不起。

老大两口子没办法，只好脚慌手乱将火老汉送进医院去，又在老屋原来地基上砌了些砖块，盖了牛毛毡，算是勉强支撑起了遮风避雨之所。

亲兄弟害人竟然到了这田地，乡里人都议论纷纷。火老汉更是从此像霜打的茄子，逢人没了笑脸不说，连“苞谷老烧”的酒量都减了一半。老幺呢，据说有人看到他整天泡在城里的麻将馆里，或者现身高档酒店、洗浴中心，身边美女不断，过着花天酒地的生活。

一晃到了第二年，老大背了一背篼苞谷进屋，几个衣冠楚楚

的干部赶忙接背篼。“恩咸”高速公路开工了！老大家遮风挡雨的陋室、菜园子、耕种的田土、没什么树木的山林竟然都在高速公路的范围之内。

那几个干部说，按国家政策补偿，你家就百多万，如果没什么意见就在这协议上摁个手印，签个字。

拆迁到房屋时，火老汉还是热泪纵横，喃喃道：“老屋呢……热脸热土的，发财不离老屋基呀！”大铲车的铁臂伸进土里，一拱，一堆白花花的银圆翻涌而出，引来工地上一片惊呼之声。火老汉后来数了数，一共有两百个。

老辈人没骗人，老屋宝地就是地下藏着银圆。

又过了半年，老幺落魄回到老家，却找不见半点家的影子。邻居们也没谁请他进屋坐，热茶也不倒一口，只用鄙夷的眼神看着他。有人悄悄告诉他，老大他们早进城了，买了房，买了门面，日子火着呢！

# 土罐儿

“鬼——贵——阳——，和尚背你大舅娘。”

在小时候，只要夏夜里透出一丝熹微的月光，小伙伴们都会在院子里追逐嬉闹，一边嘴里就少不了和阳雀斗嗓门，“鬼贵阳”的叫声如同歌唱家吊嗓子一样，调门越吊越高，非要引得群山树影之中的阳雀歇斯底里般地鸣叫，静夜中快要啼出血来方才作罢。

我的大舅娘，本来一生并没有什么故事值得一说，但她却偏偏在无比凄楚的人生末路之时，捡拾到了一个据说还绝对价值连城的古董土罐儿。这个消息当即在偏远的小镇上迅速激荡开去，而层层围裹的山峦，蜿蜒起伏的群峰似乎又让这种消息在狭小的空间里绵绵回荡，经久不绝。

只因父亲放了句话，她12岁就出嫁了。外公外婆家的房屋，隐藏在大山里最深远的小河沟边，生活条件的艰苦自然是可想而知的。每当夜晚围坐在火塘旁时，外公捻着胡须，嘴里叼着长烟杆，最引以为傲的话题，无非就是穷其一生总算修起了可以遮风挡雨的“三柱二”小木屋，再就是费尽心力后总算让儿子的媳妇进到了屋里。

在那个饥饿到极致的岁月，大舅娘却天生长了一副最强劲发达的肠胃。她什么都能吃，什么都敢往嘴里送，没吃的东西了，薅了路边的干草也能咀嚼几口后填进肚子里。外婆就指着笑骂道，看她那副样子，莫不是娶回来一个猪牛畜生变的东西吧。

到了一年年底，生产小队决定每家要分一斤猪肉。外公当时也是一时糊涂，竟然放心吩咐大舅娘拿了只大碗去食堂取。更让人没想到的是，那年生产队分的竟然是熟肉，大块大块的肥肉堆码在碗底，还冒着丝丝热气，散发出浓郁的肉香。大舅娘的那副天生发达的肠胃，又怎能经受住这般的“酷刑拷打”呢？

她先是犹犹豫豫地用双指尖拈起碗边上的一小块肉，吱溜就进到嘴里，还没等囫囵出个味儿，就滑落下了肚底，接着飞快地就有了第二块、第三块……越吃越酣畅，等她双腿迈进大门口时才发现，生产小队分的一大碗肉已经片渣无剩了，而喉咙肠胃竟然还意犹未尽。

团年的时刻都快到了，外公烧了纸钱，也给祖宗上了香，他端坐在桌前用手指蘸了蘸一年里积存下来的半斤土酒；外婆也送完了灶神，细细地切了一堆酸菜，准备把酸菜炒肉作为一家人团年的大餐……当看到大舅娘傻傻地端着一只空碗进屋时，他们顿时什么都明白了。外公苦笑着直摇头叹气，外婆则气得当即从土灶孔里拖出把扫帚疙瘩，奋力朝她头上飞掷了过去。

后来大舅娘生了大表哥和二表哥，就什么都明着暗着往两个儿子身上“抢夺”，不仅忽略了公婆在家中的权势地位，更无情挤压了一家人本就拮据不堪的生活空间。家庭矛盾日益突出，三天一小吵，五天一大吵自然就是少不了的事情。

这一天，外婆给大舅娘和我母亲每人五角钱去集镇赶场（那时五角钱也算不小的零钱数目了）。我母亲高高兴兴地换了干净衣服要出门，大舅娘突然就干号着从里屋内跳了出来："我的钱呢？妈先前给我的钱不见了！刚才分明还在的，一定是被人偷去了！我们家里出贼了——"她个子虽然矮小，却揸开尖指四处指指戳戳，又张大了两腿，在堂屋里飞快地跳来跳去。那两片薄薄的嘴唇，那嘴边尖尖的虎牙也仿佛是专门为吵恶架而生的。尖利而嘶哑的吵骂声，就像吐枇杷籽一样源源不断地冲口而出。

一阵吵骂之余，她不管不顾，硬生生地就从我母亲的手里将五角钱抢了过去，一边还信誓旦旦地嘶吼道："就是这张！就是这张钱！我记得清清楚楚的，这钱的边上缺了个小角的，你看！你们看！"我母亲气得涨红了脸，却一时无言以对，只能嘤嘤地哭泣。一家人也都陆续围了过来，看见大舅娘像开诉苦大会一般在那里尽情表演，都不由将怀疑的目光扫向我母亲。

外婆没有作声，她趁人不注意，偷偷地绕到了大舅娘的身边，突然就伸手翻出她的裤儿口袋，口袋角落里一张被折得皱皱巴巴的五角钱，顿时被她翻落了出来。"这是什么？这是什么？你说！"外婆指着钱厉声喝问大舅娘道。

"这……这……我……我……"大舅娘铁青了脸，一时没了话语好应答，就俯身飞快地捡起那张五角钱，躲进了屋内。我母亲最终没能要回那五角钱，但从此心里就对大舅娘有了个大疙瘩，一生中也没能化解掉。

后来大舅娘和外婆终于闹到彼此无法容忍的地步，她就带着大舅和两个表哥回到娘家去借住。母亲说，大舅娘走时还翻肠倒肚地和外婆恶吵了一架，甚至恶毒到都不把外婆当作人来骂。外婆也是被气到气血逆流、头晕目眩，血管也只差迸裂了，她恼恨地从大柜子角落里翻出一叠冥钱和一些香烛，来到院坝边上一边烧钱上香点烛，一边哭着诅咒大舅娘一辈子都要背时，不得好死，临死时一定还没人送终。在母亲看来，后来大舅娘晚景无比凄苦，也许正是过往神灵动了怒，在暗暗惩罚她吧。

大舅娘和娘家妯娌们也难以处好关系自不待说，而且她又觉得娘家也还是太偏远了，就想方设法搬到集镇的边上落了户口，一家人搭起个简陋至极的小木屋来躲避风雨。

大舅一辈子乐乐呵呵，每年正月我和弟弟还都会背了肘子和大糍粑去给他拜年，他对我们兄弟俩也很疼爱，很真诚。记得有一年他没了拜年打发钱，就硬是强逼着我们兄弟俩扛走了他亲手做的一张小茶几。但他嗜酒如命，后来有一次跟着别人出去做道场，喝多了酒就再没醒过来。在他去世以后，我们兄弟就再也没去拜过年。再后来我又在外读书很少在家，直到工作后，才知道大舅娘晚景已是凄凉无比了。

那是一个毫无征兆的下午，我下班后往家走，在经过集镇边上一个大垃圾池时，看见有黑乎乎的一团在翻找着什么，不时发出窸窸窣窣、稀里哗啦的声响。我走近了仔细一看，竟然是大舅娘在肮脏不堪、恶臭难闻的垃圾池里捡拾垃圾。有好些瓶瓶罐罐、塑料纸片之类的已经被她挑选了出来，散丢到了垃圾池的边上。

“大舅娘你怎么在捡垃圾啊？都这时候了，你怎么也不回家啊？”我不由诧异万分地问。

此时的大舅娘已经很难让我与印象中她的形象联系起来。她的身躯虾米一样剧烈地佝偻着，身上的衣服黑黑的，穿了好多层，且又破又烂，根本无法分清样式。她的头上还戴了顶不知从哪里捡来的破帽子，还根本都归拢不住肮脏而散乱的绺绺白发。

我仔细留意了破帽子下面那张脸，藏污纳垢且不说，伤痕皱纹层层叠叠、沟壑纵横，仿佛已经被人世间所有的苦难浸泡了上千年一样。这，哪里还是当年那个指天跺地、吵东骂西的大舅娘啊！在垃圾堆中，她完全已经与周围的一切融为一体了。

“是外甥啊！早就听说你都参加工作了。”大舅娘语气中流露出惊喜，“我不捡垃圾还能怎么办啊！你那两个表哥都不争气啊，一个顿顿喝酒烂醉在家里，一个天天打牌就不落屋头……你那两个表嫂子……也个个都不是省油的灯。我……我都被赶到一边，单独在过……”她的声音越来越低，最后近至哽咽，说话时早不见了以前吵架的利索凶狠劲了。

我赶紧从口袋里掏出一百块钱，塞到她手里：“你自己拿去买东西吧。”她还在说“那怎么好”时，我已经躲逃得远远的了。因为这并不是为了亲情，我这样做纯粹只是可怜她而已。

这之后，我就经常看到大舅娘背了庞大的一捆垃圾经过，街上的人们都纷纷掩鼻躲让；有时隔得老远，我也能知道，那个在垃圾池里翻找的老人一定就是她。我又有几次多多少少塞钱给她，或者将家里看上去可能值钱的垃圾特地送到她面前。她每次都会千恩万谢，还四处传播我的美名。那时我年轻，就觉得我像是在博什么虚名一样，慢慢就不愿意再理她，更是从来没想过请她到家里喝茶，或者坐上一坐，尽管有好几次我明明知道她就在我住的楼下面捡垃圾。

大舅娘的身体后来每况愈下，儿子媳妇两家都不管她不说，她的眼睛慢慢也分不清垃圾的好坏，身体也背不动沉重的垃圾了。更糟糕的是，她还害过两场不算轻的病。

也就是在这时，集镇上开始疯传，有个捡垃圾的老婆婆，在

垃圾池边上一个小土洞里扒拉出来一个小土罐儿，当即被人以一万元的价格抢买走了。故事慢慢被传得更加有鼻子、有眼睛了，说是小土洞那儿以前是家大地主的地，临近解放时，大地主曾经押着个长工背了一筐财宝就往那个方向去的，也不知道他趁着夜色将财宝埋在了哪里。反正后来长工的下落杳无音信，而大地主又在镇压反革命的运动中当场被活活揪扯掉头皮，在无数人的拳打脚踢中死去了。为了有个公开明确的交代，已经死去的大地主还被拖到大河边上再补了一枪，但是财宝就此完全没了下落了。

那个捡拾垃圾的老婆婆当然就是大舅娘啰。虽然我一向对这类街边新闻不置可否，但是不久后两个表哥却上门来找到我，才知道街上所传并非空穴来风。

“表弟，你是个文化人，你得替我们哥俩去争讲一下道理，天下哪里有这样便宜好占的事情！你大舅娘捡到的可是价值连城的古董啊，被人以一万块钱就轻飘飘地买走了。”大表哥目光迷离，两颊酡红，喷出一股熏人的恶臭酒气。

“是呢，要是有这样好做的生意，我早就发大财了。还用得着现在这样天天起早摸黑吗？你知道吗，有人说那土罐儿是明朝的古董，实际价值得上百万呢？要是不能要回来，真是亏大了！”看二表哥义愤填膺的那样子，大概他忘了，他嘴里的所谓的“起早摸黑”该是指在麻将桌上酣战吧。

我也想陪着两个表哥弄清楚情况，就跟着他们来到镇上最豪华的高乐高宾馆的房间里。原本想着买走土罐之人一定是精明的蛇鼠之辈，一定目光闪烁，能言善辩，却不想竟是个慈眉善目的老者。

老者已然发须染霜，开门看见几个气势汹汹的，来者不善的年轻人，他一脸气定神闲，一点也没慌张，内敛的沉稳仿佛能让所有的惊涛骇浪也瞬间变得波澜不惊。装饰豪华整洁的宾馆房间里，老者俨然就是悠闲自若的主人，他微笑着让了座，转身又泡了茶递到表哥们的手里，一时间反而让他们局促不安了起来。

“你是个老师啊!”老者看着我显得有点意外，目光中闪烁过一丝喜悦，“我最喜欢知识分子了，以前我就吃了好多没文化的亏啊。”老者很健谈，在交谈中我得知他竟然做过一任副县长。由于多年在外地工作，退休后他每年都会回镇里老家来走走，顺便看看能不能为老家做点什么力所能及的事情。老县长谈吐中唐诗宋词经常脱口而出，这让我惊讶不已。他就解释说，以前真是长工出身呢，言语都是解放后在工作中慢慢淘来的，也是生活硬逼出来的。

见我们俩热络地聊得不亦乐乎，二表哥就不耐烦了：“桥归桥，路归路，今天我们兄弟仨是来找你要回土罐儿的！我妈捡到的古董，可不能白白就便宜了你!”他说话时，冒着凶光的两眼珠，正像麻将牌里的“二筒”。

“可是，那土罐儿并不是什么特别值钱的东西呀，再说我也是花了钱买的，钱货当场就已经两清了的。”老县长见状急忙分辩起来。

“俗话说……打酒——只问提壶人，我妈那么大把年纪，都老糊涂了，她的事情只能由我们哥俩才能做得主的！你要晓得，酒虽好喝，酒糟子可胀死人……啊!”大表哥嗫嚅着嘴，嘴角挂了一丝亮晶晶的涎水。

“世界上有那么好的事情吗？一万块钱？就算白白送了你吗？”二表哥说话时声调特别高不说，还脸色铁青，牙齿咬得咯咯响，不由让人生出两分寒意，“今天你得把古董拿出来，这是还你的钱！”他将手里的钱高高晃了晃，就像打牌和牌了催人开钱一样丝毫不容讨价还价的余地。

“可是，那土罐儿我都包裹好了，还联系了外面的人，过两天就要过来看看的……”面对咄咄逼人的兄弟二人，老县长显然感觉到了麻烦和压力，可又有些极不情愿，“老师，你来看看，这事！也算周瑜打黄盖——一个愿打一个愿挨，不是好好一桩公平买卖吗？”我无奈地苦笑了一下，表明我只能作壁上观，根本无能为力。

知道已经无法退让和更改，老县长才无可奈何地叹了口长气说：“要退回去也可以，但是我得把土罐儿交到老姐姐的手里，因为我是从她手里买到的，可不想再生出点什么事端来。”

老县长打开宾馆里的一个严严密密的柜子，小心翼翼地捧起了一个层层包裹的纸箱子，最后送回到了大舅娘的手上。他大声伏在她耳边喊道：“老姐姐，你俩儿子刚才找到了我，我现在把土罐儿给你送回来了——”

“你、你们……”大舅娘懊恨不已，想要极力说点什么，但是却根本没人理会她。

“老姐姐，你检查后可要收好啊！”老县长沉稳地笑着，语气不厌其烦。

“给，这是你的钱！拿去！”二表哥将一叠钱狠狠砸到他的手里，“不过，我已经扣下了两千，就算为你的欺骗行为交了罚款了！”

“什么？你！你们真是不可理喻！”老县长脸上难掩几分恼羞的怒色。

在老县长走后，好奇心驱使我小心翼翼地打开那层层包裹的土罐儿：是一只单色釉的四耳土罐子，重六七斤，高约十五厘米，口径七八厘米。罐子凸肚部位有四个立体图案——一只呆呆的乌龟，一只引吭高歌的公鸡，一条趴地上睡觉的小狗，还有一条蜷身吐信的蛇。在罐子的颈部雕刻了立体的千手观音的图案。一看之下就知道，土罐儿大概是民间作坊的手工陶罐，可是又和我们本地使用的生活器具截然不同。

有一点毋庸置疑，土罐上的历史尘封气息特别浓厚，以致引得两个表哥都怔怔地盯住了查看，生怕放过了一丝一毫的细节，他们郑重紧张之色溢于言表。我见他们就像盛宴于前的饕餮一样，不由内心有点担心起来，就赶紧建议说："我看这个土罐儿就由——"

话还没说完，两个表哥都抢过话头道："我来保管！"

大表哥据理力争道："我不进赌场，绝对不会因为打牌输了，偷偷把它卖掉的！"二表哥却不屑地回击他道："哼！你哪天要是喝酒麻了，能保证不会把它弄破吗？"两人如斗鸡一样瞪着红红的眼，互不相让。

"这样吧，土罐儿既然是大舅娘捡到的，我看还是交由她保管吧。等哪天她百年后走了，你们兄弟俩再把这土罐儿当作遗产来处理好了。"我只好在两个表哥中间折中调解了起来。

除此之外，也没有其他更好的解决办法了，兄弟俩于是挤到了另外一边，叽里咕噜着瓜分刚刚赚到的两千块"罚款"去了。

又过了七年后，大舅娘瘫痪在床上，全身都不能动了，却偏偏头脑清醒，能吃能喝。就是这副样子还艰难地维持了整整两年。有几回母亲终于心软了上门去看望她，说她那屋里又黑又潮

又臭，棉被都成一团一团的狗儿子坨坨了，还特意帮她向镇里民政申请了救助。大舅娘有一次曾对着母亲哭号着说："我这是哪辈子造的什么冤孽啊！就这样一口气吊着，想死都不行哟，一定是婆婆当年诅咒我，我活该遭了现世报了！我的老天爷啊——"

我就问母亲，大舅娘在这大冷的冬天有火烤吗？能吃上一碗热饭不？母亲说，还算好吧，由两个儿子轮流着照顾，要让谁不照顾还都不答应，不就是因为你大舅娘一直紧紧护着那个土罐儿吗？就是在她生病时，那土罐儿都得紧紧挨在她的身边。

大舅娘弥留之际，趁她意识迷糊，两个表哥赶紧将土罐儿转移到了另一边的屋子里。在她离世时，两个儿子只顾庆贺刚刚到手的土罐儿，竟然没有一人陪在她身边为她送终。断气后，她眼睛鼓鼓地盯着上方，像是在抗争，又像是在做无谓的祈求。

出殡那天，大雪压塌群山，屋檐滴水成冰，整个世界冰冷彻骨。

两个表哥迫不及待地就要将手里的宝贝古董出手，他们相约跑遍了附近的古董市场，可是却没人给出意料中的高价。最后他们还不甘心，就买了两张车票到省城里，但也只有人嗤笑着将价出到一千块钱。

这不可能啊。当年那个老家伙还出了一万块的。两兄弟最终决定求我一起去找那个老县长。老县长嘿嘿一笑，轻轻接过那只土罐儿说："我们县有文字记载的历史才多久啊？县内又没出现过官窑，当年我之所以花一万块从你们母亲手里购过来，也就是怜悯她处境过于凄凉。这个土罐儿也就最多值个两千块钱。以前你们兄弟俩已经从我这儿拿走了两千块，如果你们要是同意，我愿再花两千块买回来，毕竟这土罐儿又多了一段人世间的悲情故事啊。”

土罐儿静静地放在我们面前的桌子上，肚子鼓鼓的，呆呆的，仿佛已经装下了好多沧海桑田的故事；它又张开着大口，似乎还想要吞吐下什么东西一样。

后来有人说，那土罐根本就是老县长从外地带回来的，是他假意从那个捡垃圾的婆婆手里购买，真实的情形，曾被一个镇上的好事者真真切切目睹过。也有人言之凿凿地分析说，垃圾池边的那个小土洞就那么好找古董吗？再说，那个捡垃圾的老婆婆，她那双老眼还能分得清楚古董吗？

真相到底会是怎么样的呢？我无法求证，也不想求证，更坚信老县长是不会在无意之中说出什么话的。

# 灯师傅

## 一

腊月二十五，冷空气肆虐的世界，如同无处藏躲的巨窟；几团铅垂的乌云，覆盖住了头顶，也浸积在人的心胸里。

这不就是老母亲嘴里时常嘀咕的阴阳天嘛！老母亲总以为抬高嗓门，就能盖住老人机巨大的沙沙声：“登娃儿啊！没得么事哈。不就是得个养老疾吗？好事哈，几多背时的指梅忘洇还求不来呢！”

灯师傅轻轻伸了伸那条腿，鼻子里嗡嗡了两下。他懂老母亲那老古十八话里的意思：土家族流传下来的说法，得个养老疾，天缺地残，百无禁忌，延寿得福呢。

这都要怪屋里那老不经事的右客（即土家妻子），快嘴婆娘没得裤儿穿。不就是这条不痒不痛的腿，长出了个大指头粗点的肿块，最近走路有点“舂碓”，那天在所里办公室扯闲白，邱老三阴阴磨了句牙：“你那腿不痛不痒才可怕呢，又痛又痒就包管不是癌症。”当即灯师傅心里咯噔了一下，就听人劝进城里大医院做了个检查。眼见年边无期了，八十五岁老娘的心里还有了个膈应。

不过，城里医生那副比岩头还冰冷的嘴脸还真不好下饭：“不好说，等着吧！要向上面送检，至少一个星期才能出结果。”灯师傅心里有点打鼓——按土家族的说法，正月忌头腊月忌尾，兆头绝对不好。

身体也是真的开始老废了。黄所长在隔壁办公室，用发颤的声腔接听县城供电公司老总的电话时，灯师傅就咬紧牙关，在便池边奋力排泄几滴黏熬茶色的碱性水，疼得都哼哼唧唧了几声。等黄所长笑脸灿灿地接完漫长的通话，扯起高喉咙破嗓子喊：“灯师傅——灯师傅，来一下！”高高瘦瘦像根电杆架子的灯师傅，才翻葫芦倒水一样，撸起工作服的裤腰，舂着条老腿跑了出来。

“灯师傅，上面老总直接点你的将呢，大水杉坪界上那一户，只好辛苦你去跑一趟了。”黄所长脸皮子上隐含了一种讳莫如深的意味。

这个从县公司办公室空降下来的所长，虽说是电线杆上插土豆——大小是个头，但他怕上面的老总怕得紫血。倒不是说完全屈服于威势，关键老总是从基层提拔上去的领导，而且还是技术熟稔的领导。

老总的话说得多动听啊：“黄所长啊，你看我那户精准扶贫户，淘了多大的力哟。我一年不去十回去八回，七幡二阵才弄脱贫。现在乡村振兴才起头，他家一个月电费冒出来五百多，这不是几棒子就把他整晕哒吗？”话说得冠冕堂皇、云里雾里的，其实不就是酒癫子趁赶场到供电所耍了两回酒疯，现在直接将状告到老总的“金銮殿”上了吗？

都派四回人马上界上去了，酒癫子家里电用得妥妥的，电表也拆下来校过、换过了，可那家伙仗着自己是电线杆拉胡琴——大老粗一个，咬住以往每月都才八九十元电费，非得整出个子丑寅卯来。

灯师傅鼻子里嗡嗡了两下。他能够体谅黄所长两头受气的滋味。虽说那一片本来不是归自己管，要是上去也查不出个所以来，还得招来同事幸灾乐祸的鄙视，可他并没想太多，跛起条腿，就跨上了那辆250的摩托车。县里老总颁了“圣旨”，哪能抗命不遵啊！

“灯师傅，让邱老三陪着你上去吧。”受组织多年培养的老同志就是不讲价钱，黄所长望着灯师傅那一身橙黄色工作服的背影，想了想，不放心地追出了办公室外。那一片本来就是由邱老三负责。

别看这个黄所长年纪轻轻，嘴上无毛，在管理用人上还真是电线杆子挂暖壶——高水平（瓶）。他城里媳妇乖孩子小的，说不定一心只想下来镀镀金。但他待人好，懂技术，并不想把供电所搞坏，没有害人的弯弯肠子，这就足够了。

大水杉坪界上海拔突然往上高起六百多米，通村公路就一直沿着大山盘旋而上。骑在摩托车上，灯师傅双手抓握用劲，感觉双腿轻飘飘的，似乎忘了自己那条腿有些“舂碓”了。

“灯师傅，你看，才换的新电表——线路也是通的，电一直用得好好的，有么子问题吵？我都像翻找虱子一样检查N遍哒。”才进屋，邱老三就是一阵自我辩解似的噼里啪啦。那神情简直就是与窦娥在比冤。显然，要是灯师傅上来也查不出原因，他在所里一班人面前至少还算是吃了败仗，阵地犹在。

灯师傅木讷寡言，知道自己在邱老三面前并不讨喜。那副尊容更是乏善可陈，以至于女儿在初中的时候，曾经给他画过一幅漫画：蒿头一样的脑袋画成了一颗灯泡；略显宽敞的额头上，深深的皱纹画了三道大写的欧姆Ω；耳朵画做了两库伦C；鼻子则画了一个大写的伏特V；嘴巴起伏成瓦特W。简直就是各种奇思妙想组合起来的一张脸！

想到那幅漫画，灯师傅嘴角裂开了笑纹——外线工的女儿当然也是理科的奇葩。女儿现已在县里医院上班，防疫任务压头，都说好不回家过年了，所以灯师傅就将拿检查结果的重任交付给了她。

灯师傅从坡坡上喊回来酒癞子，听他气恼不休地发了通脾气。看得出他并非在扭耳蛮筋地无理取闹，可插上家里的电器，运行偏偏还四平八稳的。

酒癞子红着脸，嘴里嗝出熏人的酒气，见灯师傅进屋后总共还没三句话，反而乏了斗志："打酒只问提壶人，酒是人喝的，酒糟子不是人胀的，我一天难得对付你几爷子！"说罢，自顾气冲冲地提起酒壶，往灶间热刀头蕨粑下酒去了。

邱老三暗自在一旁幸灾乐祸：瞧瞧，就这德行！狗咬刺猪——无从下口了吧。

大水杉坪村一直是个高远偏僻、路胜蜀道的所在，国家实施精准扶贫政策后，加宽硬化了道路。为了解决桎梏发展的另一个瓶颈，县供电公司多方投入八千多万元，整改了电力主线道，增加了三台变压器，使得上面有了茶叶加工厂、公司+农户的药材基地、打季节差的种植基地、半野放的养殖基地。酒癞子一家就是靠种茶、种药材、养猪脱的贫。其实他家也增加了好几样家用电器，但国家电价多年来都没有上涨一分一厘，那些电器全加起来才多大功率呀？绝对不至于电费猛然就飙上去那么多！

灯师傅沿线路仔仔细细捋了几遍。邱老三则已经完全失去了耐心，跑到地坝边上，双腿跨骑在摩托车上，拿出手机刷起抖音来。

闷头闷脑的灯师傅这时像是跟自己较上劲了，像个神婆一样，嘴里轻声念念有词：负荷增加……无端增加负荷……他额头上深深的“Ω”时舒时皱，像极了一个高中课堂上解疙瘩题的笨学生。

也是有趣，三个人仿佛完全被隔在了不同的时空里：一个酒里觅滋味咂吧有味，一个抖音中捉乐子嘻哈出声，另一个则在一边绞尽脑汁，如痴如醉。

半个多小时很快就过去了。灯师傅踢踢踏踏关了每间屋里的电灯电器，又在堂屋里噼里啪啦好一阵鼓捣，最后才拍了拍手上的灰土，收拾起修理工具包，一身轻松地几大步“舂”了出来。

“好了。问题解决好了！老哥你以后只管放心用电就好了。”灯师傅走过去轻轻拍了拍酒癫子的肩头。

“什么？这就搞好了？”酒癫子鼓起了两只牛蛋子一样的醉眼。

“什么？这就走？”地坝边，邱老三用食指头狠劲抹过一段搞笑视频，抬起头，脸上现出既惊愕不解又心事重重的神情——这个灯师傅真有这么神吗？

## 二

回程如同从大山界上骑着摩托走旋转滑梯，邱老三偷瞄了几回灯师傅那张拧巴的脸，不好意思细问整修线路的经过，也懒得去问。

灯师傅本就是没什么话语的人，一个芝麻绿豆的小问题，有什么好拿出来显摆的？倒是回程的下坡路，一直让他感觉那条跛腿有一种说不出的不舒服，麻木、肿胀，又好像不是。养老疾，养老疾，只要一有空闲就趁机溜了出来，真的能养到老吗？问题是多大算老呀？灯师傅翻年之后也才五十四岁呢。

原来，灯师傅在邱老三刷抖音的时候，将酒癫子全家所有的电器都停了，连根灯管也关掉了，才发现无功状态下电表还是在铆足劲旋转，突然又看到酒癫子家墙上那块新挂上的“精准脱贫户”鎏金牌匾，就径直走过去，轻轻取了下来，然后娴熟地将试电笔靠上了那两颗水泥钉。试电笔的指示灯瞬间亮了起来！灯师傅笑了：原来是新钉的水泥钉钉破了砖墙里的暗线，造成了漏电。

不就是帮助邱老三上界整个线路漏电的故障吗？灯师傅没觉得有什么值得在所里显摆的。不过，黄所长得知那户漏电的难题解决了，心里却是松了口大气：老总亲自过问的服务故障，弄不好还得悬吊吊地过年呢。从基层提上去的公司老总就是牛，竟然直接长臂管辖，点了灯师傅的将，这是纵队司令都直接指挥到班排了呀。

这事后，所里同行看灯师傅的目光里有了更多耐人寻味的东西。不过，大家都没有时间去过多琢磨，因为逼近年关又来了压头的任务。

这段时间，所里抽调了大量的技术骨干，帮着集镇上的大客户在改造升级线路。为这个项目，县供电总公司增加了两台超大功率的变压器，又更换了主线路，仅此一项就投入了两亿元。实施乡村振兴，集镇上的五家大茶厂是最为敏感的神经元。他们趁着闲下来的这段时光赶紧更新升级了加工机械，购买了大功率的变压器。如果年前不赶紧完成加工用电设施设备改造升级，翻春茶芽儿一蹿出来，还不得跳天舞地喊皇天啊！

镇上几家年产值超亿元的茶叶大老板，先是头晚睡觉前把黄所长的手机打到占线，后来干脆一上班就杵在供电所办公室，等着派出施工队。

灯师傅自然也是清早出门，傍晚回家。背着鼓鼓囊囊的工具包上杆子，拖拽沉重的粗线缆，爬梯子，走线路。这段时间，他那条腿像从来都没跛过一样，不输任何人。娴熟的身法，利索的手脚，让大家都很服气：不愧叫灯师傅呢，灯师傅就是灯师傅啊！

他的大名其实中规中矩叫向元登。开始同行业年轻人略带仰慕地叫“师傅”；后来觉得有点生分，就叫“登师傅”；再后来，乡村的老老少少以为他一个安灯的，哇哇哇地跟着叫“灯师傅”；现在即使才入行的崽子们，也都管他叫“灯师傅”了。不过，从始至终，灯师傅自己都没觉得别扭过。

改造升级供电线路，灯师傅起早贪黑，心里是真铆着一股子劲。以前镇上刚开始办茶厂那会儿，缺电。灯师傅就见到过茶厂老板买烟送酒，抹着眼泪求电的；也看到过停电时，茶厂工人绑了粗长的木棍子，用人力去推机器，还有人因此受过伤；更看到过为争一台大功率的柴油发电机，两个茶厂的工人直接动粗械斗，直到派出所急忙赶到才避免了一场血案。如今各级政府和部门这么重视电力改造升级，说到底不就是为老百姓过好日子，不就是为了地方发展吗？自己一个从艰难创业历程走过来的老党员，有什么理由敢懈怠呢？

灯师傅这个工程队进展没出意料地顺利。上午调试时，轰鸣的机器声从厂房内传出来。那震撼的轰鸣，使每个人脸上都洋溢起决战得胜之色。茶厂老板望着旋转的机器，仿佛看到自家的印钞机开动了起来，脸上笑得开花开朵的，破天荒地从口袋里掏出一包软中华，潇洒地甩了一圈儿。

施工队归拾工具时，灯师傅突然就接到了黄所长那破锣嗓子的电话："灯师傅，河边杨老板的金叶子茶厂，升级改造完成了，可刚才开机调试，却每次都跳闸，只好又劳你大驾过去看看啰！"

金叶子茶厂那边施工队由邱老三带队，最先开工。杨老板为加快突击进度，还特意让自家的小舅佬从外面请了几个人进厂帮忙。

接到电话，灯师傅心里有点犯怵：新购的变压器肯定调试过，新走的电缆线都是穿管的，安装的功率都是经过精心计算后设计的，因此，一般绝对不会出现跳闸的现象。查找原因肯定费老鼻子劲不说，自从大水杉坪界上那次查漏电之后，邱老三一直都用阴阳怪气的腔调跟他说话，而这次偏偏豌豆子滚肚脐眼儿——遇缘（圆），又是他的工程施工队。

"我那条腿最近有点不得劲，让他们自己查查吧。"灯师傅回话后，就真的觉得那条腿木木的，血液不畅。而且腿部那肿块处好像有点变大，有点肿胀，伸一伸腿都有拉扯的感觉，连大脚趾头上也有点麻酥酥的。腿癌？两个可怕的字，赫然出现在灯师傅的头脑里。

黄所长是个人堆堆里蹦得起八丈高的猴精，灯师傅"让他们自己查查吧”那句话里，那个“吧”的几层含义他早就听懂了。

邱老三听说黄所长又给灯师傅打电话了，红眼红脸的，像被谁溜了好几脚尾巴，火急火燎地带着那班人，中午刨了几口合渣饭，晚上干脆捏碎了几包方便面干嚼了几口，就像查深层潜伏的内奸一样，将凡是值得怀疑的地方都查了好几遍，夜里更是比死了老亲爷还伤心，一直查到了十二点过。

第二天一早上班时，黄所长用尽量和缓的语气问道：“老三，昨晚你们辛苦了大半夜，咋样了？”

邱老三顿时像泄了气的猪尿泡，一副蔫头耷脑的模样。

## 三

灯师傅今早起身后就发现那条腿有一丝丝的隐痛。这在之前一直没有出现过。但他后来还是跛着条腿，去到了金叶子茶厂的施工工地。

满地都是杂乱无章丢弃的工具、绝缘胶带、用残的穿管，还有没用完的一圈圈长长短短的线缆，连通行都困难，尤其那些被随意丢弃的方便面胶纸袋，看着就特别让人糟心。

这分明就是一处败仗后遗留的战场啊！

不过，长期从事外线安装的灯师傅，看到这熟悉的场景，完全没有凭吊的闲情，心里只有一丝丝的隐痛。他朝蔫头耷脑的邱老三递过去一根烟，又捧着打着火的火机将身子往那边偎了偎。

“旮旯角落都查了好几遍，这回真是见TM的鬼了。”邱老三那张碎嘴此刻哪还有好语气。

灯师傅就像一个祭过草坛的赶獐猎人，沉沉稳稳地沿着线路走了一圈，盯着线路上那些接头还有转弯处，仔仔细细地查看。他见穿管都被戳破查看过了，于是一时也是一副拿不着脉的老中医的颓唐表情。

“我不管那么多，损失材料先不说，你们黄所长之前可是拍了胸脯子，说派最强的施工队伍过来，如今给我撂副烂摊子，看你们供电所怎么交代！”茶厂杨老板见状早已按捺不住了。现在实施乡村振兴，这些茶厂老板可都是政府眼里的金菩萨，从厂里数出去的张张票子可就是乡镇的 GDP 啊，因此老板们说话硬气着呢。

“那个……杨老板，我们不是还在查嘛……”邱老三的利嘴此时已没了利索劲了。

“那好，就给你们两天时间！不然，别怪我一根头发遮住脸——不认人！你们得赔偿我损失。”

“你——”邱老三当即被气得白眼仁直翻。

“哪需要两天啊！至于赔偿损失嘛，那可得看看情况再说啰。”哪知就在这时，一直在旁边苦思的灯师傅，吹了吹烟灰灰，慢慢悠悠地开腔了。

“你?!”邱老三和杨老板闻言，嘴巴都张成了个大“O”，像看开口说话的木菩萨一样盯着灯师傅，脸上现出了无比讶异的神色。

灯师傅拉过邱老三，在他耳朵边轻轻咬了句什么。就见邱老三顿时狠狠拍了拍自己的头：“是呀！是呀！你看我这猪脑壳，怎么就没想到呢?”

就见那邱老三突然转过身，朝着杨老板怒气冲冲地吼道：“是我们出的问题，我邱老三绝不打一个馊臭嗝！要不是我们出的问题，你嘟个办?”那得理不饶人的神色，像是突然被打了鸡血，活脱脱一副孙猴子被如来佛祖封了“斗战胜佛”的模样。

“你!”主动权异位后，杨老板立马像红孩儿坐上了观音菩萨的莲花台——进退不得。

原来灯师傅凑到邱老三耳朵边咬的那句话是：“既然其他都没问题，只可能是埋地敷设有纰漏。”而这次金叶子茶厂升级改造，埋地敷设恰恰是杨老板交给他自家小舅佬在做。一般来说，由于地线出问题导致跳闸的故障极其少见，富有经验的老师傅才会想到这个问题。邱老三也是负责外线的“老人”了，所以经灯师傅一提点，他顿时就回过神来。

邱老三气鼓鼓地收拾工具，坚决要走人；杨老板骑虎难下，换了副奴颜媚骨样，求爹爹告奶奶地一个劲装烟也留不住，只好打电话给黄所长告罪求情，但邱老三端起个凛然不惧的架子就是不肯松口。

要知道，埋地敷设，直埋电缆一定要铠装，穿越建筑物、构筑物、道路、易受机械损伤、有腐蚀介质场所时必须要加防护套管，管径不应小于电缆外径的1.5倍，铺设深度不应小于0.7米，电缆上下左右须铺设不小于50毫米的细沙，然后才覆盖其他硬质的保护层。这些可都是需要专业知识的。杨老板所不知道的是，小舅佬为图点牙齿缝缝里的价格回扣，买了廉价的电缆不说，还一阵敷衍了事地骚操作，怎么能不出问题?

眼前分明就是神医，号准了脉，看清了病，杨老板还敢去相信没资没质的土郎中吗?杨老板实在没辙，只好将乞怜的眼神看向灯师傅：“灯师傅，求你帮个忙，说说好话吵。”

“老三，我看活路还得做呢。”见灯师傅慢言细语地开了金口，邱老三才没再犟起牛脑壳了。

杨老板的千恩万谢，反而让灯师傅面子上泛起了一抹扭捏的羞赧之色。突然，一绺缠绞的疼痛从跛腿上像一股强电流猛然击打了一下，使得灯师傅嘴角裂开，长长地吁出一口凉气。

“灯师傅，你没事吧？”邱老三见状不免紧张了起来。

“没事，就像被什么东西咬了一口。”灯师傅装作轻松似的强笑着。

此时，邱老三心底蒙上了一层阴霾，但他欲言又止。

## 四

灯师傅晚上回家，赶紧在手机上查了一下，自己的跛腿和专家列出来的那些症状竟然十分相似。顿时，脑袋里嗡了一下，老母亲、妻子、女儿的样貌一一浮现在脑海里。他赶紧又查了另一家医院的说法，与前一家有一些不一样，于是又像得到了安慰：“哼！这些鬼专家，死的说活，活的说死，哪个不是蒙人去瞧病啊？”心里正自欺欺人地自我宽慰，哪知那条跛腿再一次毫无征兆地扯痛了一下。

从不痒不痛，到感觉不适，现在都开始疼痛了。养老疾，养到这个岁数也算养到老了吗？作为农村半边户的家庭，自己在单位拿了点微薄工资，精准扶贫的各项优惠政策家里都没直接享受到。老家田土又不大出食；老娘岁数大了，昏昏戳戳的；什么都指望老不经事的右客那双手，家庭条件如今还赶不上团团转转的那些农户了。要是自己这就得了个可恶的绝症……各种胡思乱想，天马行空，让灯师傅头挨上枕头都像有无数根刺在锥。

“灯师傅，你脸色不大好啊！”上班后，灯师傅刚从厕所里痛苦地拧紧滴滴出水的“龙头”出来，迎面就听到了黄所长的破锣嗓子。

“那个……灯师傅，过年这几天值班，又要辛苦你们老哥几个啰。”黄所长不是客套，本镇几个外线工，哪年不是轮流抽空回家吃顿团年饭，然后就像包火一样又回到岗位上？难道还让住城里、住外乡镇的同事困在这里吗？

“可是……”灯师傅看了看黑沉沉的天空，最后还是将剩下的半截话，咽回了肚子里。

“灯师傅，是你身体？”黄所长见状关切地走近询问。

“不是，没事没事……”灯师傅慌慌忙忙地摇了摇头。

其实，作为一个老外线工，他最担心的是这几天的天气。要是这场吊了好几天的雪，猛然降下，那，紧急抢修的任务就太压头。

果然，腊月三十下午开始，上天突然像得到了什么讯息，浓云慢慢地聚集，抱团，吞噬，笼罩，渐渐遮蔽了天空。风呜呜地吼了起来，声势越来越吓人。没过多久，大块大块的雪片，从天抖落，肆意倾洒。暗黑的天空同雪海连成了一片，一切都看不清了。

集镇上的商户都紧紧关上了门。孩子们穿着红衣红鞋，兴奋地在雪幕中撒欢嬉戏，迅速就被大人们拽进了屋子。

灯师傅买了些过年用的板子钱，顶着满头的大雪，骑上摩托车，趁着中午得空，匆忙回家团了个年，心却始终揪得紧紧的。

“恁大的雪，登娃子，你路上骑慢点哟；还有你那个腿，我请八字先生帮你算过哒，没啥子事哈……”出门时，不经世事的右客只顾忙着送灶神、敬祖宗，是老娘颤颤巍巍地送出门。灯师傅鼻子里嗡嗡了几下，眼眶里的泪水模糊了天空和雪山的边际。

除夕夜，灯师傅、邱老三几个人一直守在单位值班室的电话边，先是看春晚，后来看春晚的回放，直到天蒙蒙亮，才在值班沙发上眯着了。

大年初一的清早，远处山边传来了开年的鞭炮声。灯师傅他们匆忙煮了家里带来的绿豆皮，就怔怔地望着窗外半尺深的积雪出神。突然一阵激昂的音乐，将几人惊得跳了起来——镇内最偏远的长木岭上，留守老人韦石匠打来电话，声音就像打炸雷。他家早上起来一拉灯，发现没电了。

长木岭是贺龙土地革命战争时期建立的红军后方医院所在地，曾收治过很多红军伤员，也有七名红军英雄在此献身，现在是县州立牌的红色革命教育基地。之前供电所专门争取了项目，投入4000万元，增加了变压器，新换了户外通电线缆，内线也进行了升级穿管处理。暴雪之后，那一片通电正常，并没有接到其他用户的抢修电话，也没有跳闸，那会是什么故障呢？

“这鬼天，一开年就没个好心情。灯师傅，你那腿——不方便，就在家守电话吧。”邱老三往车上丢所需的抢修工具时，记起了灯师傅那回疼得龇牙咧嘴的情形，心里有点不放心。

“没得事，你看，说起出门它像回嘎嘎屋，跛都不跛一下了，嘿嘿……”这么一说，灯师傅上车时抢那几步，好像还真的一点都不偏不摇。

“喂喂，灯师傅啊，暴雪已经超过了警戒，进入戒备战时状态！全体回到岗位，我也正在赶回的路上。大家一定要顾大局，注意安全！”刚坐上车，黄所长的电话就打到了灯师傅的手机上，一句新年的问候也没有，好像他也察觉到了语气生硬，缓了缓说，“老总刚刚给我打过电话了，说有你在值班，他就放心；他还专门问到了你的腿——”

“所长你放心吧，现在两轮农网改造升级后，主线路一般不会出问题，我们已经坐到了抢修车上。”电话还没打完，灯师傅几个都已将眼睛死死盯住了前面被大雪覆盖、分不清边界的路面。大正月初一，也没什么车驶过，轮胎加了粗链子的抢修车驶过时，发出了咯吱咯吱的声响。

突然，抢修车一个侧滑，车屁股刹偏出去老远。旁边就是百丈明崖，好吓人！要是翻下去，今早吃的绿豆皮就是他们新年最初也是最后一顿饭了。在“开慢点，开慢点”的反复提醒中，他们总算开到了村部。

灯师傅下车查了变压器，见羊角叉跌落开关并没有什么异常，于是又上车，溜溜滑滑地驶上了去往长木岭的通组公路。路更弯，道更窄了，好几次抢修车都只好停下来，两边用人盯着，靠手势指挥过了危险地段。

到长木岭山脚下，抢修车停了下来。这里的弯弯绕，他们太熟悉了，完全驾车过去至少多绕七八里路，而且雪后也并不安全。每次他们都是徒手爬这段陡峭的山梁直接上去，只一里多路就可以到韦石匠老人的院子。

“灯师傅，你那腿不方便，要不——”邱老三又在一旁好意提议。

“这破腿是个贱家伙，再说，这么多抢修工具——”灯师傅显然对此根本不在意。

灯师傅还真小看了那道山梁。两边逼陡的薄刀梁梁，边上长着些稀稀拉拉的小树。一里多路，笔直向上，比攀岩强不到哪儿去，何况还覆盖着厚厚的雪，根本看不到毛毛路的影子，背上还背着抢修的工具呢！

“啊——”灯师傅一个不小心就摔了下去。幸好，一棵小树拦住了往下坠落的狼狈身影。“升级改造时我来了多少次啊，今天想报销了我啊！”他看着手上和腿上的几处血痕，自嘲了一把。

“命大呢！”大家笑。灯师傅爬起来不由得又看了看自己的跛腿。这一摔，腿部伴有压迫、肿胀、阻塞、疼痛的感觉，迈两小步出去还趔趄了一下。莫不是养老疾看好了日子，大年初一就开始收拾自己了？

“你们可算来了！”一进屋，韦石匠老人兴奋得像个老孩子。家里停了电，那些过年菜没敢往冰箱里堆，海带、糍粑、豆腐果、酥粑粑、腊猪头肉摆了一大桌子。

查看了家里电表、电闸、线路后，灯师傅转头对邱老三说：“没电输入，肯定是外线故障。”说完，他弯腰捡起砍刀、脚扣和工具包，沿着线路的雪地就是一阵急走。

沿电线走，根本都没有路，在岭上齐腰深的积雪上，灯师傅挥动砍刀砍那些枝条、深草，几次都歪倒在荆棘丛里。树上的积雪被震动，簌簌落进颈脖子里面，冷得让人一个激灵。“咦，他那条腿这时一点不跛了呢！”邱老三仰望着雪岭上灯师傅那橙黄色工作服的背影，心底由衷地升起一缕暖意。

“看！那边——”灯师傅用砍刀指着前方倒下的一棵枞树：电线被压倒，断开的火线和零线绞成了一堆。灯师傅还真是懒婆娘看鸭子——不简单（捡蛋）呢！

清理倒下的树并不太难，四个人挥刀起落，像在雪地里修炼

的武者，剔枝，抬树，理线，一套动作就打完了。但下雪天爬杆架线，就需要高手亮绝招了。

邱老三在两个后生崽子面前，存了炫技之心，更不甘次次都落灯师傅之后，抢先麻利地捆好安全带，脚蹬手爬，一伸一缩直往上攀。但是，刚往上爬了一段，就由于电杆被雪水打湿太过光滑，出现了十分可怕的垂直滑落。

杆下俩后生崽子突然见到危险情形，发出了失魄惊魂的尖叫。

眼见强大的地心引力就要酿成一场灾祸，早已暗暗防护在一侧的灯师傅一秒也没犹豫，飞身上前，双手向上猛托，一腿抵死电杆，牢牢钳住了那急速下坠的身躯。

长期熬炼出来的外线师傅之间的生死默契，比黄金宝石更宝贵！安全“着陆”的邱老三站稳身子，什么也没说，伸出双臂紧紧抱了抱灯师傅，心底的藩篱和芥蒂，在那一瞬间彻底消融了。

“你歇歇，我上吧！”灯师傅对邱老三的感恩拥抱似乎没什么反应，他紧了紧腰上的保险带，与电杆保持着不到一尺的距离，双脚稳稳地套进脚扣，身躯直直地保持着电杆垂直向上的方向，手用力，腰使劲，脚稳蹬，嗖嗖嗖，如灵猿一般直往上蹿。哪里还有五十多岁、平时跛着腿走路的模样啊！娴熟自如的上杆动作，大道至简，引起下面俩后生崽子一阵“哦哦”喝彩。

到顶后，灯师傅留在下面电话里的彩铃，突然昂扬地奏了起来。一次又一次后，下面的一个后生崽子，讨好地拿起电话，朝上面高声呼喊了起来：“灯师傅——是你女儿的电话——”

女儿电话？女儿昨天就打电话拜年了，她也忙啊，莫不是我医院的检查出结果了？灯师傅双手双脚紧紧攀附在电线杆子上，顿时有点魂不守舍起来。

下杆时，灯师傅心急如焚，竟然忘记了动作规范，一个急速下滑就落到了杆底。咚的一声，那只跛腿首先着地，老腰跟着像被重击了一下，身子向后倒翻下去。好在地上积淀了一层厚厚的雪，灯师傅“哎哟哎哟”地叫唤了两声，几个人急忙上前将他扶了起来。此时的邱老三尤其后悔自责，他怎么就没像先前灯师傅那样，牢牢地守在下面保护杆上人的安全呢？

没顾上大家的关切询问，灯师傅抓过手机，颤抖着声音回拨了过去：“喂喂，乖女啊……”

“爸爸，你在哪儿啊？我刚刚……”此刻，女儿的声音简直比天籁还动听，但就在这时，突然什么声音都没有了。可恶，紧要关头突然就没有了信号！灯师傅握着手机“喂喂”了半天，心情下沉得比他刚才坠下电杆还快。

下山梁比上山还凶险无数。因为先前那条跛腿又受了点伤，灯师傅是被邱老三搀扶着慢慢往下攒步。好不容易溜滑下来后，他们发现在电力抢修车的旁边，停着一辆簇新的小轿车。就见黄所长首先从小轿车里拱出头，紧跟着县公司老总红光满面地走了出来，大老远就在挥手打招呼：“辛苦！大家辛苦了！”

老总快步走到被搀扶着、满身雪泥的灯师傅身前，伸出一双温暖厚实的大手，紧紧抓起了面前冰冰凉凉、肮脏不堪的双手：“灯师傅，没什么问题吧？今年你可要答应我调进城去。当年都是我害你落下了病根，你这腿，进城了一定得好好治治。”

“去年全省网上直评，灯师傅是我县唯一获得了金牌的职工，他可是我们所的镇所之宝……”一旁黄所长正兀自“背书”，猛瞥见老总脸上似是露出了些许不悦之色，话头赶紧就猛转了个弯儿，“感谢组织对基层职工的关怀哟！”

“哦哦，我没事……那个，是养老疾呢！调进城——还是黄所……”灯师傅当这么多人的面，双手被别人紧紧抓着，局促不安中，一团高粱红飞快地覆盖了黝黑的脸膛。

# 斗　茶

这家伙，祖上莫不真的就是土匪头子？车窗外的十万大山，让赵梦鱼心里直犯嘀咕。

主驾驶上的姚泡皮，脸色铁青，一双手像生生长在方向盘上似的，力度和切换的角度都丝丝入扣，但额头上的皱纹越堆越高，牙槽帮子都隐隐咯咯作响。

公路溯河而上，貌似与两岸的大山达成了某种极其粗犷的协议，贴，顺，爬，翻，绕，但主线其实就是窗外旖旎逶迤的茶水河。茶水河如同十万大山的脐带。

此行，姚泡皮刻意换下考究的古驰品牌，套上了一套多年前的陈旧西服；几天故意撂荒下来，高档会所里精心打理的发型，已变得有些凌乱；甚至，胡子桩也开始包围脸庞的中心地带。哪里还能看出，这家伙有上亿资产的身家？到底就是个“土匪”，故意整出这副德行，一入大山，骨子里的兽血就被迅速唤醒了！副驾驶上的赵梦鱼盯着姚泡皮，嘴角浮起一丝冷笑。

姚泡皮的原名如今基本无人过问，只因一副土匪德行，个性张扬，山里山外都被人唤作“泡皮”。也许只在公司信息、银行卡、房产证上才会出现“姚兴义”的正式用名。对此，姚泡皮也早已不以为意。

离茶水河镇越来越近，茶的气息就越来越浓——茶土，茶田，茶坡，茶岭，茶山……茶以铺天盖地的执着和无边的霸气，将所有的地貌都进行了重塑，逐渐铺开一幅赵梦鱼眼里世外桃源的图景。她不再盯着那张棱角分明的脸看，因为女性玲珑的心窍里，总抑制不住要熨平那张老肉皮子的可怕念头。

但她何曾知道，窗外以茶雕琢的美景，却是姚泡皮心底深处的耻辱。十五年前，只一夜之间，他就由当地傲视九天的企业家，堕落为一贫如洗、债台高筑的落荒者。而这一切，皆源于一场惊心动魄的斗茶。

那场看似程序严格、波澜不惊的斗茶，实则双方都押上了全部的资源，拼尽了最后一格的能量。最终，姚泡皮惨笑出场，从此孤鸿寒枝沙洲冷，淡出了茶水河人的视野。

“喂，土匪，你祖上当年占的哪座山呀?”赵梦鱼微微仰起尖削滑嫩的下巴，朝车窗外努了努，眼角里竟漾起一抹讥诮的妩媚。她实在搞不懂，身居高位的小姨父，为何非得让自己陪着身边的“土匪”一头扎往深山里。

“嘿嘿……赵大小姐别不信，这么说吧，如今都翻篇几十年哒，土家人还这么诓自家哭闹的孩儿——再闹，再闹姚癫子来哒！怀里的小娃儿马上就吓得再也不敢出声！嘿嘿，姚癫子，正是我祖父当年在道上的大号。”姚泡皮侧过脸哂笑，“传闻我们这方土司皇曾颁旨，土家人一生有三个杀人指标哟!”

哼！鬼才信！“土匪”这个称号还是小姨父封的。有一次来家里喝酒，姚泡皮起了兴了，一抹下巴，竟吼叫着让上大碗。小姨父皱眉看着他那副痞性，心里发笑：“你当自己是啸聚山林的土匪啊!”姚泡皮哈哈大笑：“领导！您还真就说对了！我祖上就是货真价实的土匪!”后来，赵梦鱼他们一家在姚泡皮没正形时，也都直接喊他“土匪”。

不过，这个男人确实自带匪性，自从揣测透了小姨父的“圣意”后，就开始了对赵梦鱼穷尽手段地死缠烂打。以至于今日，赵梦鱼心里万般不情愿，还是跟着他，如断线纸鸢，一头扎进了深山里。

茶水河镇四万多人口，集镇被茶水河三面环绕，街道呈丁字形。

我胡汉三又回来了！哼！小车刚驶进主街道，姚泡皮就故意降低了车速，摇下两边的车窗，以便街道两边的人，都能清清楚楚地看到自己这张阔别了十五年的脸。

果然，街道两边开始交头接耳，指指戳戳。一半因为姚泡皮，一半也因为他身边的赵梦鱼。那不是姚泡皮吗？怎么旁边还坐着个打扮精细的女人？赵梦鱼太过“牵”眼睛，暗流骚动同风起，大山深处的小镇上，用不了几杆烟的工夫，就能演绎出各种乡村版本的花边新闻。

就像在街道上乘车检阅一般，姚泡皮一路将小车驶到茶水河集镇的丁字街心。

“嘎——”刺耳的刹车声陡然响起。迎面一辆大切诺基在漫天扬尘中，两车仅仅相距不到一指，才生生定住了。

“谁他妈开的车！赶着去投胎啊！谁啊！给老子滚下来——”车门砰地打开，一个油面光头的中年男人，眼里喷着火，猛然跳到了车前头。

“哼！一回来就冒出个属螃蟹的，还恶人先告状啊!”姚泡皮沉稳地将车停住，也没好气地下了车。

两车互不相让，以一种顶牛的姿势，拦断了街心正通道。

“咦——是你!”几乎同时惊呼，两人错愕当场。

光头中年男人牙齿黑黄，穿西服，敞开的花格衬衣上没打领带，指头大的金项链像一条拴狗的链子挂在脖子上，特别显眼。这家伙不是魏无豹就见鬼了！十五年来，这个恶影每一晚都会出现在姚泡皮的梦魇里。

“哟！我道是谁这么牛掰，这不是那个姚泡皮吗？哈哈……”魏无豹彻底看清眼前人，肆无忌惮地大笑起来，“难怪拉屎都能听到老鸹子叫!”他扫了一眼姚泡皮，见对方一身熨帖的亚麻西装，所开的车也就二十来万，眼里顿时浮起了几分轻蔑之意。

“哈哈，姚泡皮，你狗×的衣锦还乡了!？也不提前吱一声——哟，这车，租的还是借的？”

“真晦气！上厕所忘了拉裤链，刚一回来就把你露出来了!”姚泡皮厌恶地吐出一口浊气，当即也恶语相向，“像你开的这种车，我公司少说也有一二十辆吧!”

“你公司？还一二十辆？哈哈，泡皮就是泡皮，一辈子的德行就是死鱼的眼睛——定了。有那么大的家底子，还开这种车回茶水河丢人现眼？”

“你管我开什么车回来，没长眼睛就不知道是牛不走还是磨不转，拿耗子的猫我见得多，没见过属你这类的。”

“哈，癞蛤蟆打呵欠——口气大！忘了当年是怎么灰溜溜滚出茶水河的吧！看来有人是老寿星吃砒霜——活得不耐烦了，信不信老子再让你像当年一样滚出去！当年我可是派人连夜追了你几十里地。”人高马大的魏无豹显得极为不屑，一挥大手，就从大切诺基里下来了两个穿厂服、流里流气的年轻人。

“要动手？好哇！这些年手脚都快长霉了，来，上吧！”姚泡皮那眼光所到之处寸草不生，暗自退后一大步，蓄好了势。

魏无豹几人本来就是街上的痞子，哪里会嫌事多，当即就朝姚泡皮围了过来。这一变故急坏了副驾驶上的赵梦鱼，她一个贵门千金小姐哪里见过这阵势？打开车门，嘶声呼喊起来：“快住手！大白天就敢在公共场所打人，你们眼里还有没有王法啊！”

魏无豹愣了一瞬，一扭头——原来车里还供着尊娇滴滴的美人啊！那种城里女人的风姿绰约，那种墨汁滋养出来的知性美，正是山中癞蛤蟆眼里柔顺的白天鹅绒。

“哟——这小子艳福还不浅啊！呵呵，王法？你问问姚泡皮，在茶水河镇这一亩三分地，我哥哥的话就是王法！老子的拳头就是王法！”魏无豹涎着一副好色嘴脸，转头就将一只脏手直接伸向赵梦鱼的脸蛋儿。

“收回你的狗爪子！”姚泡皮身躯一震，往前一跳，将赵梦鱼紧紧护在了身后，“魏无豹你这个狗东西，只认鼓眼的将军，不识闭眼的菩萨，我今天来教你怎么写‘后悔’两个字！”

“后悔个狗屁！”魏无豹飞快地挥出一拳，“咚”地击打在立足未稳的姚泡皮胸口上。姚泡皮身后护着人，退无可退，生生挨了一拳，但趁着对方收拳的一瞬间，一脚踢出，正中只有一层肉皮包裹的胫骨。

魏无豹立感痛透骨髓，蹲下身歇斯底里地号叫起来：“毛狗娃，都给老子上，快去车里抄家伙！”毛狗娃是红毛，另一个是黄毛，闻令后转身就朝车边走，准备从车里拖砍刀和钢筋棍子。

“你快跑啊！”赵梦鱼这个千金小姐，平时说话都不高声，急得脸都扭曲变了形，撕心裂肺大喊起来。

“跑？今天就不跑！这一架我都等了好多年了，非打不可！”姚泡皮如同画册里战意滔天的程咬金，痞子样不怒反笑，“梦鱼，别忘了，一进大山我就是‘土匪’。听我的，你只管站到一边看着就是。哈——哈——”

这茶水河镇到底是个什么鬼地方啊！赵梦鱼眼眶一红，嘤嘤哭出了声：“我不管，明天就离开这土匪窝！”

双拳难敌四手，何况对方气势汹汹，手里还握着凶器呢！

## 二

其实打架，打的是狠劲，但也打的是心劲。

还在魏无豹支使手下拿凶器的那一刻，趁着红毛、黄毛还没上来，姚泡皮已经有了动作，上前凌厉地箍住了魏无豹的脖子，手指强大的钳制力使得对方满脸乌青，喉咙里一时呼吸不畅，不住呛咳起来。

红毛、黄毛远水一时解不了近火。

“停手！魏无豹，我就知道今天又是你小子闹事！”声音不大，却透着一股威严，就见干部模样的魏长强排开人群，适时走了出来，“才消停几天，你狗东西肉皮子又痒痒了？吔——这不是姚总吗？你是几时回的茶水河呀？”其实，来人早已在人堆里，此时才装着及时出面制止。

姚泡皮只得松开手起身，脸上瞬间敛了怒气，换了副风轻云淡的痞笑：“哎哟，魏镇长，你可来得太是时候了！再晚一点，我的鞋子刚沾上茶水河镇的泥巴，就得吃苦头啰。”双手假意在衣服上揩了揩，微笑自若地伸出手去握。

魏长强脸上肌肉轻轻扯动了一下，两只手却不慢，握得很有力："县里招商局几天前就打来电话，说是外面有个大商家要来考察茶水河的茶叶产业，我当时一猜就是你。我们镇里早就拿了方案，准备派车去接你呢，还是跟不上你们企业家的节奏啊！"

"哪敢劳魏大镇长的大驾啊！我只是后檐沟的篾块块，哪里值得镇长大人亲自伸手来翻啊！"姚泡皮知道上岸后一定要挥挥剑，但剑芒也不能太甚，直指茶水河镇长，显然并不合适。

"三叔——你可要为我主持公道，今天是他这狗×的……"魏无豹起身后已经缓了口气，急于辩白，用一种恶毒的眼神盯着姚泡皮。他年龄比魏长强还长几岁，可按辈分得恭恭敬敬地喊人家"三叔"。

"滚蛋！哪回你都有理。人家姚总可是我们镇里请都请不回来的贵客，你就敢动手？你现在胆子是越来越肥了！滚！后面我再找你算账！"魏长强一瞪眼，魏无豹三人就上车"轰"地一脚油门，绝尘而去。

"姚总，你是外面大场面上的人，别和那些阿猫阿狗的掰手腕，晚上河岸贵宾楼雅间，我们镇里为你洗尘接风！"见姚泡皮眼里有一丝丝的犹豫，魏长强又跟了一句，"我们镇的产业发展可离不开你们带动哟。"

话里显然是有隐喻的。姚泡皮转头瞥向惊魂未定的赵梦鱼，憨憨地笑："赵大小姐，你看我们茶水河镇的领导多重视。这架势完全可以媲美十里长亭铺红装嘛！"貌似没懂隐喻之意，嘴里对魏长强万千客气。

十五年前那次斗茶，这个魏镇长还只是镇里茶叶办的一个小干事，想不到青云直上已经做镇长了。姚泡皮心里明白，魏无豹之流，只不过就是些浮在河面上的小鱼烂虾，晚上的宴席才是真正的第一场较量。这次还乡，他遵赵梦鱼小姨父之意，轻车简从，没想惊动县里，但无孔不入的信息散播，还真是让人防不胜防啊。

将车开到茶水河一家临街民宿前，赵梦鱼上楼后小手在鼻子边直扇风，但看了看，好在卫生条件还勉强过得去，当即嘭地就关上了主卧的门。姚泡皮吁出一口气，轻轻拍门讨好道："赵大小姐，你抓紧梳妆打扮，晚上要一起出去吃饭呢。"

"这是什么鬼地方啊！刚才大街上差点就被人打了。我一天也不想待在土匪窝里，明天你就叫人开车来送我回去！"赵梦鱼隔着门，显然还余怒未消。

姚泡皮怔怔地望着房门苦笑，不住地摇头。

河岸贵宾楼是茶水河镇最高档的宴请场所，菜品色香味俱佳；二楼雅间还清幽，但在赵梦鱼眼里，完全比不上市里任何一所稍有档次的餐馆。坐上餐桌的人员，有魏长强镇长，有两个副书记，还有办公室主任和派出所的苏友金所长。不过，赵梦鱼发现，席间殷勤穿梭招呼客人的，是董事长魏无虎的夫人白晶晶。白晶晶在男人眼里有一种极富侵略性的美。

随着镇长率先端起酒杯，"热烈欢迎"过后，自然是好一阵子的"荣归故里"的酒阵寒暄。

"姚总这次回茶水河，肯定要重新划分茶叶这块大蛋糕吧？"魏长强镇长稳坐主宾位，向后靠着身子，并没有去捏面前的酒杯脚，看似不经意飙出的一句话，顿时让席间鸦雀无声。

所有目光"唰"地聚焦过来。姚泡皮大有"你不坐在餐桌上，就会出现在菜单上"的感觉。

“嘿嘿，魏镇长，当年我败走沿海，确实是叫花子搬家——一无所有，但即使在外面隐姓埋名，却也一直都没离开茶叶这个行业。”姚泡皮环看一眼四周，手指头在酒杯上轻轻摩挲，并没站起来敬酒，“这次回茶水河也就是先走走看看，看外面学的那些东西有没有用处。还望镇长今后多多关怀我这个当年不争气的家伙哟!”这番回话进退自如，水泼不进，魏长强当即不痛不痒、不置可否地哼哈了两句。

“姚总，你在外面还做茶呀！这次回来，是一定要参加来年斗茶的啰?”茶水河春茶叶有限公司董事长魏无虎，紧紧挨坐在魏镇长身边，这时突然又冒出来一句。

“斗茶?魏董事长还像当年一样对斗茶感兴趣?”姚泡皮心里像被尖刀划过，两只眼睛紧紧盯着魏无虎，似要滴出血来。原来当年让姚泡皮一次斗茶便堕入深渊、生无可恋的人，正是眼前的魏无虎。这正应了那句话——仇人见面分外眼红。

“魏董事长，‘上面的人’先前特意吩咐过我，这个时间，不要忘了赶紧打个电话过去。”派出所苏友金所长指指自己的手机，眼神里却有一丝不可违拗之意。两人本来已经亮出锋刃，魏无虎闻言，赶紧一扭头，溜出雅间，躲到某个角落里打电话去了。

“你看，男人们一见面就是斗呀斗的。来，梦鱼妹妹，我们姊妹俩初次见面，来走一回。”魏无虎的老婆白晶晶端起小酒杯，迅速在男人们中间，拉开了一道战火隔离带，“梦鱼妹妹一看就是大家闺秀，不同于坡坡上的野棉花，别被他们这些男人吓着了。”

一桌子人只俩女的，男人们的眼睛立刻在二人身上扫来扫去：一朵是大观园中雍容的牡丹，一朵是山林子里俏放的杜鹃，真是各有风韵啊。男人中，唯独只有姚泡皮看白晶晶的眼神，是属于让人心惊肉跳那种，使得白晶晶像沾水的鞭子抽打在身上一样。

宴席后半程，魏无虎重新入席后，大家都刻意避开了茶叶的话题。就像一瓶汽水一下子被敞了气，魏镇长不一会儿便没了多大兴致。他借了个故一离开，大家跟着就三三两两地散了。

“土匪，你给我说说，斗茶到底是怎么回事？怎么一说到斗茶，你先前那眼神就像要吃人一样。”吃饭时，赵梦鱼就满腹疑惑不解，趁着回民宿，赶紧就朝姚泡皮刨根问底起来。

“嘿嘿，说起斗茶啊，可不是一句半句能说清的，我还专门进行过一番深入研究。”姚泡皮抿嘴一笑，立时端出一副深奥渊博的架子，神侃起来，“斗茶，就是赛茶，又叫斗茗、茗战。始于唐，盛于宋，是古代有钱有闲人的一种雅玩……”

## 三

饭后夜幕下漫步，姚泡皮为获得赵梦鱼的好感，不失时机，将茶水河斗茶的典故洒了一路。

茶水河镇自古沿袭种茶技艺，每年清明节前刚采摘下茶尖儿，当地大户人家和名流雅士，就十几人或五六人，相约斗茶。茶店老板和街坊乡民蜂拥争相围观，那情形就像现代看球、赌球一样热闹。

斗茶的场所如选在前后二进的茶叶店，就便于观斗。前厅阔大的店面里人头攒动，品斗的座位刻意分成三六九等；后厅狭小的厨房，则只容一人静心煮茶。有些人家，也选择在雅洁的内室斗茶，把花木扶疏的清幽庭院，或曲水流觞的池沼亭台，作为高雅的斗茶场所。

斗茶者各取珍藏好茶，轮流烹煮，相互品评，以此来分高下。斗茶也可两人捉对“厮杀”，往往三斗二胜，极具趣味性和挑战性。

“十五年前，我和魏无虎就是生死捉对，是一场押上全部身家的斗茶。因为被暗算，我一败涂地，之后惨淡地离开了茶水河……”

说到这里，姚泡皮突然神情暗淡下去，眼里充斥了无边的恨意。

赵梦鱼心底生发出几分对“土匪”男人的同情，但却不知道该怎么去安慰。“那——先前酒桌上，苏所长所说的‘上面的人’是谁？怎么偏偏在那个关键时候，要人打电话过去？”她有意转换了话题。

“我的赵大小姐，我又不会掐指一算，怎么知道‘上面的人’是谁？我败走沿海之后，茶水河镇的人事已经换了一朝又一朝了。不过，那时让魏无虎出去打电话，无非就是不让我和他当场暴肝嘛。”姚泡皮低头快步往前走，似乎心事压得更重了。

回到民宿，两人洗漱后各自黯然睡下。但让赵梦鱼根本没想到的是，第二天一早还没来得及再提要走的话，姚泡皮竟然催她跟着去家家户户还账。

“是他泡皮叔啊，屋里坐。”土家老伯总喜欢依着孩子称呼进门的客人，“都这么多年了，谁让你还去记当年那些陈芝麻烂谷子的账啊。”

“那不行！我脑子里，每一笔账都是枝叶清楚的，当年租你家的土地费，不多不少刚好三百元。”姚泡皮端起土家大伯的熬茶嘬了一小口，使了个眼色，赵梦鱼赶紧在账本上规规矩矩地记下一笔，然后将三百元钱恭恭敬敬地奉上。

土家阿伯手里捏着钱，老脸现出几分羞赧，仿佛欠账的反而是自己一般：“你看，都这么多年了，几个账目你还剔骨割肉，弄得这般分明……”

赵梦鱼大学本科修的是财会专业，还有国家认证的会计师资格证在手，但此时对姚泡皮却也是老婆婆爬楼梯——不服（扶）不行。村村寨寨、每家每户，怎么走，多少人，谁当家，当年欠了多少钱——姚泡皮根本没有记账的本本，可每一笔欠账都分文不差地刻在脑子里。

姚泡皮不去当山大王的粮草师爷都可惜了！

“你当年究竟欠下多少还不清的阎王账啊？”一个多月后，跟着姚泡皮已经跑了四百多户人家，今早出门前，赵梦鱼忍不住多了一嘴。

“嘿嘿，总共四百三十五户，十六万四千八百元。今天是最后的六户人家了。”姚泡皮在民宿客厅沙发上侧过头，享受着女人出门前精心收拾的过程。赵梦鱼在镜子前洗面，补水，描眉，涂唇，临出门还特意换上一套蓝色紧腰突臀的套装，清清爽爽，不可方物。这套衣服本来是适合穿高跟的，但赵梦鱼弯腰下去后，又纠结了一阵子，最后用俩小指头，拎出一双厚底的白色运动鞋。

“赵大小姐，你很有成绩呵。这段时间你学会了好多方言，这双下乡的当家鞋子，最近底子也快磨破了，嘿嘿。”

“那你要给我涨工资！你这个土匪老板，当时可没说要天天窜寨子还账。我都快成土家老阿婆了！”赵梦鱼噘起红嘟嘟的小嘴儿，一双溜溜的眼珠子在眼眶里滚转。

“这个没问题啊！用钱能解决的，都不是问题。这么乖的土家阿婆，值！”姚泡皮一双狡黠的眼睛，上下逡巡。也难怪这一方的人都叫他泡皮，大话讨好话张嘴就来。

“你！”赵梦鱼羞恼，狠狠地剜了他一眼。

其实，随着一笔笔陈年旧账被还清，赵梦鱼已经幡然领悟了小姨和小姨父的良苦用心。

每一个从婚姻的牢笼里挣脱而出的女人，都需要时间舔舐伤口。那段时间，赵梦鱼整夜在酒吧买醉，在迪厅里昏天黑地，窝在家里就蓬头垢面，一套睡衣裹一天，自己都把自己当成一捆丢弃在垃圾桶里的残枝败叶了。

小姨父先是耗时三天三夜、费尽心机说服了小姨，后来才一本正经地坐在早餐桌前，瞪着睡眼惺忪的赵梦鱼，开始了“组织”谈话：“鱼儿啊，现在有一个词叫逆向迁徙——农村其实才是城市真正的根。乡村振兴后，下面变化很大，值得去走走看看。姚泡皮就给我看过一份很好的发展规划书，要不鱼儿你就……”

赵梦鱼才听到一半，却心坚似铁地拒绝了：“小姨父，别人想方设法，都让亲人往大城市、超大城市迁，甚至穷尽所有，也要送出国门镀金。你们倒好，一心要把我往深山里掀。我才不要跟着个‘土匪’去深山创业！”

因为母亲与小姨姊妹情深，小姨父夫妻又没生下一儿半女，所以赵梦鱼早被视如己出，读大学时就出入于小姨小姨父家，离婚财产分割后，更是直接住了回来。在这个家庭里，她早就被娇

惯得不成样子了。

也就是那时起，姚泡皮奉了小姨父的“圣意”，开始上门“招揽”赵梦鱼。

“赵大小姐，你是财会专业的高材生，这是我做的一份企划书，请你……”姚泡皮穿得笔挺挺的，双手恭恭敬敬地呈上了“茶水河镇茶叶投资企划书”。

岂料赵梦鱼连瞟也不瞟一眼：“我对这个没有一丁点的兴趣，你另请高明！”后来又连续送了五次，都被她随手丢进了垃圾桶里。

姚泡皮涎着脸不死心，天天往小姨父家里跑，后来连家里做饭的张姨都看不过眼了，也帮着说话：“小姐，你就看一眼吧。早上我出去买菜，才开门，人家就等在屋外的。”赵梦鱼头昂上天，不为所动，只鼻子里轻哼一声：“爱来，让他来！腿长在他身上。”

没想到姚泡皮匪性被激起，竟每时每刻都“缠”上了赵梦鱼。赵梦鱼一醒来，总有一捧鲜花送到；赵梦鱼才进酒吧，酒保就送来了她最喜欢的酒；赵梦鱼去爬山，香汗阵阵时，就会有人递来白毛巾和矿泉水……有一晚，赵梦鱼在舞厅跳舞，遭遇几个小崽子调戏，姚泡皮挤开人群，一拳就将一个“金毛”放倒，不想最终寡不敌众，被人踩在地上，像旋转的陀螺一样被拳打脚踢……

送赵梦鱼回家后，小姨一边责怪，一边用药水给姚泡皮擦脸上的伤。看着龇牙咧嘴的姚泡皮，赵梦鱼突然没忍住，就小声吐了一句：“土匪，把你的企划书拿过来我瞄一眼吧——”高兴得姚泡皮一下子就从沙发上跳了起来。

## 四

不看不要紧，翻开厚厚的“茶水河镇茶叶投资企划书”，刚看了几页，赵梦鱼就被顶层设计的庞大投资计划震撼了：难怪小姨父意味深长地说，“土匪”有可能将来成为省内一颗冉冉升起的企业明星。投资计划将建设茶水河镇的高品质种植基地，建成高品质的高端茶叶流水线，逐步融合近十个县域的茶企，最终打造成全省、全国的茶叶品牌集团。“企划书”翔实可行的市场营销体系，甚至辐射到了东南亚及欧美。

“为什么是茶水河？”看过“企划书”后，这是赵梦鱼唯一感到疑惑的地方。

“因为茶水河茶叶种植的根基极深，已成气候，而据我从商会所得资料深入分析，茶水河的茶水河镇的春茶叶有限公司，这几年只是金玉其外，早已危机四伏……嘿嘿，另外，这里边，你小姨父也还有别的深意。”经姚泡皮这样一解释，“企划书”几乎完美。

不过，尽管如此，赵梦鱼语气还是淡淡的：“我可不像你们这些男人，一心装着总裁、董事长什么的，嘴一张、手一指就是‘朕的江山’。本小姐只是有个由头下去散散心，哪天心里高兴，抽身就回。再说，乡下连化个妆什么的都不方便……”

赵梦鱼话刚完，姚泡皮突然就从门外叫进来一个员工。她平时惯用的各类化妆品和各类女士用品，一样都不缺地呈送到了她面前……

如今一个多月走村串户还账，赵梦鱼窥见了姚泡皮心底透出

的那份快意，自己跟着也很减压。离开纸醉金迷、物欲横流的大城市，来到这山清水秀、人情世故纯粹的山村，离婚的阴霾早已一扫而空了。

“你不觉得还旧账，其实已经开始实施我们的宏伟计划了吗?”姚泡皮涎脸一问，顿时让赵梦鱼一怔，思绪又回到了眼前。

“赵大小姐，这还账的第一步已经完成，你也对茶水河茶叶发展的概况有了初步了解。让我惊喜的是，你一个大城市里娇滴滴的大小姐，这段时间竟能跟着我下乡吃苦。今天走完这几家，晚上我们好好喝两杯，好好犒劳庆祝一下。不然，将来某天你小姨父问罪，我可吃罪不起……”

“喝就喝，就开你搬回来的那箱沙坡头，你可别嫌价格昂贵，到时候又舍不得!”

“好啊！不去谈阿堵物，搬回来就是要喝的，今晚我俩就用茶水河的夜色下酒，来个不醉不休！嘿嘿……”

此刻，两人仿佛天真的孩子在斗嘴，完全不知道，酒貌柔实刚（酒水看上去柔和，喝下肚劲大，刚烈），实则是世上最易使坏的东西。

在魏无虎的茶水河春茶叶有限公司内，有一间装修极尽奢华的接待内室。内室里的金碧辉煌程度聚集了暴发户的所有想象力，名酒、名烟、玉石、书画，都是市面上一般看不到的，据说，光是那一套顶级茶具就价值两百多万。

自从姚泡皮回到茶水河镇后，每个周末内室里都有聚会。清新悦耳的轻音乐里，魏无虎董事长的夫人白晶晶，一身青花流水长裙，煞有介事地烹茶，曲了身子优雅地一一斟茶，每次擦肩而过都有暗香浮动。和以往一样，今晚魏长强在“高山流韵”的茶具主位落座，两边是魏无虎和派出所所长苏友金。

几人正悠闲品茗谈笑，魏无豹的光头急匆匆地就从外面拱了进来。“大哥，我一直派手下盯着姚泡皮，这一个多月里，他就是和那女的挨家挨户去还账。要我说，他也就是茶水河水皮上的小土鳖——翻不起什么大浪。”魏无豹撸起袖子，抢过白晶晶手里的茶壶，直接冲向一个大茶杯里。

“无豹啊，他一个泡皮，干嘛费那么大劲跑回来还账？是钱多得胀荷包了？”魏无虎微微皱眉，轻轻嘬了半口茶，“你再想想看，那些被欠了账的家庭，哪一户不是他以前一手一脚发展起来的茶农？想起十五年前那场斗茶，我头皮至今还发麻呢。”

“无虎董事长，这个倒不必过分忧心，现在茶水河春茶叶公司实行公司+基地+农户的发展模式，不都签过合同了吗？再说，出门十五年，早就物是人非了，他凭什么来和你掰手腕？”魏长强吹了吹玉杯里的茶叶，话里有一丝八方六合唯我独尊的威严。

“魏镇长，今天‘上面的人’又给我打了电话，说是姚泡皮回茶水河之前，有人看到他好像进过一趟县委会，嘱咐我们，官场翻手为云覆手为雨的，小心才能驶得万年船。不过依我看，官场上的人都是树叶落下来也怕打破脑壳，不如晚上我就带人去抓了那对狗男女的现行，一下子就搞臭了他们。”

苏友金所长做事喜欢竹筒倒豆子，干脆爽利，魏无豹当即就佩服得五体投地。“筷子伸出去只为拈肉，大碗端起只为喝酒。所长这才叫抓起葫芦——专找籽籽抠。今晚上算我一个！”

“我了解姚泡皮那人，绝对算个狠角色——”白晶晶眼神复杂，从旁边轻飘飘提醒了小半句。

魏无虎朝她剜了一眼，内心却更犹豫起来：“‘上面那人’几

天一个电话，他是立在潮头浪尖的人，我们在下面——”抬起头却见魏长强嘴角挂着一丝嘲笑，当即就止住了言语。

“无虎董事长，现在茶水河上得台面的茶企，只剩下你和向泰高那硒峰茶厂。他那规模连你的五分之一都还不到，你怕什么呢？”魏长强在行政上摸爬滚打这么多年，凡事精于打算，权钱两项都不曾有过亏账：既然伸头是一刀，缩头也是一刀，有人先上去冲一冲，死道友又不死贫道，有什么不好呢？他端起茶杯，微微含笑，追着一缕清香嗅闻起来。

夜漆黑，茶水河集镇上除了偶尔几声野狗抢食的凄厉惨叫，阒然无声。苏友金所长带着两个民警，在临街民宿前的花坛边蛰伏着。不一会儿，魏无豹的光头就淫邪地凑到了苏所长面前：“所长，先前，奸夫淫妇穿着睡衣还在喝酒，这会儿，灯都熄了，一定是这样、这样……嘿嘿……”手里比画着一个肮脏下流的动作。

姚泡皮和赵梦鱼自进入茶水河镇，各种传闻就长出了鼻子眼睛，后来生出了腿脚，插上了翅膀：姚泡皮人前根本不敢承认是情侣，白天装模作样地假正经，晚上孤男寡女独处一室，关了房门，什么腌臜事情做不出来？

苏友金早把民宿屋内的情形都侦查清楚了，此时果断命一个手下悄悄套开外面的防盗门，进屋后直奔主卧，暴力地一脚就踹开了房门：“不准动！派出所突击检查！”室内开关啪地被打开了，雪亮的灯光瞬间将屋内照得一片雪亮。

“啊——”一声尖叫，睡梦中被惊醒的赵梦鱼，芳容失色，直接挺身而起，随即又慌乱地捂住了胸前的雪白。

楼下魏无豹听到上面的尖叫，兴奋无比。他掏出手机，准备好了摄像模式，只等一会儿苏所长将衣衫不整的两人押下来，明天各大网络平台上就会出现让人兴奋不已的淫秽画面。

暴力开门后，另一个房间的门就打开了。姚泡皮急慌慌地跑了过来，扫一眼，一下子就明白了一切："苏所长，你现在给我个说法！"语气让人感觉骨髓都冰冷至极。

"这——误会，我们收到线报，说是有人在卖淫嫖娼……"

"我要告你们！嘤嘤……"赵梦鱼梨花带雨，脸色煞白。

"简直无法无天！苏所长，今天这事不会就这么作罢！"姚泡皮冰冷的语气里含着愤怒，"赵小姐，你安安心心睡觉，我来处理这事。"

"不！明天一早，我坚决要离开这个让人无语的鬼地方！"赵梦鱼惊惶的眼睛里，现出决绝的神色。

原来今晚她和姚泡皮下乡回来，确实开了两瓶红酒，但姚泡皮好不容易才招揽到这个戴着光环的"内助"，对她心存真心实意的尊重和几分敬畏，哪里会有"土匪"的心思？山里人男和女就是男女之事的逻辑，这一次根本没行通。

"苏所，苏所，人呢？怎么没带下来啊？"魏无豹早早就开启了摄像功能，但并没见到意想中的情形。

"拍你妈个鬼哟！"苏友金没好气地瞪了他几眼，恨恨而去，剩下魏无豹独自在黑夜里凌乱。

第二天刚上班，苏友金就被"上面的人"骂了个狗血喷头："你狗×的是猪脑子啊！人牵起你不走，鬼拉起你倒行。现在县里主要领导已经在过问此事了，破坏招商引资这顶大帽子你戴得起吗？你告诉魏无虎，都他妈给老子低调！低调！夹起尾巴做人！"

苏友金听着电话，一张脸变成了猪肝色。

## 五

昨晚，苏有金带着那帮子人走后，姚泡皮只好凭着一股子匪性，开始安抚赵梦鱼的情绪。“祖上告诉我无利不起早，还贼不走空。你应该看出来了，今晚失败的最终是他们，再说你这个时候回去算怎么回事。回去怎么开口？给你小姨父说，被大山里的人当作风问题整回来了？”

“你才作风问题呢，都比人家老十二岁，张嘴就乱说老脸不红啊！我是被那伙人的土匪恶霸行径给气的。你们这都是些什么人啊！”见姚泡皮被呛，面皮上尬了一下的神情有几分趣，旋即破涕而笑。

这一笑，赵梦鱼犟着非回市里的执拗劲瞬间就破防了。

第二天一早，刚吃完早饭，姚泡皮直接就是一副“大当家”的派头：“赵大小姐，接下来我们该干正事了。走吧。”

赵梦鱼并没有依言立刻动身，反而进到里屋，收拾了一下。先前读了几次企划书，她知道下一步肯定是走向那个硒峰茶厂。在她的想象中，要从当地一个茶农起家的小老板手里，收购一家茶厂免不了要大费周章。

“你这是？”门一打开，姚泡皮回头一瞧，从屋里走出来的赵梦鱼，秀颀的脖子上竟围了一条抢眼的红色丝巾。

“嘻嘻，今天也算正式启动你宏伟的事业，围条红色丝巾讨个好彩头。以前每次我围上它，做事都顺顺利利的。祝土匪老板事业大成哟！”望着红色丝巾映衬下赵梦鱼兴奋的脸庞，姚泡皮心底粼粼的波澜莫名漾起。

小车径直开到硒峰茶厂。一下车，姚泡皮就高声“老向老向”地喊叫起来。原来二人早年就熟识啊！这个土匪，到哪都自带着主角光环。赵梦鱼心里暗自一阵欢悦。

“你是找我爹的吗？”三十出头的茶厂老板向泰高，上半身穿着件皱巴巴的西装，疑惑不解地走了出来。两年前，他就已经从父亲的手里接过了茶厂。

其实，硒峰茶厂正处于生存和发展两难的境地。在茶水河春茶叶有限公司的睡榻旁，遑论做大和做强，生存下去都极其艰难。这几年，魏无虎不时派魏无豹带着毛狗娃之流肆意骚扰，甚至无理打压，只坐等着茶厂无以为继之时，一锤子就廉价并购了。

但要真正洽谈对茶厂的收购，正如赵梦鱼预想的一样，还是很艰难的。父子俩好不容易东挡西补支撑到今天，厂里的一草一木、一砖一瓦，都凝结着两代人的情感和付出。

谈判的过程就像一节节捋猪大肠一样。中午时，姚泡皮一伸懒腰，笑笑说：“我带了点小礼物，去家里看看老向吧。”姚泡皮刚将车在一栋瓦屋院子里停下，向泰高的老父亲，惊得连手上的饭碗都没放稳，就跑上前来紧紧抓手，眼里竟有泪花在闪动。

“姚总，你总算回来了！我帮你守得好苦啊！”

旁边赵梦鱼和向泰高如堕十里云雾中，直看得一愣一愣的。

原来十五年前，在斗茶惨败后，姚泡皮索性将茶水河大沙坝一个小茶厂，赠予了他手下的制茶技术员——也就是向泰高的父亲，算是为今日东山再起，暗布了一颗棋子。再联系还账的情形，姚泡皮并未与茶农的情分彻底生疏，赵梦鱼渐渐开悟：原来当年那场斗茶，姚泡皮并非完全一败涂地。

最终拿了优渥的补偿，这让老向羞赧难当；向泰高还被委任新公司——硒峰鸿图茶叶集团的执行总经理，更让父子俩感恩戴德。“嘿嘿，老向，我们当年的感情比茗洞还深。我可不是又怕兄弟苦，又怕兄弟开路虎之人。”姚泡皮开玩笑的话，顿时让向泰高父子只差将他往香火上供了。

但成立新的公司，要实现规模化生产，需要扩建厂房、提档升级，就必须要过魏长强这一关了。因为茶水河镇虽说刚提拔了书记，可刚上任，马上就上党校学习去了。一切都由着镇长魏长强只手遮天。

在魏长强的镇长办公室里，各种资料都依规依矩上交了，他也“好事，好事”“支持，支持”了五回，可半个月都过去了，审批书就是迟迟不给。没有审批书，土地、水、电，甚至公司注册，都成了不能逾越的壕堑。

“魏镇长，回茶水河这么久了，今天晚上河岸贵宾楼，我想请你小酌几杯，叙叙旧。我知道你忙……”姚泡皮本来想的是，小鬼难缠，再不批审批书，干脆就绕过镇里这个绊脚石，直接上县里去办。此行前，他通过赵梦鱼的小姨父，已经暗自给县委书记交了底。

没想到电话还没完，魏长强就爽快地答应了下来：“你是企业家，回到家乡来发展，支持你是我的工作嘛。放心，只管一百个放心！”

姚泡皮颇感意外之余，带着赵梦鱼特地提前一个半小时，上河岸贵宾楼精心安排了雅间和茶品。但等魏长强施施到来之时，还是让二人暗自吃惊不小。

“怎么样，姚总，你们都是茶叶行业的翘楚，我今晚把无虎董事长也带来，你不会介意吧？”

“魏镇长，你这是说哪里话，我正想找机会向魏董事长请教呢。”姚泡皮微微一愣后，赶紧朝赵梦鱼使眼色，于是加位，加碟，加菜。

酒过三巡，菜过五味。姚泡皮主动端起酒杯起身，硬着头皮将话扯到了正题上：“魏镇长，我这辈子就只懂做茶。这些年我流落到沿海，做茶道、销茶，小打小闹一直都没脱离过茶。回到茶水河，就是想捡起旧行当，在你和魏董事长身边讨口饭吃。还希望你们，尤其是魏董事长牙齿缝里能剔出点肉丝，赏个一口半口的饭吃——”

雅间陡然阒静无声，在虎狼捕食般的目光盯视下，一分钟像漫长的一个世纪。

就在赵梦鱼准备缓解尴尬的氛围时，魏无虎阴阴一笑，抢先发话了：“姚总，你这是说的哪般话。我们关在大山里，只看得见簸箕大的天，你要把外面的先进技术，毫不保留地教给我哟。”

“是啊，姚总，你这话好像我们茶水河，针插不进、水泼不进一样！嘿嘿，看看你这人——”魏长强手指指着姚泡皮直摇晃。

“不过——”魏长强猛然冰封了脸上的笑意，“无虎董事长给我讲了多次，他的公司一直想打开格局，这次一定要向你学习到外面的先进技术和理念，你该不会保守吧？一花独放不是春，万紫千红才花满园嘛。”

“这——魏镇长，你有指示只管发话，我无有不遵。”姚泡皮瞬间明白了，要想在茶水河做出点事，必须付出雁过拔毛的代价。

“那好，无虎董事长，你看你们公司派谁去向姚总学习合适？”

“就让我那最不争气的弟弟去历练吧。这辈子我是调教不好他了，那就拜托姚总代我调教调教？”说罢，魏无虎恭敬起身，做了个弯腰打拱的虔诚姿势。

魏无豹？赵梦鱼脑子里迅速冒出那个光头痞子的模样。这不是明着安插钉子来添堵吗？一颗老鼠屎撒进来，一大锅鲜汤不就完了吗？

“好！就让他先来做个保安队长吧！”没想到姚泡皮毫不犹豫就一口应承下来。

胸有惊雷而貌似平湖者，可拜上将军！赵梦鱼虽说万分抵触魏无豹进公司，但心里还是为姚泡皮这份场面上的气度所折服。

酒宴散场后，魏长强和魏无虎已经微醺，一路勾肩搭背，行走在灯黄夜黑的茶水河集镇上。

“无虎，我觉得‘上面的人’得知姚泡皮并购公司后，又是千方百计挖后台，又是急于搜集信息，还三天两个电话这安排那布置的，让我们小心提防，也太谨小慎微了。他一个败军之将，早就已经没了当年的威猛雄风，在茶水河镇这方天地，只能再次品尝屈辱的滋味。所有优势资源都在我们手里，现在还有你那成事不足的弟弟，从内部去戳乱子，这个还没成立的公司只怕是投得多死得多，神仙都救不活，哈哈……”

“镇长三叔，牛大压不死虱子，我总觉得还是不能掉以轻心，当年斗茶，要是不搞兜底的那一锤子，倒霉的可能就是我们了……”

“你呀，就是这点不好。搂着别人白嫩嫩的媳妇，还睡不踏实了？别人头上还顶着绿油油的呼伦贝尔大草原呢！嘿嘿……”

掺上了无穷淫邪的笑声，在夜幕下空落落的街道上格外怪异。

## 六

魏无虎心事重重地回到豪华别墅里。自从姚泡皮回到茶水河，浸骨入髓的梦魇始终挥之不去。

暴发户的品位，使用钱堆砌起来的别墅内部装潢，貌似孪生的高档酒吧。白晶晶洗了澡，穿着镂空的睡衣，慵懒地斜靠在犀牛皮沙发上看电视，一双大白腿充满了诱惑力。

酒是色媒人，雄性荷尔蒙让魏无虎心底躁动起来，肾上腺素急剧飙升。哪知他喘着粗气、想法无穷地将身体靠过去，却遭遇到冰冷的拒绝：“天天喝得醉醺醺的，臭死了！别挡着我电视机。”

“你！老子累死累活回来，依不得你！”魏无虎眼睛红红的，满嘴酒气，强行将白晶晶不断挣扎的身子搂了过来。

“干什么！你要干什么！”

“要干什么你不知道啊？装什么装！老子万贯家产娶你个二手货，你金子镶的边边啊！”魏无虎脑子里浮现出姚泡皮那张脸，面目变得狰狞起来，完全扯下了人前那副道貌岸然的面目，扛起乱蹬乱踢的白晶晶，丢到了里屋的大床上。

十几分钟后，瘫软的魏无虎，鼾声如雷，沉沉睡去；而满身青紫的白晶晶，却瑟瑟发抖，眼角簌簌滴淌着冰凉的泪水。

这一切皆源于那场攸关生死的斗茶。

茶水河镇地处鄂西北，是茶马古道。作为民间国际商贸通道上的重要驿站，它串联着云贵湘鄂川诸省。在这条冠以茶的商贸运输线上，当地土苗人家本来以熬茶提神炼体，后来各色高档茶叶渐渐出现在富裕人家的茶盏之中，随之斗茶雅玩逐渐风靡。

斗茶时，富裕人家取出自家珍贵名茶，依次烹煮品尝，从茶的色香味、茶汤的醇厚程度，甚至茶具、开水的水质等方面进行评判。斗茶分输赢，原本也就赢个排场名声，待来年春风吹醒茶芽时，又再斗就是。

但十五年前，姚泡皮和魏无虎斗茶，从一开始就充满了你死我活的硝烟味。那时，在茶水河当地产业政策的引导和扶持下，茶叶已成为主导产业，而姚、魏两家茶厂分庭抗礼，旗鼓相当，白热化的竞争势如水火。

二人的经营策略却完全不同。魏无虎每天都和领导推杯换盏，打得火热；姚泡皮却总是整天泡在茶农家的茶地里，头也不抬。白晶晶就从旁幽怨提醒姚泡皮多次：“你还是学一下人家魏无虎，不然将来都不知道怎么吃亏的……”姚泡皮没好气地一鼓眼：“头发长见识短，我一个种茶、收茶、制茶的老板，酒杯饭桌上能发财?”直气得白晶晶粉脸一阵青白。

之后，金融危机爆发，茶厂的产销形势陡然严峻起来。在资金行将断链的关键时刻，县里偏偏又只提供一笔一千万的优惠贷款。这个名额花落谁家，极有可能关乎茶厂的生死存亡。姚、魏两家茶厂规模不相上下，为了得到这笔贷款，前期都已经拼尽所能了。后来，镇里几番研究，决定干脆组织一场斗茶比赛，一斗见高下。那时还只是镇里茶叶专职干事的魏长强，不失时机地又补上了一刀：“我镇的茶叶发展需要做大做强，优惠扶持尤其不能到处洒面面药。我们要赶紧拿个方案，两家斗茶结果一出来，肯定会出现并购的情形。一旦并购，我们也好帮助茶农止损，免得镇里突然陷于被动。”

那场斗茶，为体现公正，特意选择了第三家茶厂的茶室作为斗茶场所。镇里专门请来县茶叶办的三个专家；姚、魏两家茶厂也各自请出一名外地茶叶销售商，作为斗茶的评委。

姚泡皮对这次斗茶是信心爆棚的。茶叶办的三个专家都很熟悉，茶园和魏无虎的茶园都是挨着的，两家划“疆”而治，可自家基地完全施用的农家肥，魏无虎的茶园都是播撒的化肥，孰优孰劣，云泥之别。

不想，就在斗茶的头两天，白晶晶的娘家弟弟酒后无故和魏无豹干了一架。魏无豹缠着绷带躺在医院的病床上，被法医认定为重伤。这一来，白晶晶的弟弟就面临一场漫长的牢狱之灾。

“快出去找人！我弟弟都还没结婚，要是一判刑，这辈子就完了。你这个当姐夫的，不能不当回事。”白晶晶忍受不了母亲的哭求，在家里就向姚泡皮发难。

“他自己搞出来的事情，自己负责，再说公检法又不是我一个茶厂老板开的，我找谁去？”姚泡皮当即就一根头发遮住了脸。

“你六亲不认！会有后悔的一天的！”白晶晶哭红了眼，说出了狠话，但姚泡皮忙于筹备斗茶事务，根本都没让这事在脑子里打转转。

姚泡皮对茶了然于心。茶分小芽、中芽、紫芽和百合，其中最珍贵的是小芽中的水芽。姚泡皮郑重安排了向泰高的父亲在日出前，将其采回，又命他亲手烘焙。茶圣陆羽曾在《茶经》中说：“其水，用山水上，江水中，井水下。其山水，拣乳泉，石池漫流者上。”斗茶头一天，姚泡皮特意打电话，让向泰高的父亲于子时交接时刻，到半山腰的出泉口接来了一桶山泉水。

斗茶正式开始，各自出一人烹煮，一一斟上评委的茶盅。魏无虎献出的茶，只能说茶质平平，而再看姚泡皮由白晶晶斟献的茶，汤色纯白，汤面浮起的汤花晶莹透亮，一线水痕迟迟不现，堪称上上佳茗。

姚泡皮好不得意：都不用评委品鉴，显然已胜券在握。

果然，评委们品过魏无虎的茶汤，脸上并没露出惊喜之色。他们又开始品鉴由白晶晶献上的茶汤，颔首嘬嘴，轻轻吹拂“咬盏”的茶芽儿，一个个突然就皱起了眉头。

姚泡皮急了！跑上前去，抢过评委的茶盅一闻，顿时如天旋地转一般。自家的茶汤里竟然有一股盖过茶香的异味！须知茶是最吸异味的，自己斗茶前连每一个细节都没放过，异味儿从何来？姚泡皮思索了一下，愤怒地将手指向了白晶晶：“你！你竟然做出吃家饭屙野屎的事！”

白晶晶脸色煞白，眼里射出一团幽怨森森的光。她看向魏无虎，就在昨晚，阴谋已经达成。原来白晶晶暗自为弟弟的事情去找魏无虎求情，离婚单身的魏无虎，不仅承诺斗茶后就娶她，还拍着胸脯保证，绝对没人追究白晶晶弟弟的刑事责任。

这场斗茶的结果不言而喻，姚泡皮赔了夫人又折兵，不仅多年累积起来的茶厂、倾心深耕的茶叶基地拱手让人，连白嫩的未婚妻也投入了魏无虎的怀抱。

让白晶晶始料不及的是，这种被清清楚楚标注了价码的背叛，在婚姻的殿堂上，岂能有尊重和珍视？白晶晶人前珠光宝气，伉俪情深，背地里却只能打落牙齿往肚子里吞。

姚泡皮这段时间日子也不好过。虽说他的公司终于正式运作起来了，从外面陆续运进来了最先进的机器，也引进了专业技术人员，还买进高品质茶苗，偷偷与早前的那些茶农签订了种植协议。因为新种植的高品质白茶，是新增的面积，与魏无虎和之前茶农签订的协议并不矛盾，可魏无虎还是拿着合同到茶农家不断骚扰。那些茶农没见过大的场面，见魏无虎的人和派出所民警一起下来，都内心惶恐，瞻前顾后的，影响了姚泡皮茶叶基地的发展。

更让人无语的是魏无豹，进公司后简直就是“呲脚烂”。他刚进公司去见姚泡皮时，面皮上还要几分腼应，后来见并没能让自己少了二两肉，就打着保安队长的旗号，在茶水河各个餐馆胡吃海喝，搞得债主纷纷上门追债。他上班当众调戏女员工，一时女人们人人自危；他还偷偷将集团公司的财物贱卖出去；将毛狗娃等一些不三不四的人带进公司里胡搞……

后来，赵梦鱼和向泰高都有意见了，担心这样下去，公司的前途将岌岌可危。但姚泡皮只是笑：怕什么！让他乱，大乱必大治。上天要使人灭亡，必先使其疯狂！哈哈！

父亲嘴里的姚泡皮待茶农好，霸道固执，但从今日看来，他莫不早就不是当年那个和自家老婆“搬起门枋狠”的角色了？向泰高看着姚泡皮那副十分自若的神色，心里难免有几分惊疑。

## 七

又几个月，硒峰鸿图茶叶集团扩建的大片厂房已拔地而起，姚泡皮和赵梦鱼都搬进公司住了下来。蒸蒸日上的图景已然铺展

开来。

时间已近深秋，黄昏时分，赵梦鱼来到默默流淌的茶水河沙滩边，将一双雪白的脚浸到有几分冰凉的流水里，顿感身心舒爽惬意。

此时，姚泡皮上网处理完几件事情后，在公司转了一圈，身边突然感觉失了赵梦鱼的身影，猛然又想起魏无豹曾经醉酒后，将一双贪婪的色眼直勾勾盯着赵梦鱼曼妙身材的神情，心里顿生不安。

"梦鱼，你在这里啊！让我好找。"终于寻到暮色中的曼妙身影，姚泡皮额头已有涔涔汗珠浸出。

"哦，怎么？你这是在担心我啊！嘻嘻……"赵梦鱼回头，一双明亮的眼珠轻睇流转。

"才不担心，我这个土匪，只担心鱼儿会沉到河底淹死！哈哈……"姚泡皮的笑声一出，似乎将眼前的夜色也荡开了一团。

"过来坐一下。这里——"赵梦鱼轻轻拍拍身边的沙滩。

夜色朦胧，远山如黛，点点灯火人家，好一幅山居秋暮图。

"我今天翻了下账，公司前期投入已超四千万了。非得回茶水河投资，你就这么看好公司的前景？"

"一切都是如期推进的啊，有什么好担心的。再说，我做的企划书你看过，也论证了多次，连你小姨父都十分赏识呢。"

"你一个商人，是怎么和小姨父攀上关系的？照道理讲，政商泾渭分明，你们并没有多少交集才对呀？"赵梦鱼索性将这么多年心底的疑惑和盘托出。"看你出入小姨父家，有时比我都还自在呢。"

"这还得从那次斗茶后讲起……"姚泡皮的讲述，正像面前娓娓的茶水河水那样，沉静中不时泛起阵阵波澜。

斗茶失败后，姚泡皮落荒到沿海，投奔一个曾经打交道的茶叶销售老板，口袋比被狗舔过的脸还干净。老板姓叶，是台湾人，在沿海 F 市有几家高档茶店，就让姚泡皮在店里当了个茶博士。

叶老板脾气暴躁，并没因为姚泡皮曾经是生意上的合作伙伴，就顾念旧谊，反而以收留的恩情而倨傲不已。“能干就干，不能干就滚蛋!”这就是叶老板经常挂在嘴边的话。姚泡皮就亲眼见过多人不堪忍受，被他轻飘飘一句话就解了职。

姚泡皮流落至此，孑然一身，就像土匪连山寨也被人端了，退无可退，竟安安心心做起了最卑微低贱的服务生。他在茶馆里左喊左转，右喊右转，不喊还自转，看得叶老板也不住点头。后来，叶老板见他能忍常人所不能忍，受常人所不能受，是个能东山再起的主，才终于将外出送茶和煮茶的“福利”交给了他。

沿海 F 市烹茶品茗之风炽盛，除了直接上茶店，也有点了茶送高档宾馆和进聚会场所现场煮茶的做派。叶老板说：“我店里只收标价的茶资，外面怎么收钱，你自己做主。”高档宾馆点茶和要求现场煮茶的，多半是有钱有身份的主，这样，姚泡皮送一回茶或者煮一回茶，有时竟有几百上千的进账。

那一次，赵梦鱼的小姨父到沿海 F 市考察，喝了点酒后一个人先回宾馆，一时感觉心里有点慌慌的，就点了壶茶，让茶店里送去。姚泡皮进入房间，刚把茶壶茶具放好，就见赵梦鱼的小姨父捂住胸口，软软地倒了下去。

这不是心脏病发作了吗？姚泡皮疾步过去，赶紧将人在地毯上放平，伸手一探鼻息，竟气息全无。

好在姚泡皮是场面上到处跑的人，见多识广，当即搜索顾客上衣口袋，找到救心丸，撬开嘴喂服，又煞有介事地做起了心肺复苏。有惊无险，赵梦鱼的小姨父悠悠醒转了过来。

“这么说，你还是我小姨父的救命恩人啊!”赵梦鱼睁大了难以置信的眼睛。

“当然啊！他后来还拿出一万元钱作酬谢呢！那，我哪能要啊。”

“你会不收钱?”赵梦鱼嘴角浮现一丝冷笑，“这可能是土匪的做派吗?”

“你别不信，匪有匪道呢。”姚泡皮嘴角一哂，“你可能就更不信了，在茶馆里干了几年，我自己就开了两家茶馆。再后来，台湾叶老板家里突生变故，被迫还乡，临走前就把几条茶叶销售渠道也交给了我……等再次和你小姨父见面时，他已经升了几次官，我都不记得他了，还是他当时一眼就认出了我……

“你看，又是这种眼神。你别不信，那时我在沿海 F 市，已经被推举为商会会长。一天电话里接到一个接待任务，说是家乡市里的父母官带队来考察，要高规格接待。我赶紧放下手里的活儿，精心安排布置。哪知道，一众领导步入宴会厅，打头的一人定定地盯住我看，接着就抓着我的手不放，口里还略显激动地说‘是你啊!’喏——那个人正是你小姨父。”

“你这土匪，真会讲故事。谁信啊！不去当小说家都可惜了。”意兴阑珊，赵梦鱼拍拍裤子上的灰尘起身，熠熠的眼珠却没离开姚泡皮那副兴犹未尽的嘴脸。“还是多想想眼前吧。再好的堡垒也怕从内部被攻破，任凭那个家伙在公司里胡作非为，只怕将来尾大不掉，千里长堤毁于蚁穴哟!”

姚泡皮面色一凝，他当然知道所指是谁。“他最近又干出了什么为非作歹之事?”

“你这段时间忙拓展高档白茶的基地，忙修建公司厂房，还亲自到场查看调试机器，那个家伙就闹得更欢了。说自己是镇长亲自安排进公司的，茶水河春茶叶公司董事长是自己的亲哥，那才是茶叶产业界的老大，硒峰鸿图茶叶集团，还不是要看菜下饭? ……”

原来，魏无豹这段时间，不仅猥亵公司办公室的小黄姑娘，吓得人家都不敢来上班；还到处吃喝挥霍，竟有五万块钱的账单送进公司里来；而且，极有可能，公司价值 100 万的一台机器被偷偷外卖，也是他的恶行……

“简直太无法无天了！好！我等的就是这一天。”姚泡皮兴奋地看着赵梦鱼，响亮地一拍手，“这么久了，我都没给你小姨父打电话，现在该打个电话过去了!”

他摸出电话，熟练地翻出一个号码拨过去，一副恭恭敬敬汇报的模样。

“你小子，可以呀!”赵梦鱼真真切切地听到电话那头小姨父的声音。

原来，赵梦鱼的小姨父，作为市里身居高位的一把手领导，已经接到了一百多封反映茶水河镇和县里茶叶领域问题的检举信，可多次布置处理，要么不痛不痒、隔靴搔痒般敷衍一通，要么就是几个通报、几个情况回馈了事。这让他意识到了地方黑恶势力和保护势力的强大。恰好，姚泡皮写了个发展全省龙头茶企、打造全国茶叶品牌的企划书，他审阅过后大为赞赏，同时就建议将茶叶集团的基地先建在茶水河镇，然后逐步融合其他几个县的茶叶产业，最终做成知名的茶叶大品牌。

不过，他又附带给姚泡皮布置了一份“课外作业”，那就是找到当地黑恶势力的一处突破点。一旦突破点被找到，后期就可以势如破竹，一举摧毁。

而姚泡皮找到的突破点，显然正是和茶水河茶叶产业内幕联系最为紧密的魏无豹。这样看来，当时魏长强等人强行将魏无豹安插进公司，其实等同送肉上了砧板。

## 八

半个月后的一个逢场天，魏无豹中午喝醉了酒，吆五喝六，就在人潮涌动的茶水河集镇上，无故殴打起一个赶场老人来。看热闹的乡民如同被谁喊了声“紧急集合”一般，瞬间就里三层外三层，围了个水泄不通。

这几天一直不露声色停靠在街边的一辆普通家用小轿车，车顶突然挂上了一盏警灯，刺耳的警报声随之也在集镇的上空骤然响起。

几个便衣人员，像一阵疾风刮起，突然就降临到魏无豹的身边，根本没给他一丝反应的时间，就两边架着他，塞进了小车里。

小车在“呜哇呜哇”的鸣叫声中，卷起一地尘土远去，只留下错愕不已的赶场乡民留在原地议论纷纷。半个小时过后，派出所所长苏友金闻讯带人赶到，但已根本无处寻觅到小车的踪影。

苏友金立刻就慌了，赶紧躲到街边的一个角落里，颤抖着双手摸出手机，点出一个号码打了过去。“局长，大事不好！魏无豹今天在街边打人，被一伙隐匿身份的人给抓走了。”没有大事，平时他都不敢主动打这个电话，显然，今天通过赶场乡民的描述，他已敏锐地嗅出了这场“神秘抓捕行动”背后，不同寻常的气息。

不通过当地派出所，而直接空降抓人，意味着什么？

电话里被称作“局长”的人显然也慌了。“慌什么！你等着，我马上打几个电话。”之后便再没音信。

一直等到晚上八点，像热锅上蚂蚁的苏友金，再也熬不下去，再次给那个号码打了过去，哪知对方电话竟提示已关机。反侦查意识猛然使他明白，此时已不能再打电话了，起身就往魏无虎的茶叶公司奔去。

魏无虎打开内室的门，看到苏友金那张惨白的脸，当即也吓得没了人色。“所长，你……你……这是!?”

听苏友金讲完前因后果后，魏无虎在内室疾步踱了几圈，后来用老婆白晶晶的电话叫来了魏长强。老实说，魏无豹进姚泡皮的茶叶公司，是作为一颗唯恐天下不乱的棋子布下的，之后魏无虎就很少过问其行踪，所以直到现在他才得知这一突发消息。

魏长强匆匆到来后，惶惶不已的几人，说话的声音都变了腔调。经过几轮云里雾里的推测，气氛变得更加紧张和怪异。

仅是黑道争斗，显然是不可能的；县里有关部门直接介入抓人的可能性，也微乎其微；而且现在“上面那人”，人家还是县委常委、公安局局长，竟也在关键节点上关了机……事出太反常了，莫不是县级以上蓄谋已久的一次行动？难道会是市里，或者更上面？

更为糟糕的是，魏无虎挂名的茶叶公司，这些年由于过度挥霍和无休止地低端扩张，茶叶品质并没有提档升级，销售回笼出现了困难，资金链早已面临断裂的风险。这时候如果再出一点问题，很可能就成了压死骆驼的最后一根稻草。这样一来，还不被姚泡皮捡了个落地桃子？

“在茶水河的一亩三分地上怕什么！那可是我亲兄弟，丢进油锅里滚几转，眉毛都不会皱几下的。再说，他又知道些什么？”魏无虎摸摸下巴，牙齿咯咯作响。

“对嘛，兵来将挡水来土掩，不要自乱阵脚。我们又没做什么违法乱纪的事情。”魏长强强作镇定，端起茶盅，呼呼灌了几口。“明天，我就去姚泡皮公司探听虚实。我不相信偏偏就在他公司里出事，会与他毫无瓜葛。人是他公司的人，打酒只问提壶人，不找他找谁？那个——苏所长你明天悄悄去趟县城里，多找几个渠道打听一下。”

“哎！你们是不知道审讯室里的手段……”苏友金现出一丝绝望和恐惧的神情。

魏无虎朝两人望了一眼，一道阴鸷的光芒闪出。“明天我也去姚泡皮的公司，如果真是他在背后使坏，我保证几个他都不够被收拾的！”

“无虎……”见魏无虎情急之下已显露出躁厉本性，魏长强的内心多了几分不安。

气氛压抑，几个人各怀心思，直到后半夜才怏怏而散。

第二天一大早，魏无虎就气势汹汹，将大奔堵在了硒峰鸿图茶叶集团的大门口。

“哎呀！是魏镇长和魏董事长光临，里边请，里边请。”姚泡皮闻讯亲自出来迎接，满脸含笑地装烟，又一面轻声吩咐赵梦鱼去一边煮茶。

“姚总，你这里一天一变样，进展还挺快的。”魏长强强作镇定喝茶，眼睛却不住四处逡巡。

“都是托你们的福哟。”姚泡皮目光转向魏无虎，“和魏董事长的公司哪里能相提并论呢。小巫见大巫，只会让人笑话。”眼神里却明显有一丝自得之色。

魏无虎铁怒恼于中，青着脸色，如一尊丧神，坐在那里并无半分言语。昨晚几人散了之后，白晶晶又成了出气筒，后半夜一直捂着被子角啜泣，他几番乱骂，也几乎一夜无眠。

“这段时间，我有很多想法，也有很多困难，正想找机会专门去向镇长大人汇报呢。不想今天你们就上门来了……”

“今天不扯那些——魏无豹的事情你知道吧？”魏长强心绪不宁，干脆不再装了，单刀直入。魏无虎锐利的眼神立刻也射了过来。

“无豹队长是你们推荐的人，他一直是上班自由的，怎么他——”

“昨天的事情你会不知道？”魏长强一脸肃然，定定地看着姚泡皮。难怪说装睡的人叫不醒，此时只怕全镇都没有几个人不知道了。

“少在这给老子装聋作哑！”一旁的魏无虎再也按捺不住，嘶吼起来，“敢做不敢当，算什么站着撒尿的男人！”

这一吼竟让姚泡皮看到了魏无虎本性暴露，内心不由一阵冷笑。“站着撒尿不一定就是男人，也可能是畜生！”见已撕破了脸，姚泡皮当即就以牙还牙，“我告诉你魏无虎，当年你害得我家破人散，以为我还像当年一样任你宰割？现在，我就是要让你十倍百倍地奉还!”

终于喊出积压在心底十五年的仇恨，姚泡皮无比畅意痛快，兴奋得全身三百六十万个细胞都亢奋起来，俨然有拦路土匪剑指九天、气遏行云的气势，直看得角落里偷偷录像的赵梦鱼一时都有点痴了。

“哼!你以为又杀回来，老子就怕了你!我看有的人是好了伤疤忘了疼。我就大白青天告诉你，当年你姚泡皮就不是老子的下饭菜，如今只怕更不配我出手!

“当年是怎么‘死’的，恐怕有的‘土匪’至今还都蒙在鼓里吧?哈哈……老子今天就让你‘死’个明白，当年白晶晶的弟弟酒后打人，后来鉴定受伤级别，都是老子一手一脚弄出来的。

“有人长个猪脑壳，还想不明白吧!当年斗茶，上上下下、里里外外全部都是我的人!哈哈……要怪就怪有的人当年端起簸箕比天，如今就连未婚妻也在老子怀里呻唤——今天我就要让你姚泡皮腔血都翻出来!”仇人眼红，魏无虎已完全歇斯底里，彻底卸下了十五年来层层包裹内心的硬壳。

一切都豁出去了。

## 九

魏长强僵硬地坐在大金丝楠木茶台的主位，几次用眼神拦阻魏无虎都没奏功，此时已目瞪口呆。显然，眼下就根本不是死道友不死贫道的事了。

十五年前那场斗茶，现任县委常委、公安局局长，还只是茶水河镇的派出所所长；当时县茶叶办的评委现在也都一一升职了；而自己当年还只是一个茶叶专干，如今也跻身镇长高位。那场斗茶的黑幕，不想今日就这样被气急败坏的魏无虎这张臭嘴，彻底大白于天下了。

魏无虎能成就如今的气候，得益于斗茶之后兼并了姚泡皮的茶厂，垄断了茶水河的茶叶资源；他之后欺行霸市，强买强卖，恶性打压中小茶界同行，还无限制地压榨底层茶农的利益，为了收茶定价，甚至还唆使魏无豹之流制造了好几起伤人的恶性事件。可以这样说吧，如今，魏无虎在全镇乃至全县都可以呼风唤雨，甚至行政官员要到茶水河上任，首先要拜谒的都是他魏无虎。

魏长强呆坐在那里，额头上冷汗涔涔：这些年吃干股、官商勾结，有几人敢拍着自己胸脯，说自己的屁股揩得干干净净的？魏无虎那些恶行有几人没沾边？只怕黑幕一经拉开，很多人都是狗咬糍粑——脱不了爪爪。

"好得很！你魏无虎当年坏事做绝，今天就让你看到马王爷的三只眼。明人不说暗话，我这次回来就是要一笔笔地清账，你兄弟魏无豹只是先一步进去，该进去的一个也跑不了。"姚泡皮随后跟的几句话，只差让魏长强从椅子上软瘫到地上。

"跑不了？就看是谁在顶起碓窝舞狮子吧！哼！我就告诉你个狗东西，斗来斗去，寡妇尖叫——比的是上面有人。这个你懂吗？"魏无虎突然瞄到一旁偷拍视频的赵梦鱼，顿时勃然大怒，"你这鬼女人，吃了熊心豹子胆，竟敢偷拍老子，找死啊！"几步跑过去，就要抢夺手机。

赵梦鱼躲避不及，恐怖的变故，顿时让她花容失色，身子都僵住了。

“你敢！”姚泡皮心里早就记挂着赵梦鱼的方位，横身几步，挡在了魏无虎的面前。两个冲出去的男人，一前一后出手，但被酒色掏空的魏无虎只剩下一副臭皮囊，被姚泡皮只一拳，就打到地上啃了一嘴灰，跟着鼻里口里都冒出了鲜血。

男人粗野起来不输打红了眼的牯牛，赵梦鱼心都提到嗓子眼了。不过，横在身前山一样的“土匪”，竟让她有一丝异样的感觉。作为女人，之前之所以选择离婚，不就是一直都在找寻这份安全感吗？

魏无虎刚鲜血满面爬起身，又被飞来的一脚狠狠踢到了地上。姚泡皮挺胸扬手骂道：“痛快！痛快！夺妻毁家之恨今日终于得报！狗一样的东西，都不配给老子舔鞋！”

魏无虎在地上咿呜吐血，想起身又怕再遭暴击，于是口齿不清地赖在地上骂朝天娘。

魏长强终于反应过来，正想过去拉劝姚泡皮，电话铃声就刺耳地响了起来。一看是陌生的号码，他不由皱了一下眉头。

“镇长……我借的别人电话。已经打听清楚了，这次行动极有可能是市里头安排的——来头不小哦。局里一致对外宣称，局长出门出席某个不能公开的重要活动去了，日常工作由常务副局长在主持……再就是，据说县委书记已经被点名到市里去汇报工作了……”电话那头苏友金声音低低的，刻意改变了声线。

被证实的信息，让魏长强脑子里嗡了一下，下面的话再也没听进去。“无虎，我们赶快回去。这就走！得商量一下……得商量一下……”他十分失态，完全没有了镇守一方的诸侯风度，没等魏无虎回答，就踉跄几步，直奔大门口，走向停着的大奔。

“你们……给老子等着！赶快把录的视频乖乖交上来，否则有你们好看!”魏无虎一身灰尘爬起来，朝地上吐了几口血沫，用遥控钥匙抢先开好了车门。

“还凶?有种就别跑!”姚泡皮作势扬了扬拳头，当即吓得魏无虎向前跳出了好几步。

大奔一走，姚泡皮赶紧就好说歹说安抚赵梦鱼，正左右都不是之时，一个电话恰逢其时就打了进来。他看了看显示的名字，心里窃喜，朝赵梦鱼努了努嘴，故意夸张着嘴型，小声指着手机喊道:“嘘——你小姨父——”

“喂，书记您好!此时我特别想正式地称呼您。报告市委书记同志，在您的英明部署下，一切进展都很顺利!嘿嘿……”土匪就是土匪，和谁都没个正形，赵梦鱼看姚泡皮那副吊儿郎当接电话的德行，一时没忍住，扑哧娇笑出了声。

“什么?您电话里听赵梦鱼一说，也对斗茶来了兴趣?嗯……那就太好了，我正想找机会去给县委书记汇报想法呢——”

电话里，赵梦鱼的小姨父竟提出，趁着本次县委书记到市里汇报工作，来年举办茶水河镇斗茶时，一定要让县纪委监委提前介入。大领导一旦细致起来，军团司令都可以直接指挥到班排。

“哎哟!领导——您哪需要那么重视啊!嘿嘿，等这批人一进去，茶水河这边就水也蓝天也蓝了……对，我绝对有信心!我的想法是，干脆办成一个享誉全国、影响深远的盛大茶旅活动，也就是土家族苗族的斗茶节……您看?好嘞!那——我就提前写个斗茶的方案呈交给您?

“什么?她小姨让她这就回去?这——您看我这边刚刚——那好吧……”姚泡皮一脸苦笑，肉皮子堆得老高，却也只能无奈地将手机递向赵梦鱼。

“我——”赵梦鱼接过电话，眼睛却直直盯向姚泡皮，脸上的表情一时变得万般难以取舍起来。

2024 年 3 月 7 日

# 王一一那点事儿

## 一

人的大脑，应该是最精密、最不可把握的器官。睡前，李主任那句“一一，你最近到底干了些什么好事?”让王一一整晚都没踏实。事情肯定有点大，她辗转反侧了一夜，直到凌晨时分才迷糊了一下。但是，早上刚刚五点就准时醒来了。闹钟本来定的是五点半，可这么多年来，闹钟从来都没有真正发挥过一次作用。

简单洗漱，不多不少刚好二十分钟。她轻手轻脚地走进女儿贴满卡通画的小房间，望着丹丹沉睡中晶莹的小脸蛋，顿生爱怜和一丝不舍。

寝室门又轻微响起，王一一知道是爱人起床了。爱人的单位本来是可以睡到自然醒的那种。为这，她一直心存歉疚。

街上看不到行人的影子，几家小早餐店的灯光从半拉开的卷闸门里漏了出来。马路两旁的路灯，由密实的行道树叶的罅隙里照射下来，寒冷的晨雾中，无数细粉在升腾飞舞。

此时，公交车还远远没到点，王一一瑟瑟地站在马路旁，终

于一辆的士“唰”地停在身旁，男司机伸出一颗蓄着浓郁络腮胡的头颅，眼神迷离，呵欠连天。这副尊容，让人难免有几分不安。

“你是老师吧？”说这话时，络腮胡司机嘴角现出讥诮，眼里带着丝邪气。

“你！你怎么知道？”

“这时出门的，不是老师就是嫖客！嘿嘿……”

本来王一一要怼回去的：那你算个什么东西？但看着空空落落的街道，她忍了。自己三十六岁的年纪，虽然不说貌美如花，但气质少妇的自信还是绝对有的。昨晚就预感有不好的事情发生，大清早只身与一个粗俗的男人处在狭窄的空间里，还是不要生出无妄的事端才好。就当他的意思是这时出门的只有天使与魔鬼吧！

站在大操场边上，等着每个学生睡眼惺忪地站队集合时，校务值周李主任拖着个大话筒走了出来。

“哦——您早！李老师，我……”王一一多年都习惯于这样称呼对方。

“哼！”李主任头都没扭动一下，铁青的脸快要结冰了，隐隐含着怒意滚滚的雷声，“所有人都动作快点！”

王一一顿时窘迫惶恐不已。李主任是她读初中时的班主任，处理违纪如秋风扫落叶，学生们暗送了“灭绝老道”的绰号。虽说没有绰号的老师不是好老师，但“灭绝”二字，着实让人心生寒意。不过，他那时对王一一和罗颂扬格外温和宽宏，也许是因为两人的成绩总让他长脸吧！也许是有班长、学生会主席、团支部书记之类职务的学生，需要留一丝面子吧！要说，如今王一一和罗颂扬都在教坛耕耘十五个春秋了，那些刚走上讲台的都毕恭毕敬叫他们老师了，可面对李主任，他俩还是如秋风中瑟瑟的树叶。

其实，李主任是很赏识和器重王一一跟罗颂扬的。别的不说，眼看退休年纪将近，李主任特意将二人选定为政教员，明眼人都知道，这是要在二人中选出一人接班啊。可李主任昨晚那话是什么意思？为什么大清早就这副怒气冲冲、好像王一一犯了什么“天条”的神情？

如今，教师也算是高危职业，一举一动都被人盯得死死的。王一一紧锁眉头，百思难解，可又不敢冒大不韪，以免更触发李主任的无边怒气。

## 二

王一一被学生封为“拖堂王”，可今天早自习她提不起精神，铃声一响就干脆地挥了个下课的手势。走出教室，拿起手机，就冒出了十多条家长发来的信息：送感冒药啊，叫学生拿衣服啊，了解孩子饮食情况啊，询问子女今天情绪啊……不一而足。现在当老师，不光传道授业解惑，还得是“破案专家”“法官”“调解员”“心理康复师”，更得兼做“保姆”和“信息员”。王一一带两个班的主课，做政教员，还兼着一个班班主任，处理这些林林总总的信息，都是不值一提的日常。好在她自带“风火轮”，一切安排停当后，一阵流星步出校门买了两个包子、一杯豆浆，早餐就解决了。

检查完清洁卫生后，王一一一看手机：刚好八点。此刻家里，老公应该安排吃完了早饭，正送女儿上学。可当她走进办公室，明显就感觉到了一阵怪异气氛：备课组长杨老师本来正与几个同事将头凑成了一个圈儿，叽叽咕咕地谈论着，一见她走进来，兴奋的脸上立刻就蒙上了一层黑雾，血色素几乎都降到了零。接着，大家就悻悻地散开了。没有一个人上前与王一一打招呼，都在竭尽全力地装出一副若无其事的样子。事出反常必有妖，杨组长的老公可是在教育局里工作，她是办公室里各类消息的第一播报员。

安安分分教书，会有什么大不了的事情？王一一接下来上两节课，根本没时间去胡乱猜测。可在课堂上，最终她还是没忍住，发了雷霆之怒！正上到一个关键知识点，一转身，她发现学生杨再尚几个偷悄做手势不说，还一个劲地朝着老师的背影幸灾乐祸般挤眉弄眼。要是平常，王一一批评一下就算了，可今天她把教鞭重重地拍打在讲桌上，一口气把三人怒斥了足足十分钟。作为班主任，她也有女暴龙的一面。

没想到下课时，捣蛋鬼杨再尚竟然满不在乎地挑衅，朝着一个同学一边做提东西的动作，一边高声大喊："喂！送东西！送东西！嘿嘿……"今天一定要好好"修整"一下这个狂妄的家伙！临出教室，王一一下定了决心。

课间操全校例行升旗，王一一作为政教员负责仪式的组织。自从接受这个任务后，她对升旗活动进行了大刀阔斧的改进，安排了优秀的学生担任主持人，增加了国旗下的展演活动，升旗一下子变得不再枯燥乏味，师生眼前都为之一亮。可今天解散时，她发现老师们都暗暗将异样的目光瞟向自己，仿佛自己是一株长在稻苗里的稗子。她的心一下子沉了下去，不知道为什么会有一种不可救赎的无力感。

也许是看她可怜，也许是刻意充当好人，解散后杨组长落在了后面，悄悄拉了拉王一一的衣袖，用不到半寸的空间距离，附在她耳边窸窸窣窣起来："小王啊，你还不知道吗？你被人实名举报了！"

这最细微的声音，传入王一一的耳里，突然"嗡——"地炸裂，像在宇宙间回响！像是猛然遭受一记闷拳，以致一时意识全无。

实名举报！当今"廉"治天下，谁人碰上这四个字不战战兢兢？官员、明星、公众人物，只要谁与这几个字沾上边，大多难以善了。社会本来就对老师的要求近乎苛刻，一旦出了问题，一定会被放大，一定会被严厉追责。

王一一脑子里突然浮现老母亲苍老的样貌。母亲是一个执教三十年的老教师，一生以桃李满天下而无比自豪。当年王一一选择职业时，她追着劝导了三天三夜。末了，她直直地盯住女儿的眼睛说："一一呀，你知道为什么不允许你改名吗？你是一，妈妈也是一。妈妈一辈子都以教书感到光荣！你爸爸死得早……上山那天下大暴雨，好多好多学生专程从天南海北赶回来，只为扶一趟灵啊——"王一一一直觉得自己名字不好，同学甚至按照算数一加一等于二的法则，叫她"王二"，于是她悄悄改名"王依依"，没想到母亲在这名字里竟隐藏了如此的良苦用心。望着妈妈簌簌直掉的泪水，王一一最终坚定地走上了教书育人的岗位。

如今母亲退休在家多年，身患多种职业病，还生怕影响女儿的工作，犟着单独住在一边，如果她知道女儿被实名举报……王

一一不敢再想下去。可到底有什么值得被举报的呢？这可很难说，网上流传的班主任踢家长出群、不尊重家长、出语讽刺学生、歧视挖苦学生……哪个老师敢拍着胸脯说一点儿没有？如果连一丝一毫都没有，那只能是万世圣人了。就在早前，王一一还拍桌怒斥学生呢！

会是谁实名举报呢？王一一不知道是怎么回到办公室的，但她最终冷静了下来。同事？那一定是利益攸关者。自己前几天被评为省级优秀教师，正在公示；升副高的职评也恰在公示之中，谁会在这关键时刻使绊子，从而渔翁得利？

王一一突然就想到了一个人。

## 三

第三节课王一一将一支红笔芯画到不能再出一滴墨水，总算把两大摞作业批改完了。她又备了会儿课，可怎么都无法进入平常的状态。脑子里满是别人讥笑和落井下石的面目，赶都赶不走。真的是他？越想脑子里越乱，心里也越来越不好受，仿佛被一团乱麻越缠越紧。

第四节课，王一一干脆打开手机，处理学校各个部门发的任务，先将各种点赞处理完，又按要求开了视频，搞了学时培训、安全培训、法律培训。当点开廉政教育学习时，她再也坐不住了。不行，要找罗颂扬说说去，把心扉敞开，省得再忍受这种坠往深渊一样的折磨。

罗颂扬和王一一初中时都是李主任的学生，高中后分开了，没想到参加工作竟然又进了同一所学校。罗颂扬说，我太搞不懂社会上那些人情世故，学东西又学得死，还是教书好。李主任行将退休，将二人都任命为政教员，想二选一继承衣钵，如果王一一被举报，谁会笑？这次推举优秀教师，罗颂扬得分也紧随王一一，如果王一一退下来，谁上？副高职称评选，学校排队，课题、论文、表彰、资历、继续教育培训，可谓“刀刀见红”，王一一万幸排上了最后一位，而罗颂扬仅以一分之差，惨遭淘汰。王一一被举报掉下来，谁能顺势顶上去？

王一一一时认定了举报者就是罗颂扬。中午下课时，她有意磨蹭了一下，专候罗颂扬从教学楼上下来。

“王老师啊，你没忙着去吃饭吗？”罗颂扬一脸和煦的阳光，“你的事情我听说了，我不信！”

王一一反而一时不知道怎么接话了：听说了？不是一句话就把自己撇了个干干净净吗？“罗老师，你觉得会是谁无端举报我呢？”沉吟过后，她还是决定单刀直入，眼睛红红的，盯住对方直接发飙。

这个罗颂扬也真算是个厉害角色了。李主任为了考察二人，上学期故意安排两人各组织一次大型活动。罗颂扬组织的“五四”活动，请来了红二代作报告，师生都接受了一次思想的洗礼。他还亲自主持，浑厚的男中音，稳重、端庄的台风，一时俘获了大量粉丝。王一一组织“红五月”活动时，绞尽了脑汁，推翻了几个方案，最终才靠引进国家级非遗——南剧、县内名角献唱、让人耳目一新的青春健美操，压过了对方一小筹。李主任总结时还只淡淡说：“伯仲，伯仲吧！”

罗颂扬见王一一一副愁眉深锁的样子，真诚地说：“一一，我们当个老师，不就是一辈子甘愿默默无闻吗？心底无私，怕什么举报！你以前是我的班长，我绝对相信你！”

听到“绝对相信你”几个字，王一一眼睛一下子通红，积蓄的泪水瞬间决堤，恣肆地冲刷出来。她赶紧转过身去，用力擦拭脸上的泪槽。这是她今天听到的最温暖的话。

不就是当一名老师吗？母亲站讲台一辈子，如今一身病为什么还一腔热血？那些野马尘埃的，真有那么重要吗？王一一泪光点点中抿嘴露出笑意：“谢谢！过去了！”

## 四

午休时间，和杨组长几次照面，王一一感觉对方的眼睛一直往自己身上扫，后背有一种毛骨悚然的感觉。不过，她直接选择了忽略。

她像打仗一样检查了清洁区，查看了学校值周黑板上的记录，帮五个同学充了卡，回了几个家长的微信。有个家长竟然说，今天是孩子的生日，老师给安排个小活动吧。王一一哂然一笑：我们班开学就统计了每个同学的生日，会有小小的庆祝。她把学生拢进教室休息后，赶紧找到杨再尚几个捣蛋家伙，做了一通洗髓换脑般的思想工作。几个孩子进办公室时都畏手畏脚，一番说教后低垂着头，可一出办公室，杨再尚竟然怪腔怪调低喊：“东西——”王一一知道，简单做一次工作，效果肯定微乎其微。

杨组长见王一一的学生离开了，立刻无限关切地凑了过来，浓郁的化妆品味道，让人一时有点反胃：“一一，我还是要给你说说，这次可是实名举报。你还太年轻了，可要重视哟，稍不留神挨个大大小小的处分，就太不划算了。”

“又不知道是谁背后举报，我有什么办法？就等着水落石出吧！”不知为什么，王一一脸上风轻云淡的，她觉得这份过于热情的关心，此时除了扰人心境，于事毫无裨益。

“小王，我是为你着想。你想啊，除了那些无聊透顶的家长，还会有谁？你仔细回忆一下，最近有没有谁给你送过什么礼？”杨组长的热心启发，显然是有内部渠道的消息。

家长？别说，送礼的，不是有那个杨再尚的家长吗？王一一怔住了。

杨再尚的家长，是县里一个吃香喝辣的小包工头。孩子被富养出了一身的臭毛病。上学年，杨再尚邀了几个臭味相投的同学，在厕所里将一个小个子学生胖揍了一顿，翻墙逃出校园时，自己把脚弄骨折了，休学了一年，是这个校内大名鼎鼎的公子哥。今年休学期满，复学到王一一的年级，可没有哪个班主任愿意接手这颗随时会引爆的炸弹。李主任最后找了来：“一一，你是政教员，放到你手里我放心。”王一一一万个不乐意，但也只能接下了这烫手的山芋。

没想到报名那天，杨再尚的家长，甚至都没关心儿子的班主任是男是女，直接提着两条“君临天下”黄鹤楼，甩甩荡荡地进了办公室。见状，王一一脸上都能刮下一层霜来。

“你就是王老师？！”家长很顺手地将烟放在办公桌上。

“我们老师不兴这些，拿走！”王一一毫不客气。

“你不抽烟，可以拿回家老公抽啊！”家长涎着脸笑，没有一点尴尬的神情。更可恶的是，王一一一回头，发现在旁边的学生杨再尚正阴阴冷笑，斜眼睥睨着自己的老师。看来他老子帮他擦屁股，绝不止这一次。

王一一当即厉声让杨再尚赶紧进教室里去。这样言传身教，都是个什么家长啊！

“哟！有人来送礼啊！这年头不是害人吗？”办公室罗颂扬看着这个二百五的家长，直接出言讽刺。

“嘿嘿，孩子淘，在学校得全靠你们老师管嘛。”家长好像听不出话里的讽刺意味，竟然自来熟就搭上了腔。

“哈哈！王老师，你不抽烟，我们抽！”罗颂扬径自走过来，熟练地打开了两条“君临天下”黄鹤楼的包装，从每条里掰出来一包，直接给几个烟鬼丢了一支。末了，罗颂扬甚至没忘记给家长也散发了一支。

杨再尚的家长脸上的肌肉，瞬间哭笑不得地绞动起来，捏着那支香烟，脸上都能拧出几滴酸水来。一条烟 2300 呢！罗颂扬竟然一下子将两条烟都打散了。

望着家长提着“贵重礼物”灰溜溜离去的背影，办公室里发出了一阵刻意压制的笑声。

罗颂扬的声音随后在办公室里激昂开来：“最看不惯这些龌龊的家伙，一边送礼，一边可能还在诅咒人。我开了这两条烟，看他还能腐败谁去！哈哈……”

是不是就是那次得罪了家长，因而被实名举报？不然杨再尚今天为什么怪腔怪调地喊“送东西”？王一一想了想，可能性不大，即使真是的，那倒好说了，几支烟应该算不上接受家长的送礼吧？！

午休就快结束时，老公突然打来了电话：“单位有紧急任务，我马上要下乡去！”老公在市场监督管理局工作，一旦有紧急任务，肯定是大事情，“下午丹丹放学，只好你抽时间去接了。”

"我——"王一一感觉今天被各种事务缠身，还真说不好到时能不能抽出身来，但最终只说了句，"你去吧，我来想办法就是。"犹豫了好一会儿，她最终狠心将电话打给了老母亲："妈，丹丹爸爸的单位突然有急事，他下乡了，下午放学……"

"咳——咳——你们忙事业重要。谁都要趁年轻打拼一下。嚯嚯……丹丹下午放学，我打的去接……"听到电话里母亲像拉风箱的声音，中间还歇息了两次，王一一的泪水一下子就滚落了下来。

一生从教，母亲常年患有支气管炎，哮喘病严重，双脚经常都是浮肿的，今天还得让她拖着病躯去接外孙女，母亲越是没有半句怨言，反而越让王一一心里难受。谁不想自家时日有限的老人，能被岁月温柔以待呢？

下午的两节课，学生们发现自己的老师眼睛红红的，竟格外听话。

## 五

中午，李主任在办公室的沙发上斜躺着，像两面煎豆腐块一样，没法眯上眼睛，头昏昏胀胀的。还没等到下午上班时间，他就开车去了教育局，等在纪检股的过道里，候着徐股长来上班。上午在电话里，徐股长极为恼怒："哼！教育局正在创建文明系统，你们学校倒真会来事！你知道吗，局长都气得拍桌子了！"

作为初中时的班主任，李主任就像一个老资历的鉴宝师，认定王一一是乱石堆都埋不住的一颗玉石。一个勤恳的老农满怀期望地植下一棵苗，培土，浇水，施肥，看日头，怕霜雪，眼见都含苞枝头了，却……李主任心里像被压了块大石头：实名举报，岂是轻轻巧巧的问题？教育这个行业，师德师风就是天大的事情！更恼人的是，按照办理信访件的纪律要求，他又不能透露半点风声。他多么希望一一能主动来讲清楚啊！可整整一个上午过去了，她竟一直没事人一样，根本就没打算到他这个“班主任”面前来坦承。这让他既忧虑又气怒。

徐股长上班后，看着李主任那副万分落寞的表情，没忍心再当面苛责。拿上水杯和笔记本后，他满脸阴云地将身子塞进车的后座后，威严地发话：“严格按照程序办事。就按你上午查找到的住址，我们上门去核实，弄清楚了再研究怎么严肃处理。”

李主任一路小心翼翼地开车赔话，好几个拐弯后来到了城中新村。徐股长、李主任二人刚进门，还没坐下，杨再尚的父亲就直接开火了：“对！我就是他的家长。我就是对学校有意见，我对学校老师也有意见！”徐股长眼睛里闪露出一丝正儿八经办理信访件的光亮。

杨再尚还在小学时，父母就离婚了，而且是“武分”那种。到现在为止，父亲都还是坚决不准在孩子面前提身生母亲——“你母亲死了！”杨再尚三年级学会进网吧、抽烟，四年级开始谈恋爱，五年级就成了班上一霸，六年级连老师和学校领导都“怕”他。进入初中，在附近几个学校都已名声斐然，进班时还是李主任强令安排的。

“好，请你说说王一一老师的具体问题。”徐股长一本正经地打开笔记本，仰头询问。

“现在的老师，工资那么高，还那么多假期，作业布置却越来越少……我从来都没看到儿子认真做过一次作业……”杨再尚的父亲像是迎来了喊冤的机会，心里的愤恨，简直可以用滔天来形容。

“王老师从来没有询问过学生的作业吗？”徐股长打断了一下话头。

“是问过几回，可儿子说可以到学校去做，那才多少作业呀！”

“嗯——请你具体说说王老师职业违纪的情况吧。”徐股长想马上进入正题，赶紧勒住了场马无笼头的话题。

“这个，这个……”

“举报信上，这个杨登奎——是你的名字吧？”李主任敏锐地发现了异样，用笔指着表格里的名字。

“什么！那是儿子爷爷的名字，他都过世上十年了，他怎么举报？！”杨再尚的父亲像是突然明白了什么，“狗东西，肯定又是那个龟儿子搞的鬼！他小学时就几次举报过学校，告过学校的老师——这次连他爷爷的老骨头都翻刨出来了，看我不敲断他的狗腿子！”

“那——你有没有给王一一老师送过礼呢？”徐股长只好单刀直入。

“送礼？！天！我记起来了，儿子杨再尚进班那次，我确实拿了两条烟去送……”

徐股长闻听，赶紧在笔记本上唰唰唰地记录起来。

“可是……”

“可是什么？是两条什么烟？”徐股长开始仔细追问细节。

“是两条‘君临天下’黄鹤楼……”

徐股长刚听到家长的话，脸色一下子就黑了下来——那可是

价值4600元啊。

“那龟儿子，他知道我带了烟去，可他哪里知道，后来老师拒收，我又带回来了呀！”

“嗯——”徐股长一时无语，搓了搓手，直晃脑袋，“看看嘛，现在的孩子，都干了什么事哟！还挂死人的名字乱举报，我这辈子也算开眼了！”

但李主任却像捡回了丢失的宝贝，从脸皮子底下漾起一层潮红：“徐股长，今天信访辛苦你了！哪天我做东，找个地小酌几杯！”

回到学校值周查寝的时候，已是晚上九点半了，李主任看见王一一瘦削的身子在几间男生寝室里跑进跳出，俩随意捆扎的羊角辫，在头上左右摆动。这孩子，在学校里简直就是一台自带能量的永动机啊！

“一一，我给你说……”李主任满脸的笑意像万年陈蜜，开水都化不开。

“呃——李老师啊，刚刚我班的两个家伙在寝室打打闹闹，被子都打湿了！真不让人省心，晚上还怎么睡啊？我得去把值班室的被子抱来。”

王一一像只精灵跳蹄的小麋鹿，带起一缕清风，从李主任身边一下子就滑溜了过去。

# 车祸之后

## 一

令人迷醉的城市霓虹，渐次消散在深沉的夜空之中。街道两旁高高的路灯，在子夜似乎倾尽了全力，洒下些浅淡乳白的光晕。经过一番微雨浸润之后，傅有泉开的那辆小别克，如同在铺满酥油的路面上，嘶嘶滑行。

突然，眼前一黑，如同有一副巨大的蝙蝠翅膀，从前车窗玻璃边急速划过，左边的花草隔离带里像是闯进了个什么大野物，快速地蹿动了几下，窸窸窣窣一阵，随即就没有了声响。傅有泉完全是身体的本能反应，猛地踩了个急刹。小车屁股左右摇摆漂移了几个来回，歪斜在了马路的边上。

天！这下完了！脑子里只剩一片空白。傅有泉全身无力地瘫坐在驾驶位上，浑身的冷汗不受控制地嗖嗖直往外冒。

完了！开车撞死人的严重后果，肯定是地动山摇、天翻地覆的。傅有泉浑身开始颤抖，并且根本无法控制，筛起糠来。脑子里顿时浮现出死者家属哭闹、警察介入、巨额赔偿、开除公职、追究刑事责任等等诸般无比可怖的画面，压迫得人无法呼吸。

哎！下班走出大楼时，要是不犹豫那个0. 1秒，硬硬心肠，不去参加今晚万副局长召集的可去可不去的“小酌”，哪会有眼前的灾难？如果酒宴散了之后，不唯恐不及地开车绕弯去送局长回家，也肯定不会有这场无法承受的严重后果。

傅有泉剧烈抖动着双手，从裤袋里摸出了手机，在按错了几次之后，总算拨通了局长的电话：“喂，局……长，我……我出事了！”声音颤动像哼歌，又完全没有腔调。

“你自己看看都什么时候了！什么事啊？你能出什么事？别以为我真就醉到不行了，我可记得清清楚楚的，今晚直到最后一巡，你才灌下去一大口酒。装什么装啊？”电话不由分说就被挂断了。局长就是局长，海量惊人，酒桌上不仅随时掌控局面、运筹帷幄，还始终对局势洞若观火。

夜已经深沉了，马路两边没有人影，也不见驶过的车辆。电话遇冷后，傅有泉反而有点冷静下来。他下车走到公路中间的花草隔离带边上，努力睁大了眼睛，终归看清楚了——黑暗的阴影里千真万确躺着一个人。

“喂！喂！”忍住极度慌乱，他小心翼翼地试探着拉了拉黑影的衣袖。“你，你没事吧？”听到“嗯、哼”的几声轻微回音后，傅有泉终于小出了一口气。谢天谢地，人总算还是活着的。

再定了定神，他探进那片阴影里，伸手扶起了黑暗之中的伤者，急切不安地询问道：“喂！你怎么样了？还行吗？”一股子劣质土酒的气味，猛然直扑进他的口鼻里，灌进到肺腔之中。翻滚的恶臭，令人阵阵作呕不止。

“你还能站起来吗？我马上就开车送你去医院。”见伤者摇摇晃晃了几下，傅有泉急忙伸出双手去扶，那受伤者好似已无缚鸡之力，借势才靠上身来。还好还好……可能并不一定严重。眼前的情形，让傅有泉长舒了一口气。

灾难骤临，也许接着该考虑，刚刚从酒场上下来，要不要报警、联系保险公司。

早先那场酒局，局长理所当然地始终处于被聚光的主阵地。大家各显能耐，几番吵闹下来，局长已现酩酊之态。万副局长是今晚的主东，当然要展示其卓越的组织才能。他脸皮子突然扯动了几下，突然笑意盈盈地看定一直没端酒杯的傅有泉。“老傅啊，你刚刚从村里回来，山不一定还是那座山，河也不一定还是那道河哦，你怎么都得来上一圈才像话嘛。”

傅有泉之所以破例来参加今晚的小酌，就是明白，自己这次从乡村回到单位，正是江山待定的关键之时。在一片起哄声中，他只好勉为其难地端起了酒杯。酒意阑珊之际，恰是危难之时。他略一思忖，索性将局长剩下的半杯酒，也倾倒进了自己的杯里。不过，他可并不傻，趁大家一个不注意，佯装豪兴地一仰头，随即飞快地一转身，就将那口酒吐在了身边的垃圾袋里。还好那口酒根本就没过喉咙、下肚肠，此时不用担心被交警查出酒驾。

车祸受害者被扶起来之后，满口喷着酒气，神志慢慢清醒了一些。

“刚才，看上去你比先前要好多了。”傅有泉看着面前的伤者，面相倒还像和善，揪着的心却还是悬着。这世道，缠磨上一场车祸，可千万别生出什么大枝节呀！一个普普通通的公务员，在社会万分的洪流中，只不过如一叶扁舟，可经不起大风浪的折腾。

“呃——呃，别担心，就是……就是四月间那会儿，我住过一回院，心脏刚安过支架，应该没什么事。你别怕，我就是个农民老二，对什么事情都看得开的。”车祸受伤者，话语中间歇了好几次，终于还是断断续续把话说完了。

天啊！心脏安过支架！傅有泉瞬间有被五雷轰顶的感觉。岩鹰专打萎缩鸡，人要背时，盐罐里也保不住会长蛆呀。人都说当场撞死了人，无非就是透心来一刀，反而干脆利落，要是摊上……哎！

## 二

透过车内的后视镜，傅有泉看到车祸受伤者斜靠在车的后座上，现出一副找着依赖后的踏实感。哎！

受伤者戴一顶卷了檐的草绿色单帽，帽子边上的绺绺乱发向上翘起。面上皮肤黝黑中泛着红光，衣裤都是干体力活的经常穿的那种硬质的布料。可以断定他确实是个农民，而且很可能是一个在城市里打散工的农民。瞧他这副大大咧咧、不管天黑天亮的样子，让傅有泉想到老家村头的财二叔——做点小泥水匠活儿，只要喝了点酒后就飘飘然地敞喉大唱：沟死哒沟埋，路死哒路埋，老虎吃哒嘛我还得副活棺材……

傅有泉是从穷山村里艰难走出来的大学生，一度是村里人茶余饭后啧啧称赞的对象，也是村里读书伢子们走出大山的榜样。虽说父母根本没享受到什么回报，人前人后却还是感觉到很多光彩。但也许正是“人生识字糊涂始”吧，他参加工作后，凭借笔头子硬，遇事爱琢磨，鞍前马后侍奉过五任局长，但半世光阴过去后，他却从来没有主政过一方，甚至没有主政过一个实质部门。有几次组织考核都过了，群众测评时呼声也很高，有几个贴得紧的甚至都嚷嚷要请客了，奈何后来不知中间有谁谁的谁说了个“迂”字，不痛不痒地被安抚几句后，一切就石沉大海了。

回想起来，他参加工作之后，好像从来没有被上级特别表彰过，也从来没有被派出到风景秀丽的那些大场面上去培训过，年终考核得过两次优秀，也是别人不急需时，主动让出来的。哎！只能说是，“虚负凌云万丈才，一生襟抱未曾开”吧。

不说傅有泉自认在单位的工作能力还是过硬的，二十五年工龄下来，即使是草鞋也该拖成精（筋）了。他后来就暗暗用钉子原理来自嘲自讽：嘿，一颗处于承重位置的钉子，永远是不会被提拔起来的！

单位的万副局长，人称万事通，以前还是傅有泉一把手带出来的。开始时他“师傅师傅”地叫得亲热，自从当上副局长之后，渐渐地，也理所当然地称他“老傅”了。傅有泉有一次最感到愤愤不平之时，他感觉实在是有愧老父亲当初起名“有权”的热望，干脆就将自己更名为“有泉”了。有权不能奢望，有泉的意思就是免去了那份无望的渴求。且乐生前一杯酒，何须身后千载名？但即使是猪八戒被佛祖封为净坛使者，还免不了叽里咕噜一阵，真正要做到无欲无求还是很难的。

傅有泉的那辆小别克，还是万副局长一番参谋，最后定夺下来的。万副局长嗜好车，熟悉各种品牌车型的优劣：什么各部位机器的性能，什么排量的大小，什么带不带“T”，什么配置的高低……一番头头是道、云里雾里的推论比较之后，万副局长神色黯然地说，老傅，根据你的家庭状况，还是就买辆小别克算了。

今晚出了车祸，怎么就没想到问问万事皆通的万副局长呢？

“什么？撞人了！严不严重？赶紧报警找保险公司来处理呀！”不愧是万事通，遇事冷静又不失条理，还快速地将自己干干净净地择了出来。

报警找保险？傅有泉心里立刻咯噔了一下。一个月前，老婆确实给足了车险所需的费用，可他当时一盘算：车又不经常开，多不划算啊！以后开车时小心点就是。再说，就算买了商业保险，就能保证没事？于是他暗地里只买了个交强险，剩下的钱都截留了下来，落进了他的小金库里。男人没钱不如鬼，寡汤没盐不如水。男人嘛，关键时候没有点私房钱可不行，当时，他还暗自乐了好几天呢——嘿嘿，那个傻婆娘！可砍竹子遇节，今晚偏偏就豌豆子滚肚脐眼——遇缘（圆）了！

感觉去往医院的路，今晚开了好久好久，不过小别克终于还是停在了医院的大门厅前。当值护士显然已经察觉到了他有些慌乱的神色，动作娴熟地上前帮忙打开车门：“什么病人？严重吗？”

“我撞了人——车祸……”

“急诊。你快去交押金！”医生护士闻言都快步涌出，瞬间就围了过来。脚步声加快了，疾风般的节奏，昭示着就诊的流程迅即也被提档了。

必须要交押金！进到医院来，自然免不了各种检查，还有跟进的那些治疗，但傅有泉却头皮子紧了一下，他快步去到收费窗前，伸过头去一问，需要先交 1000 元，这才又松下一大口气。这次精准扶贫驻村回单位报了 800 元的差旅费，微信的账户上还剩有 500 元，交押金刚好够了。

但是偏偏就在此时，突然嘚嘚几声，不用问，是他手机上自动扣费的功能一下子被触发了。

## 三

那个戴着深度眼镜的急诊科医生，紧急进行了处置和各项简单的检查，然后就高高蹙起了眉头："看着我，能听见我说话吗？你有哪些地方不舒服？以前有过什么病史没有？"这情形，傅有泉感受到无形的紧张气氛又回来了。

哎！口袋里的800元倒是稳稳的，可是微信账户上的500元，一阵自动扣费后，定睛一看，就只剩下了30元。原来存在微信账户上的那点钱，本就是老婆前几天刚打过来交水电气费用的。

"医生，我……我现在不方便，口袋里只有800元了，先交这点押金行不行？"傅有泉一阵嗫嗫嚅嚅过后，没想到医院那个可亲可爱的收费员，竟然丝毫没带脸色地就同意了。要不是隔着收费窗户，他真有猛扑上去亲一口的冲动。要是对方此刻坚决不同意，那就真够尴尬难堪的。

年轻那阵子，傅有泉有傲人的大学文凭不说，还是型男一枚——身材高峻傲岸，脸上棱角分明且不说，单单那两撇黑黝黝的胡须，就丝毫不输语文课本里那个大文豪，时常惹得身边的女孩子们一阵阵犯花痴。花中选花，万千甄别过后，他最后选中了现在的妻子吴琴。当年最看重她的一点，就是那股低眉顺眼、万事无忧的温柔可心劲。那种温柔如同可化秋夜的月辉，如同溪流浅草丛里的低吟，如同母亲那一世永恒的逆来顺受。这正印证了那句名言：少女的温柔，具有磁石般的力量。

可不知是从婚后什么时候开始，妻子逐渐变得不可理喻起来——什么什么都不对，一切的一切都必须针锋相对。在妻子眼里，自己成了最窝囊和不合时宜的可笑之人。为对待双方的父母，要吵；为孩子的教育，要吵；为那些琐碎的人情世故，更是每日无休止地吵。有一次吵到日月无光之后，妻子吴琴跨身在门槛上，正想要摔门而去。傅有泉说："好嘛，你出去散散心。"妻子气得一回嘴："偏偏就不让你把我赶出门去！"傅有泉一听也有气了："好啰，你就待在家里嘛。"妻子当即又翘起了嘴巴："亏你想得出，想把我关在屋里闷死吗？"于是傅有泉嘴角挂上了讥诮："那就由你嘛，一直就跨在门槛上吧！"吴琴被气得翻白眼，一时竟说不出话来。

最为严重的分歧，是妻子不知听了谁的撺掇，下定了决心要购买大平层的商品房，而傅有泉却坚决不肯当房奴。一直住得好好的，阳台上有清风花草，餐桌上有热气飘散的晚餐，楼道里有邻里低头抬头的热闹，干吗一定要去委身为房奴？在那段时间里，婚前热恋之时那被盛赞最为有趣的灵魂，变成了随时互撕互咬的凶神和恶煞。

后来的事实证明，妻子确实具备家庭领袖的高瞻远瞩。刚刚买房两年，装修好搬进去住，房价就堪堪翻了两倍。等于是白白赚了两人不吃不喝的五年工资呢！于是，妻子在家庭中的地位变成了高坐明堂，遇事绝对说一不二，否则龙颜震怒之下，争吵到后来一定会搬出当初买房时的先见之明的例证，让傅有泉无言以对。终于在一次吵到即将不留全尸之后，傅有泉喷着粗气，掏出工资卡掷到了饭桌上——"拿去！全交给你，行了吧！以后再也别拿买房的事来鸡娃鸭娃的。哼！"那场景大有壮士断腕的悲壮气慨。

买房的事情总算就此平息了下来，可从此之后，每月发工资时，傅有泉都只能收看到一条只几行字的短信，再后来他连短信也没心肠去看了，干脆远远脱离家庭的财政大权，自甘于江湖之远了。

什么家庭建设，什么人情往来，什么日常开销，通通都交由老婆去运筹帷幄，自己当个纯粹的甩手掌柜，倒也乐得神仙般百事无忧。只是单位同事周末那种轮换式的喝酒聚会，一般是不敢参加的，因为怕不能回请；好朋友相邀去家里搓几盘小麻将，是不能去的，因为欠账不还终会令人难堪；年末老同学聚会，一定要最后一个到，并且不敢多喝酒，因为这场合，就是晒权利、晒幸福、晒财力、晒人脉，不敢去招惹麻烦，省得之后下不来台，自取其辱。傅有泉后来差点都相信，淡然是一种优美，一种心态，一种涵养，一种境界了。

但今晚偏偏出了车祸，要不要马上给妻子打电话呢？傅有泉最怕看妻子那张常年都似欠有八百万的脸。如果不打电话，这事情到最后怎么才能过关呢？

正在这时，妻子的电话裹挟着十万分怒气打了过来。都这半夜了，还敢不还巢，身为家庭王朝的绝对权威，妻子吴琴能不震怒吗？

妻子那审判追查似的语气，让傅有泉有一种被人搓在脚底板下的感觉。“我出车祸了，你省心了吧。”

电话里妻子吴琴声音颤抖起来，还拖带了哭音。“在医院里面，你不用操心了。”傅有泉电话挂得丝毫没有拖泥带水。

## 四

妻子显然是匆忙之中披了件根本不搭的外套，就急匆匆地打的赶了过来。她仄着那副小身板，从医院楼房的阴影之中悄悄偎靠近到了老公的身边：“你有没有事吧？先前，我……”声音低低的，眸子红红的。

傅有泉只觉心底一热，先前所有的恐惧和不安霎时间一扫而空，突然就有了那种初恋时才有过的感觉。“嗯，我没事，伤者大概也没什么大事吧，就是……就是医院要先交点钱。”

“放心，钱，我都带来了。”轻轻柔柔的一句话，隐含了我和你是站在一起的暗喻。傅有泉抬头看到妻子额头被夜风吹起来的几缕乱发，突然就有了几分莫名心疼的感觉，已经好多年没有这种感觉了。

女儿的电话这时不期也打了过来，话音里带着哭腔：“爸爸，你车祸没有事吧？妈妈先前都哭了。”显然妻子在急慌之中，竟然无头无脑地惊动了在省外读书的女儿。女儿在电话那头一哭，傅有泉脑子里就现出女儿梨花带雨的娇弱模样，顿时眼眶里浸满了泪水，声音也有点哽咽起来。

大凡一个人在急难之中，才最容易流露真情。在太平无事的时候，由于生活而进行种种无谓的计较，情感往往被置于心烦意乱的境况之中而不自知，真情就被可怕廉价地湮没了。

等住院安排停当之后，傅有泉和妻子紧挨在一起，静静守护在受伤农民——王贵实的病床前。看着他陷入被各种医疗仪器所缠绕的惨境之中，傅有泉心里充满了不尽的愧意：作为一个农民工，他也是有家有老人有孩子的，只是为了维持简单到极点的生活而艰难地在外打工，就因为我之前一时分神，一时大意，就让他遭受了如此痛苦的无妄之灾。

“老哥你感觉怎么样？不要担心什么，既然住在医院里，我们就一定会治好你的。”傅有泉声音很慢很轻，但语气坚决，说话时还感激地看了一旁的妻子一眼。所谓兄弟阋于墙，外御其侮；夫妻同林鸟，有难之时何尝就不能风雨同舟？

几个急诊科医生拿着几张片子，捏着几份检查结果的单子走了进来。“医生，怎么样？结果出来了？”妻子显得比傅有泉还着急，抢前了几个小步上去，也许她已经习惯了冲到前面了吧。

“我们仔细做了全身的检查，目前从结果看，并没有什么大问题，但是还需要在医院里观察一段时间才行；再就是伤者的身体本身问题较多，以前还做过心脏手术……要看这次车祸会不会引起什么相关联的病症。”那个主任模样的人，高高瘦瘦的，头发打理得很有气度，说话沉稳，滴水不漏，却让傅有泉两口子刚刚松懈下来的情绪，又被悬吊了起来——怕就怕摊上一个需要一辈子都负责的主。听了医生的诊断后，伤者王贵实侧了侧身子，嘴里竟然嘟哝了一句：“一大家子都指望我养活呢，这回朗门搞哟！”

夜已经很深了，病房里突然响起了很不合时宜的电话铃声。电话那头的声音特别洪亮，就像在开大会一样。隔着手机，傅有泉都能感受到之前精准扶贫联系村里的有金支书，晚饭时一定是喝过酒的。

“傅书记啊，还是你厉害，掐住了我们村里的穷根啊！你先前提出让我们村发展黄金芽茶叶的项目，让我好多天都没睡好觉

了。今晚我又抽空去到田块里看了一下。按照你出的金点子，我们决定把它发展成村里的致富主打产业，就是现在手里的资料还不多，有几家的责任田土恰恰在规划连片范围之内，工作一时也还没做通……什么？你不方便？是弟妹在你身边吗？”

“我说有金书记你就别乱开玩笑了，我现在在医院里，刚刚出了车祸……正在处理呢。”傅有泉最终只得据实相告，几年精准扶贫磨合下来，他知道村里的这个有金书记，是个打破砂锅问到底的主，不给他讲清楚前因后果，他是不会善罢甘休的。

“你没受伤就太好了。你说什么？伤者叫——什么王贵实？是不是五十七八岁，脸看上去有点虚胖的人？那不就是我们村里的泥瓦匠吗？你别着急上火，我马上就到他家里先去看看，让家里这边好先放心。”

在村里几年合作，搞过好几起大事，傅有泉对这个有金书记算得上知根知底了。他不仅热心，而且还性子急，所以在村里的威望很高，很多理不清道不明的难缠疙瘩事，只要他一经手，往往就能快刀斩乱麻般解决掉。

难道他不记得我已经交接了精准扶贫工作，回单位上班了吗？都大半夜了，还打过来。傅有泉放下电话，一个劲直摇头。

## 五

“傅书记，你可是我的贵人、恩人哪。”第二天傅有泉两口子刚把饭菜送到医院，病床上的王贵实突然就激动地来了这么一句。“那回我老婆子突然得了脑梗，是你帮忙筹钱，送去医院的。要不是你，她老命就送脱哒哟。”王贵实紧紧抓住傅有泉的手就是不松。

“真没想到你就是先前驻我们村的那个傅书记啊。昨晚我入院时还有那些乱七八糟的想法，真是没眼水哟。我常年在外做泥水工，家里的婆娘电话里老是傅书记长傅书记短的，让我耳朵根子都起老茧了。”王贵实精神开始活泛起来后，有一副常年在外漂泊蓄养出来的油嘴尖牙。傅有泉听他当面感恩自己，反而十分不自在。但一旁的妻子却有点听得张巴张烟的——这几年老公下到村里去了，她一直都羞于在外人面前提起呢。

“村里的路啊水啊电啊手机信号啊，哪一样离得了你们工作队劳神费力？我每年过年回去几天，村里的变化都真真地看在眼里呢。你们放心，村里有金支书专门给我打了电话的，我王贵实绝对不是那种吃了菌子就忘记疙篼恩情的人。”傅有泉暗自失笑：这个有金村支书，这回手伸得够长的。

傅有泉这两天一直陪在病床前，只顾一旁“嗯啊嗯啊”听王贵实话痨，慢慢竟觉得这几年天天开车下乡去搞精准扶贫，好像还真是挺值得的。村里的那些话题，王贵实张家长李家短一唠，自己还真像在村里上了户口一样，家长里短都能接上嘴，俨然成了常年出门在外的王贵实眼里的“本村人”。既然农村有个普遍的说法——村里人和村里人都是亲戚，傅有泉就扎扎实实劝了王贵实几句：“王老哥啊，现在村里生活条件好了，搞种植业和搞养殖业都可以发财致富。村里还建起了各种生产合作社，产业发展基本上没有什么风险；村里开了三家电商，家里的出产可以通过他们卖到全国各地；村里还建起了两家加工的厂子，农闲时你可以进厂子里去打工嘛。瞧你都这把年纪了，以后就不要常年在外面漂泊了。上有老下有小的，一早一晚还得有个人照顾呢！王老哥你说是不？”王贵实突然就怔住了——这么多年，有时他自己都把自己当外人了，可人家却真真实实拿你个不相干的农民当亲人。

到了第四天早晨，傅有泉趁热送去早餐时，王贵实怎么都不肯再住院了——再也受不了，这几天酒瘾都犯好几回了。“我这回听你的话，趁这两天没事就回村里去走走。”傅有泉两口子真心担心他身体里的毛病，想让他再住两天观察一下。“我最看不惯占着茅厕不拉屎的人，你看这医院里床位多紧张啊。难不成我要在这里打万年桩？这辈子真赖上你们了？那我成什么人了？”王贵实硬起脖子犟着头，急眼了。

临了出院，先也没和傅有泉商量，妻子吴琴硬要塞给王贵实两千块钱。王贵实推来推去好几次，才红着老脸，千恩万谢收下了。“你看，这像么子话哟！弟妹，我们今后要像亲戚处一样经常走动哟！”

事了之后，夫妻俩不约而同地回了一趟家。刚关上门，老夫老妻竟然冲动地搂肩抱了一回。因为感觉到有点不自然，两人又涩涩地笑了笑。“你这几年村里受苦了，我去弄俩菜，你一会儿喝一盅。”妻子吴琴低着头，臊红着脸进了厨房。傅有泉有一种自己反倒像是家庭有功之臣般的错觉，不由得在镜子里对着自己憨憨笑了一回。

销假回到单位上班后的第一天，傅有泉刚进到办公室，就被叫去了局长的办公室里。“有泉啊，怪我当时没上心，没想到那晚你是真的出了车祸。你可别责怪我哟。”紧跟着局长话锋猛地一转——“你这几年代表我们单位下乡去做精准扶贫工作，辛苦了，也做出了成绩，为单位争了光。证明当初我没看错人，大家有目共睹的嘛。”局长脸上堆满了笑容，一张胖脸像被熨斗熨烫过似的。“喏，单位昨天刚刚拿回了奖牌，大会上领导还狠狠地表扬了一通呢。你干得漂亮！”

望着那块闪着金光的奖牌，傅有泉露出了一丝不易被察觉的笑意。“是靠大家共同努力，还有就是单位一直是我们强有力的后盾，都是领导们大力支持的结果！呵呵，那个，我今天回来上班，还想找万副局长请示几个工作呢。”

“哦，你这几天不是请假，一直待在医院里吗？单位班子会经过慎重研究，这次乡村振兴的任务，由万副局长亲自带队。他昨天就已经入驻村里了。你知道吗，我们单位乡村振兴的对象，还是你先前负责的那个村。这个万副局长也该好好锻炼锻炼了。”看说话的神态，局长今天的心情似乎特别的好。

“那个有泉啊，——那天晚上酒桌上你说的事情，我都记得清清楚楚的。放心，我心里一直有一本明账。”临离开局长办公室，就在傅有泉转身之际，局长在背后突然勾了一句饱含深意的话。

那晚我说的事？那晚我真说了什么事吗？傅有泉突然笑了——那晚发生了车祸，好像有太多的事了。在之前热闹的酒桌上，我真的有说过什么事吗？

从局长办公室出来，穿行在那道长长的走廊里，一缕和煦的阳光，突然就洒落在了傅有泉蓄满笑意的脸上。

# 田家堡上

春啵啰经常说，别看四个人抬张麻将桌，筒条万三色如三军壁立，一百零八颗麻将子正合当年水浒英雄之数。骰子一撒，麻将堂子里顿时硝烟四起：藏龙卧虎之中英雄揭竿，雷霆滚滚；含春带笑之下美人不让，英姿飒飒……

春啵啰其实是一种当地的鸟，当大地回暖之时，这种鸟总是隐在枝头，“啵啰啵啰”地率先啼叫。但本文要说的春啵啰，大名朱春波，春啵啰是田家堡人给他起的诨名，不过现在只有少数人还这样叫他，一般都当面叫他朱经理，或者朱大老板。

那天，媳妇大梅在后檐沟扯起喉咙母牛喊崽：“背时砍脑壳的，烫瘟锅儿的，耍脱就打麻将去哒，有日天的本事就一辈子放场，黑哒都莫转来屙痢——”春啵啰却只顾悠闲自若地邀了三个“麻仙”，在院子里那两棵千年的古楠木树中间，稳稳支起了一张麻将桌子。他熟知大梅无非就是面破锣，敲得几山几岭响声震天，锣音一停，屁事都没得，家里面指甲壳一般大的事情还是得由他两个肩膀抬起。

也不全怪大梅，春啵啰那阵子打牌是瞎子进学堂——摸到就是输（书），火儿算是霉到家哒。本来供销社改制早，他纵身跳进打工大潮中去冲浪，慢慢就帮个台湾老板开开车，帮着他销销铁观音茶。后来台湾老板见他既实在又头脑灵光，就送他个福建的小茶庄和一些小散客户，他慢慢就有了一条自己的生产营销线了。眼看事业的天边此时已经燃起了一丝曙光，哪里知道2008年世界金融危机不期而至，一夜之间那条商业大街就全部关门拉锁，人去楼空了。他背了一身债皮皮，连夜开着一辆皮卡车躲回了老家，只留大梅悄悄处理设备和存货。他胆战心惊地打通电话："总共折卖了好多钱啊？"大梅说："还好，一千五，回来时的路费应该够了。"他顿时悲从中来——那可是价值四十万的资产，为之整整奋斗了十年啊。独自闷坐了一个通夜，他的眼泪一直都不能断流。

人背时，喝口冷水都塞牙齿，盐罐里也要长蛆。本来春啵啰胎教就是听麻将声，认识的第一个汉字就是"红中"的"中"，四岁就能站在大人身后指导新手和"大血"，在麻将界技术堪称一流，偏偏那天三个"麻仙"有如神助。他吊一四七条，上手"脓包"卡四条抢和；他三个"癞子"，四根杆杆爬，下手杨幺妹甩了个媚眼，脚下轻轻踢了他一下，他伸手一去摸牌，杨幺妹就高喊："金龟钻洞，枯炮！"就在他快四个荷包一样重时，杨幺妹摇着个大屁股，就把桌子拆哒："啵啰哥哥，我要回去给幺儿喂奶奶，看啰，都涨起几多大哒！嘻嘻——"肚脐眼打屁——好一股妖（腰）气！杨幺妹赢了钱，甩下个冷板凳就走人了。

春啵啰内心万分懊恼，就要抬屁股散伙时，一个穿着笔挺西服，腋下夹个包包的人，一屁股就在他下手坐下了："哥子莫慌走，还摸两把呀。"春啵啰抬眼一看：来人三十来岁，斯斯文文的，戴着一副明净的眼镜，嘴边软软稀稀几根胡须，下巴有颗显眼的黑痣。他的身边还有两个跟班，也是穿着考究，皮鞋锃亮，一定是来下乡加散心的干部。他们这些人到离县城、乡镇都近的田家堡，垫哈麻将桌子脚脚，也是屙尿擤鼻涕——两拿（指兼顾）。谁让这里一方风景独好呢？

一根烟丢了过来——满天星的黄鹤楼。春啵啰大大方方接过烟，娴熟地点上，那稳稳的架势既不显山也不露水：口袋里只剩最后翻本的一百元钱了，裤裆里放剃刀——危险呢，此时哪怕只是一个不经意的眼神，也可能招致全军覆没的结局！

两个跟班都歪着头去看"眼镜"的牌，面露喜色；从"眼镜"翻来覆去插牌的那动作，春啵啰判断出他手上一定是两个"癞子"牌。再看上手"脓包"，一脸红光，像得了蜜蜂屎吃，他手头一定是三句整话加一个"癞子"。狗日的，雷公打柿子——专找软的捏，一副不能再臭的牌却摊在春啵啰的面前。

俗话说，物极必反，后檐沟的篾块块都有翻转之时。"眼镜"和"脓包"虽说早就叫牌了，却一摸一个对门坡，而此时春啵啰恰恰一摸一进张，最后箕指一抓——万字，他的中指头轻轻滑过牌面，食指颠颠勾起麻将牌一拎："癞子！"看都不用看，"啪——"脆生生地将"癞子"拍出——再抓，"卡七万！"他大叫一声，"自摸枯小，海底捞月，杠上开花！"上午出去放场的"幺洞洞"，靠了这一把全都归屋哒。

春啵啰递过去一根五毛钱一包的"狮王"。"眼镜"瞥了一眼，点上了，但很快就被呛得咳嗽起来。这种下乡的干部一般都显摆，不会接这种劣质烟的，就算有时碍于情面接了，也会悄悄捏烂甩掉。就凭真点了烟去吸这个细节动作，他就在心坎坎上暗暗给"眼镜"安了把小椅子。

"你一副烂牌不露声色能和牌，看样子也不是打不到路的人啊！看你们这田家堡，也像是一盘好牌，就没有个狠人能打得和吗？”“眼镜”此时对那根浓烟飘散的“狮王”，已经不再感到过分呛鼻了，说话时目光灼灼，那语气既是轻蔑，又含有无限期许。

“是守着个金饭碗讨饭呢！”春啵啰愤懑之气一下子窦到了脑壳盖盖上。

“这位是我们新来的乡党委书记，——杨书记。”旁边抱膀子的虾米样的跟班，忙抢过话把头作介绍。

“啊——失敬！失敬！”春啵啰有点手足无措，连连真诚地表示歉意，“杨书记，我整天这样游手好闲，也是被剥皮抽筋后没办法啊。人，哪个不想当高子吵，是泥鳅糊住了眼睛——只能瞎混呢。主要是荷包头没得数的，就算头上长鸡鸡——有日天的本事，也只能是麻索子捆豆腐——提都莫提，要是还有五万八万，想把田家堡换个壳壳，那还不是月母子打屁——松松活活啊。”

后来春啵啰吹牛时经常说，与杨书记打的这盘麻将是可以载入田家堡发展史册的。

田家堡三面环水，一条蓝河绕院而过，两棵巨大的古楠木树参天荫蔽，成群的鹭鸶在晨昏中飞舞喧闹，村院中的吊脚楼错落呼应有致。在吊脚楼边，芭蕉成荫，竹林婆娑，更有桃红梨白点缀，鸡犬之声相闻，算不算当代绝佳的世外桃源呢？只是村院中的农人祖祖辈辈日出而作，日落而息，靠着几十亩薄田和村院后几百亩陡坡地耕作生养，日子竟越过越艰难。这些年，青壮年都蜂拥外出打工，村院里就更显得荒芜没落，见不到几分生气了。

搞新农村，上农家游，这就是那天晚上酒后，春啵啰汇报给

杨书记的发展方案。

田家堡留在家中的人，狠人要算三个，一个是春啵啰，杨书记事先早就摸清了他的底细；二个是“脓包”，脑壳活泛，眨眼一个“鸡骨转”，他开家杂货店，小日子过得很滋润；三个是“大呆”，人高马大，一脸横肉，好斗勇斗狠，做事总是申公豹的脑壳——翻斗起的。要搞新农村、乡村游，春啵啰就必须下决心啃下“大呆”这第一块硬骨头。“大呆”可是从小就天天将春啵啰打着耍的，曾经眼睛一鼓吓得他半夜都不敢落屋，龇龇牙齿也能让他屁滚尿流。

“脓包”将二郎腿翘上玻璃柜台：“啵啰哥，莫怕哕，杀踢（收拾）他，还不是胯里丢梭子——值（织）卵啊!”

“你真的奈得何他？他可是老虎的屁股——摸不得呢!”春啵啰有点不敢相信。

“明天你就在楠木树下摆桌麻将，我们杀他一回，让他棕叶子提牛屎粑——文（闻）不得武（舞）不得，先去去他的霸气。”“脓包”当即出了一条歪主意。

要在麻将桌上邀他的台火，那还不是屁股上背告锄——包打包埋啊，只怕他心里还是不会服呢。但是也说不定豌豆子滚屁眼——遇缘（圆）啊。所以春啵啰就没再作声了。

坐在麻将桌子东方位的“大呆”，每打一张牌就粗喉咙大嗓子骂一句脆生生的脏话，好像每张麻将牌都和他是杀父仇人一样，那张麻将桌子也都只差被他捶烂了。由于根本沉不住气的性格，他荷包里的张张“麻脑壳”，很快都被改名换姓了。

“都交给你统一成立公司？你脑壳是不是想偏哒啊!”“大呆”牛卵子一样的眼睛鼓起就像二筒，“要搞也行，我来当经理，由我媳妇当会计。哈哈，我做不来？你莫提起卵子吓骗匠哦！”趁着麻将停下来的间隙，春啵啰话把头只伸出来闪一哈，就差点被“大呆”的口水呛死了。

“我看，既然你们两个都是狠人，不如来赌一把！一把定输赢！”“脓包”鬼眨眼，朝着二人笑。

“赌就赌，我怕过三只脚的癞蛤蟆嘛，还没怕过两条腿的人！”“大呆”的话硬邦邦的，牌却根本不争气，一把下来又死翘翘了。

“就凭一盘牌就卖给你哒？你坟头上撒花椒——麻鬼哟！”牌输后他一根头发遮住脸，“要么我们再赌一盘！否则我就麻皮上一泡屎——要搞不成，都搞不成。”

“你拿什么赌呢?”“脓包”阴阴笑着故意激他。

“我——赌我老婆！”“大呆”孤注一掷，也不想哈哪个男人能招呼住他水牛般的老婆——大花。

这一盘，春啵啰就像他那老婆的名字——大梅（霉），纯粹是一把烂合渣。内心如焚，牌路自然也不顺，汗水大颗大颗直往下滴。

“嗯啊，老婆！啪！”“大呆”抓起一块牌就使劲亲一下，哈哈像打炸雷，一定是又抓了一块好牌。“嗯啊，老婆！啪！”“大呆”再亲一口，还在大胯上猛地拍了一巴掌。他一定是下叫，听牌了。这一盘，眼看春啵啰是茅厕板上摔跟头——隔死（屎）不远哒！看看手里还是十三烂的一手牌，他脸上的肌肉都扭歪了，脸色也青得好难看。

“脓包”说，后来真正摆平了“大呆”却是在酒桌上，从那时起，他就心服口服改口叫春啵啰“朱经理”了。

新农村开张成了当时县内轰动一时的大事，也是田家堡百年没有的记录。

山羊叔捻着胡须摆起那龙门阵来，口水牵起线线流：那才叫好耍死哒！比过年还热闹，比接新姑娘、打糯糍粑都好耍些！小车把路边边都堵满哒，有个家伙急着要找个旮旯放车，还硬要塞给我五十块钱呢。连城里的电视台也来哒，扛起个机器只管射，连我胡子分叉都拍得清清楚楚；那些领导，都不晓得是好大的官，走起路衣服角角起风，皮鞋照得起人影子。要说，那些城里人也尽是些马屎皮面光的哈包，看到牛屎都要去刨哈，还说，原来牛屎有钵钵大啊！那些蓑衣啊、斗笠啊、刀别子啊、烟杆啊，他们都当稀罕物；牛鼻圈也要去拉哈，羊子角角也要去摸哈，磨子也要去推哈，碓窝也要去杵哈，连我晒谷子的耙耙都被他们推来推去好多回呢……

本来春啵啰是做了精心准备的，为了开业，杨书记淘了不少的力气，才请动县里那些部门的头头脑脑，还帮忙在县里电视上打广告，又派车接送，无论如何也要让他讲两句话才像样。可是他刚站在那架大风车上“呃——呃——”地清嗓子，一阵火炮响起，牛圈里的那头骚牯牛突然就受惊了，“哞——哞——”一阵吼叫，人群都一窝蜂围过去看稀奇了。那边，就有一个小男孩在跳着脚高叫：“快看啰，那头黑猪爬在大白猪身上，是不是打起架来哒哟！”春啵啰朝杨书记看了看，只能无奈地苦笑摇头。

鹭鸶在游人头上盘旋，嘎嘎嘎地叫着，几泡鸟屎落到头上，大家都乐得哈哈大笑；那群山羊被游人追撵到了半山腰上，还一个劲地“咩咩”回头望，只害得追赶的人一个个跑得气喘吁吁的；河里的鸭子欢快地追来窜去，几拨游人鞋子裤子都打湿了，却没捞到半匹鸭毛，就扯起喉咙大喊："是哪家的鸭子啊，我们要买两只回去杀来吃！"

第一次新农村乡村游，竹林边，芭蕉树旁，楠木树，还有那些农具都被人拍了照，甚至农家茅厕在照相机下也格外意趣盎然。

中午大家到农家乐就餐，就有红苕洋芋苞谷饭，有乡村土腊肉土鸡子，有路边野菜，有石磨子推的蘸水豆腐，还有园子里自产的茄子、海椒、黄瓜。大家一顿饭吃下来，都感觉喉咙辣嚯嚯的，嘴皮油光光的，肚儿也被撑得圆滚滚的。

临走时，有人裤子破了，鞋子破了，脚痛手也软，嘴里就说，再也不来了，好臭好臭；也有人说，出来走走还真爽，下次桃花开的时节再来，一定还要有意思些。

反正城里电视台一播，大家都渐渐知道了有个田家堡，每天陆陆续续都有些人来，有的气气鼓鼓地不满意，有的一路笑醉而归，还有的顺便捎带了好些土菜山货回去。

虽说公司要抽成，但家家户户的荷包都渐渐鼓了，好几家打工的回来后也不再出门，尤其"脓包"的杂货店生意翻了好几倍，胖嘟嘟的脸上老是笑呵呵的。这时开始，大家的脸上远远都堆起笑皮子，管春啵啰叫朱大老板了。只有"大呆"最不满意，他家里虽然也开了"大花土菜馆"，由于他对客人说话老是日鼓鼓的，生意一直都不好，看着别人财源滚滚，他是鸡儿巅巅上的肉——吃不得亏的主，心里能平衡吗？

"脓包"说："啵啰哥，只能怪他自己日鼓，再说他媳妇大花那炒菜手艺，同煮猪潲差不多，哪个爱去吃嘛？"

春啵啰说："不管不行啊，大花本朴，'大呆'也不是癞蛤蟆被牛踩了——周身都是毛病，他心眼实呢。再说，哪怕有一家搞不好，胯裆下吊锅铲——还不得吵得个屁响啊，最终都会影响我们田家堡的声誉哟！难不成非得逼他再回头跟我赌一把？难道你忘了开业以前那一次了？"

开业以前那一盘牌局，本来春啵啰是死人的眼睛——定相了的。他脸巴上的皮皮都惨白惨白，眼看就要一败涂地了，哪里知道"大呆"正伸手去摸牌时，大花拖着把大竹丫扫从天而降："'大呆'，你个挨千刀的，你吃人饭不做人事，今天我叫你晓得马王爷有几只眼！不叫你断子绝孙，老娘就不是人养的！""呼——"地一扫下来，麻将散了一地，"大呆"的脸上还起了好几条竹节印子，就像一条条鲜活的曲蟮子。

"大呆"就怕他老婆，她可以死气三天不做饭、不吃饭，不屙屎不屙尿，不带孩子不干活，气极哒她还把头往柱头上"咚咚"地撞，关门插锁不让"大呆"进房门。这样的女人如果有哪个不怕，除非他脑壳里有根线不通电。所以别看"大呆"在外面横五吆六，回到家里就像老鼠子见到猫一样，可也真是卤水点豆腐——一物降一物啊。

那时，听说"大呆"在外面打牌输老婆，大花怒气都冲到头发颠颠上了，拖着正扫地的竹丫扫，不管三七二十一，在场面上就给"大呆"搞了个儿不认母。那盘春啵啰势在必败的麻将，就这样被大花无踪无影地化解了。

第二天，"脓包"又说："不如我们到酒桌上去收服'大呆'吧，裤裆里做笼子——他能算什么鸟呢？"

"大呆"如约而至时，脸上竹节印子还依旧鲜红，英雄豪气却丝毫不减："要得，我们今天就酒碗里见个高低。老板，快拖两个大碗出来——"

一大碗苞谷老烧白酒，基本上就是一斤。"大呆"咕噜咕噜一口气就喝了个底朝天，顺手还舒坦地抹了一下嘴角，哈哈大笑，震得楼上扬尘直落。

春啵啰看了看，只好苦笑着仰头，像灌老鼠孔一样，呼哧呼哧灌了好一气；喉结就像个不畅通的下水道开关，一上一下的；脸色在一瞬间就变成酡红了。

"再来！""大呆"起身，撸起一只袖子，一只脚踩在椅子上。这一碗酒下去后他却嗝了好几回，身子也晃了晃，脸色开始变得铁青怕人。

春啵啰转头看向"脓包"，见他点头，只好双手扶住碗边，像吞农药一样噙着泪水将酒往肚子里咽，五内早像锅炉在焚烧，只感觉那些肠子啊肚子啊心子啊肝子啊，都快被炭化了一样。

喝第三碗时，"大呆"尽力扶住椅子，趺趺撞撞，眼珠子都定住不转弯了。他鼓着腮帮，脸色变得像片大白纸，却还鼓劲干叫着："喝！喝！不喝是——是——龟儿——子！呃——呃——"瞧那情形，跟着就会迎来一阵翻江倒海。

春啵啰皱起了眉头，接过"脓包"小心翼翼递过来的第三碗"苞谷老烧"，哗地来个一口清，然后眉头就豆豉巴上炕——焦住了一坨，还极为不满地抡了"脓包"一眼。"脓包"此时却得意非凡地看着"大呆"的醉态：面条下了锅——看你还能硬多久！

"大呆"抖着手，嘴角流着涎水，拼了命要去抓第四碗，却被春啵啰摁住了手："'大呆'，你赢了！我事先是喝过解酒药的，我喝的第三碗其实也是矿泉水！"说完他一脸不安尴尬之色。场

上的这一突然变故，令一旁的“脓包”惊愕得不知所措了。

“你！你们——”“大呆”眼睛红红的，就像要吃人，却全身一软，一屁股就瘫坐到了地上。

在村卫生室里，“大呆”第三天才醒来，他定睛看了看头上吊着的一串瓶子，又看向床边守了一天一夜、显得特别憔悴的春啵啰，低声说：“春啵……朱经理，你为人坦荡，我服了你了。以后要用得着我‘大呆’，我绝对两娘母赶场——没得卵淡扯，不然你就把我脑壳揪下来当夜壶、当球踢！”经过了这次斗酒，“大呆”竟然就如同在磨盘上睡一夜——想转了。

春啵啰守在“大呆”身边正如猫抓糍粑——松不得爪爪，不想却迎来了峰回路转。他激动地伸手紧紧抓住“大呆”正输液的手，久久都不松开：“这两弟兄，还是叫春啵啰顺口，莫叫朱经理吵。”“我就偏要叫朱经理，朱经理朱经理朱经理……”

此时虽说田家堡的新农村，已经是茅厕坑头洗澡儿——奋（粪）勇向前了，但是想到那些前情往事，春啵啰还是感慨不已。他深情地对“脓包”说：“‘大呆’那性格是不适合做生意的，还是先让他做个保安队长，以后发展了再让他去干别的。”

杨书记只要有闲儿，总爱到田家堡去坐坐，也喝点小酒。他觉得春啵啰这人对味儿，稍作点拨还能成事，现在田家堡都成全省新农村示范了。今天，小酌的酒碗，就摆放在蓝河边的大石头上。

太阳的余晖洒向如带的蓝河，河水清清，凉风习习。鸭们嘎嘎扑打着翅膀游过，身后拉出道道散开的涟漪；几只鸳鸯静静地卧浮在水面上；岸边隐住的几只不知名的水鸟，“叽”的一声窜出，点着河面荡开的水晕展翅疾飞。河中有人将渔网甩出漂亮的弧线，河岸戴着斗笠的垂钓者静静地守着渔竿，更有男男女女、老老少少在如璧的河塘里尽情嬉戏扑腾。

春啵啰敬了一口酒，看向杨书记说："书记，这里景色很美吧？"他的意思是想杨书记称赞一下，如今新农村搞得这么红火，那几只鸳鸯也是为了配景，他专门从外面引进来的呢！

"嗯，你是不是很满足，很陶醉啊！你就不觉得这清清蓝河，只在河面上漂着点景色岂不太浪费了吗？你不会忘了当年我俩打麻将，你觍着脸说，端着金饭碗讨饭了吧？"杨书记轻轻巧巧几句话，一下就臊红了春啵啰的脸，像只生蛋母鸡，更像是酒到浓处，红霞熏染了脸颊。

这以后杨书记去省里党校培训了好几个月，一直也没忘打听春啵啰的信息，只听说他沿蓝河一路考察，田家堡都交给"脓包"在打理，不知道是要倒腾出啥子名堂来。

这天，杨书记刚从省城落屋，春啵啰的电话就撵到了书记办公室："杨书记啊，今天我为你接风洗尘哟。虽说省城里舒适又发达，但是要讲养性休闲，还是我田家堡好啊！这里的空气拿到省城都能卖钱，空气中的负氧离子是省城的一千倍呢！"哈哈，这家伙这回该不是真要卖空气吧。

还是在河边的那块大石头上喝酒，只不过，这次已经盖上了个仿古的小亭子，亭柱上还题写了些诗词对联，端上酒杯就使人自然想到琅琊、酿泉和那个醉翁亭。

喝了半碗酒，春啵啰话匣子就开了："杨书记啊，人不出门身不贵啊。我可算是遇到高人和真正的专家了。那天我到州里梭布垭参观，遇到个退休干部，他告诉我，新农村要想长久站稳脚跟，还得靠文化，否则就会成飘着的浮萍，无本的树木。你看我们田家堡，现在都有了祝酒歌、秧歌、对山歌、哭嫁、肉连响、打土地、摆手舞、舞狮子、耍龙灯，还修了几个姓的祠堂，有了这些民俗体验活动，客人来耍两天两夜都有乐子了。杨书记，等会儿你也题上两句话留下来，将来你鞋面子做帽檐——高升了，就成了一字难求的墨宝了，嘿嘿……”

光屁股坐板凳——有板有眼，都快成人精了，杨书记就笑。

“书记，你往河里看看！那里，那里，看——看——”春啵啰一脸诡异和得意。

杨书记往脚下仔细一看，河里有好多条蠢蠢蠕蠕的家伙猫着，不注意还真难发现呢。这是弄的什么东西呢？

“那叫大鲵，俗名就是娃娃鱼，原本在我们这条河里也是有的，后来绝迹了。是鼎鼎大名的国家一级保护动物呢，也就比大熊猫珍稀得差那么一点点儿，嘿嘿……”春啵啰两个指头比着个尺寸，好不得意，“这人工饲养技术才是最关键的，所以我跑出去偷偷学艺，硬着头皮帮着人家打了四个月工。杨书记，要不要捞上一条来下下酒？”

“看你那啬巴样，一定当割你心子蒂蒂吧？哈哈，算了，还是等你做成功以后再来品尝这美味佳肴，免得说我杀鸡取卵。”杨书记微微哂笑。

“嘿嘿……叫花子拜年——心意要起到吵。”

田家堡从此又多了一个卖点——瞻仰国家一级保护动物大鲵。再后来，大鲵繁育很成功，就有游客三百、四百一小条地购买，尤其那些带孩子的，孩子一闹，想着能培养孩子的科技兴趣，一般都会买一两尾回去。

谁也没想到，“大呆”的媳妇做菜不行，像煮猪潲，却成了饲养大鲵的真正行家。人们都说，你看大花，趴在那里一动不动，不就像一条憨敦敦的大娃娃鱼吗？

“在田家堡后山的陡坡种漆树，采用现代企业的管理模式来培育，再引进日本的采割技术，我算过，一共可以种二十万根，每根一年只算采割一斤生漆，按现在市价是每斤一百二十元，等到漆树五年后长成，每年会有多少经济价值呢？”杨书记当了副县长后再次到田家堡时，春啵啰就紧紧贴在他耳边说悄悄话，“漆树边上再套种猕猴桃，漆树林下散养杂交野猪，五年过后你杨书记就该升迁到省里了吧，而那时，我们田家堡也一定成了全国闻名的新农村啰。”

“看把你得意的，就田家堡这点能耐啊？忘记我俩第一次打麻将，你说守着个金饭碗讨饭吗？你怎么老是小富则安呢？就一辈子不想想端金钵钵，端金锅儿啊？”春啵啰没跟上杨副县长跳跃的思维，话语顿时就卡壳了。

“我还听说你小子喝酒后喜欢神吹，说田家堡是你手指颠颠拎麻将，拎出来的个新农村，你比赌圣能耐还大哈？能不能再给我拎出个李家堡、王家堡、朱家堡啊？”说这话时杨副县长一脸上都写着笑，就让人还不至于特别难堪。

春啵啰跟着嘿嘿傻乐过后说：“副县长你才是一指定江山呢，你一动手指就能点石成金嘛。我呢，也就是个地地道道的麻客。在我看来，如今，田家堡的农家游是筒子，大鲵产业是条子，将来这生漆基地就是万字。万变不离其宗，虽说我狗肉上不得席面，但身在农村，只要想着靠山吃山，就能打好这盘牌啊！”筒条万，好像他这一辈子都只能依靠麻将做作料，否则再好的日子也做不成一盘像样的菜来。

“杵粑粑啰——走，我们也快点去！”

# 暗　访

坊间都说市纪委书记高扬怀揣着整饬督办的尚方宝剑。他身材挺拔，步履稳健，一张刚毅果敢的脸特别让人印象深刻：悬胆鼻斧削刀切一般，浅浅的胡髭仿佛蕴藏着绵绵不绝的力道，薄唇纹路分明，且随时稳稳地紧闭着；特别是那两道黑密至极的眉毛会猛然掀起，下面炯炯如炬的眼神就直如匣镜初开，两道冷光闪射而出，让人顿感心凛神寒。

从被“空降”下来那一刻起，他的一举一动，自然都牵动着各方面敏感的神经。

都说新官上任三把火，但是高扬书记到任后，并没有忙着发布施政方针，也没有急于去处理案子、接待来访，只是每天进进出出忙于廉政的宣传，除了橱窗里的内容被更换一新外，还在大门外赫然矗立了一个大大鲜红的“廉”字……一帮头头脑脑一时都拿不准新领导的火候，顿时有点不知所措，无所适从。

闵江雪此时已经发呆好一会儿了，望着窗外彤彤而热烈的阳光洒满办公室，他不确定自己到底还有多少对生活、对工作的热情，就像医生会看惯生死，就像教师会看淡分数，人事的频繁变迁让他厌烦。他很想将自己的心摊晒到阳光底下去，可是屁股却没挪动半分。最后他暗下决心：管他谁来当纪委书记，只管拿捏住官场的“稳”字诀，就算凭空掀起九尺风浪，等刮到他这个副

主任的面前时，早就该云收雾散、风停雨歇了。

一周的时间，漫长而凝重，仿佛被什么踩紧了尾巴，是一天一天被捋着过的。树欲静而风不止，大家都嗅出了不同寻常的气息，可也都在暗自比拼着无谓的耐性，每次遇见高扬书记独自忙碌的身影，大家都只能尽可能地将笑意堆成比太阳还灿烂的花朵，绽放到脸上。漫长的一个周里，仿佛所有的办公室都被施了什么魔咒，每个人都循规蹈矩地下班上班，甚至连过道里偶尔传来的咳嗽声，都被小心翼翼地压抑着。

好在第二周刚星期一，办公室就通知开会，大家都心照不宣，不约而同地吁出了一口长气。高扬书记背沐阳光，面前的茶杯热气氤氲，他一直都中规中矩地拿着写好的稿子在讲话。他不吝美好的词汇，赞扬了我市以前党风廉政建设和反腐败工作取得的成绩，又按部就班地部署了新的工作。闵江雪静下心神仔细倾听他的讲话内容，感觉与上一任几乎如出一辙。果不其然，抬眼就见办公室主任虽然低眉顺眼地假装做笔记，却难以掩饰嘴角的那一丝得意与自豪的神情——这份讲稿一定就是她捉的笔。

参照多年大大小小与会的经验，这种会，要想听到有效而实质的内容，就只好仔细去听领导所举的例子了。果不其然，当谈到要用暗访的手段来治庸时，高扬书记突然就提高了嗓音的分贝："有的单位和部门，长期以来工作作风松、懒、散，群众反映尤其强烈，比如市财政局，我刚刚才到任，就已经多次收到群众反映的意见了……"顿时，全场寂静，麦克风里的电流声，仿佛都清晰地从每个听会者的大脑皮层里擦滑而过。

恰恰听到此处，闵江雪却由于一种晦暗心理作祟，莫名地兴奋了起来。

他正是从市财政局调整到市纪委工作的。当年之所以会被轮岗，与财政局局长邢元权在暗中使“手脚”有密不可分的关联。因此，当此时内部会议上听到市财政局被点名，内心的那一抹旧恶随之沉渣泛起。在明面上，轮岗前邢元权还给他开了欢送会，还拍了拍他的肩，亲密无比地作惺惺状：“小闵呀，你这是从糠箩跳到米箩，前途不可限量……”可实际上，谁不知道不就是因为那次喝酒吗？邢元权此次无非是假借组织的手，将异己排斥得远远的而已。

当年那次元旦联欢，闵江雪的铁哥们张怒峰很快就被灌到口齿不清，他擎着酒杯咿咿呜呜地摇晃到局长的跟前：“邢局长，我……我……敬你……老哥……”

邢元权打心眼里瞧不起他那副狗熊样——狗刨都不会，也敢来趟大江大河，当即就想用杯中的“化骨水”让他当众现出原形。只见他拿起酒瓶“突突突”，在面前一字排开，倒下满满当当三杯酒：“你既然称我是你的老哥，年轻人敬酒就要诚心诚意，你看这三杯酒是有名字的——‘真’！‘心’！‘意’！哈哈……”他一字一顿说完，在一旁哂笑不已。

也是活该有事，当时闵江雪也已经喝到头昏脑热了，他不经意地一抬头，就看见美女芊芊的脸上那时正洇浸着一副悲天悯人的神情，似乎对醉酒的张怒峰流露出悲苦不平之意。要知道，芊芊可是实至名归的大“局花”，在闵江雪心目中绝对是美貌加气质的教主级女神。如果被她轻剜一眼，都要当吃药大补一个月；只要她莞尔一展颜，绝对半月内大脑供氧不足。闵江雪当即豪情伴着酒气上涌，化作无法遏制的冲冠一怒：“邢局长，酒场见人心，我酒量虽然不如你，但大不了死个‘旅长’，这‘真’‘心’‘意’三杯酒，就由我来代喝好了！”

“咕咚、咕咚、咕咚”三杯酒砸下肚去，在一旁的快嘴肥妞沫沫竟然没头没脑地带头鼓掌喝彩起来，回头才发现邢局长脸色铁青着，她又赶紧怪眉怪眼地吐了吐舌头。

第二天，张怒峰酒醒后，当胸狠狠地捶了他一拳："这什么世道，你TM傻逼呀?!当官的就没一个是好东西，个个都该被抓！个个都该杀头！你这样不知死活，以后就等着被抽筋扒皮下油锅吧……"

"我不是长着一对慧眼没办法嘛，就专押你这只潜力股了！等着你将来平步青云了，还不会好好还我个朗朗前程呀！"闵江雪知道张怒峰自命清高又愤世嫉俗，没有逆着他的话，也不愿意去作分辩。自然免不得两人下班后再一醉方休一回，以前每次都是张怒峰装慷慨，最后由闵江雪掏钱，但这次到买单的时候，张怒峰坚决地把他按回到了椅子上。

果然，以后邢元权就只剩横鼻子竖眼睛地看人，刚刚到年底，闵江雪就被轮岗到了纪委。可让人没有想到的是，之后几年，纪委工作的重要性却越来越凸显，竟然上升到了党和国家的重要战略高度了。

这时开会无聊，想到芊芊，闵江雪猛然一阵心跳，就随意在手机里拉开微信，送了一个"微笑"过去。没想到芊芊当即就回了一个"握手"，还紧跟着附了一句"在干嘛呢"。

"开会呀。"

"开会也敢玩手机?"

"新书记在台子上讲话，我的手躲在桌子的下面，他看不见的，嘿嘿……"

"开什么会?这么神秘兮兮的。"

"布置暗访呢。对了，就在刚才，你们单位还被点名了呢，以后你可得小心点。"

“不会吧？要暗访？”

“嗯……嘿嘿……”

芊芊随后竟然发过来一个“拥抱”。闵江雪好一阵春心荡漾，如此“亲密”来得也太让人流鼻血了。记得以前还同在一个单位时，每当芊芊从他身边经过，他面子上都要假装高冷，其实内心只差如火山突突奔涌，心跳也只差能把整幢大楼都膨胀垮了。等到芊芊倩影刚一过，他就不停地翕动鼻子，狠命地呼吸空气中散播残留下来的似麝如兰的香气，然后再迷迷昏昏地沉醉半个下午。

“不怕黑树林里跳出来的李逵，就怕纪委队伍里隐藏着李鬼，对于出卖机密，违反纪律的人，我们绝不能姑息养奸，一定要一查到底！请大家相信，我高扬只做老百姓的温顺‘羔羊’，在一切邪恶腐败势力面前，我都只会把正义和法纪的旗帜高高扬起！”高扬书记刚铿锵有力地讲完话，就赢得了全场热烈的掌声。闵江雪思维猛然被拉回到了会场，远远望着高扬书记那张铁青刚毅的脸，还有那两道冷光犹如临空逼视而来，他突然就开始后悔起来。

第三天，暗访工作就紧锣密鼓地布置下来了。闵江雪正巧被安排到暗访市财政局的这个小组。事情竟然这么凑巧？要不要主动向组织说明情况，然后申请回避一下呢？但是这会不会被新来的纪委书记理解为此地无银三百两呢？

再说，芊芊会把要暗访的消息报告给邢元权那个老东西吗？“少我的钱差发内旋拨还，欠我的粟税粮中私准除”，这次正可以让那个老家伙见识下“高祖”还乡的仪仗，胡汉三又回来了；再说财政局还有“曾在俺庄东住，也曾与我喂牛切草，拽坝扶锄”的铁兄弟，此时不正好可以借机显摆一下吗？更何况还有那个心

仪已久、夜夜让人心潮起伏的女神呢！

几辆毫不起眼的旧车早早就被找来，停在了院子里，大家的手机也被要求立即上交。但是在选拿器材的时候，闵江雪还是又犹豫了两秒钟，最后，他没有选用隐蔽性更强的针孔摄像机，而是扛起了沉重无比的大部头。针孔摄像机小到如火柴盒、打火机，让人防不胜防，很多时候被暗访者在不知不觉中就着了道儿，主动被一步步牵着鼻子走，而扛着这部大的摄像机，故意招招摇摇地进去，再哐当一声打开门，虽说看上去鲁莽绝情，却恰恰给了被暗访者几秒钟缓冲的余地。

车子悄无声息地停到了市财政局里。今天这里不仅整理得赏心悦目、纤毫无尘，竟然还布置了令人心耳发热、花花绿绿的宣传标语："欢迎社会各界监督！""您的批评是我们进步的泉源！"

这个邢元权，不是愚蠢地摆明了是在欢迎我们暗访吗？以前还在这里上班的时候，闵江雪就知道这个单位里信息快速传播的途径是：张怒峰——沫沫——芊芊——邢元权，然后布置落实的程序则完全反过来，邢元权——芊芊——沫沫——张怒峰。这次倒好，一定是由芊芊直接上达邢元权天听，然后局长就如同布置一场大的战役一般：动员开会——调兵遣将——逐级督办检查落实。

当下也不容多想，闵江雪就扛着那台笨重的摄像机，娴熟地直奔局长室。他嘭地一脚踢开门，就看见邢元权正笑容可掬地坐在那张宽大无比的老板桌后。他满脸堆着厚厚的笑，伸出手臂来迎接，就像在久候一位老友的到来："欢迎欢迎，我们市财政局随时接受社会各界监督，我们的工作永远没有最好，只有更好！我们这里个个是窗口，人人是形象……"MD，以为是先进人物采访啊？闵江雪只白了他一眼，稍微敷衍了几句，就阴沉着脸，不再理会他，然后快速地转身进到芊芊的那间办公室。

芊芊面前国有资产的清产核资材料堆得像山一样高，正十分认真地一份一份核对清理着，她轻歪着那颗精致的小头颅，试图用头颈固定住电话瓢儿，笑意盈盈地在与哪个单位的负责人通电话，十分认真地核对几个数值。好一幅绝色办公图！开门那一瞬，闵江雪大脑断电般愣住了——这画面绝不输于联通电信那些唯美的宣传图片。当芊芊最后伸出柔荑小手和闵江雪蜻蜓点水地一握，顿时让他感觉像遭天雷击中了一般。

还是沫沫最愚蠢，她除了能传播各种小道消息，网上购物，好像真不能做好其他任何的事情，就连每天肥嘟嘟脸上的化妆，永远也只能让闵江雪想到四个字——“庸脂俗粉”，如果非得是五个字，那就是——“不能再烂了”。看见闵江雪推门进来时，她竟然兴奋地推开面前的收费票据，嗲声嗲气地叫喊不说，竟然还暗暗拿腔拿调地摆了个 POSS。

愤世嫉俗的张怒峰，今天的发型固定得油光光的，感觉像在征婚一样。他永远语不惊人誓不休，面对镜头侃侃而谈，还很有范儿地谈优化财政支出创新构想，怒斥财政战线的种种陋习，直到闵江雪使劲拉了拉他的衣角，还言尽意未尽地不甘休。

当带着这份暗访的“战果”回来时，闵江雪内心确实忐忑不安，这哪里还是什么暗访呀？充其量就是扛着摄像机“扫街”。折腾半天就交这样一份答卷，不是纯粹在糊弄新来的纪委书记吗？但他此时已别无选择，也只好硬着头皮“交卷”了。

哪里知道高扬书记观看过后却并未动声色，仿佛一切都是在按他既定的路线在走，只轻轻飘飘地说了声“好”，就吩咐人拿去进行技术剪辑。他的脸上正气凛然，态度十分坚决，又像是语意双关：“到时候要放到电视上去，让全市人民都来监督参与治

庸！看来痼疾不治，必定养痈成患啊！"

果然，电视节目播出后如同深水炸弹爆炸那样剧烈，立刻就在全市引起了巨大的反响。闵江雪看着那一幅幅的画面，立刻连眼珠子都直了，大脑里也完全蒙了，只剩下一片空白：原来电视上对市财政局暗访的画面，竟然都是由鲜明对比的两幅构成的。除了自己这一幅画面被用作反面的衬托，另外一幅画面，显然是事先早就用针孔摄像头隐蔽拍摄好了的。

画面中，只见邢元权一定是中午刚从哪里聚餐回来的模样，醉醺醺的，满脸之上正如鲁迅所言——"红肿之处艳若桃花"，面对镜头，他那颗硕大无比的酒糟鼻子，由于受到了酒精的过度刺激，似乎每一个毛囊在拼了命地扩张，呼哧呼哧地直喘粗气。躲在那张宽大的老板桌后，他耷拉着被酒精侵蚀过后而无精打采的肥圆脑袋，悠闲自如地将两条倭瓜腿高高翘在桌子上。

这时传来暗访者的画外音："请问你是财政局领导吗？"他嘴角流着涎水，只嘟哝着哼了一声。

"我想回乡来创业，请问有政策优惠投资吗？"也许是无休止的纠缠叨扰了浓浓袭来的睡意，他竟然瞪着红红的眼睛开始发火了："走开！你到那边办公室里去问！"

"你不是领导吗？直接给我讲讲不是更好吗？"

"你还知道是领导啊？什么破事烂事都来纠缠……还领导个屁啊！"

"刚才不是你的上班时间吗？"

"时间还没到！"

"我刚才看了你们下午上班的时间，那边门上不是写着两点半开始上班吗？"

"三点！改三点了！刚改！"邢元权面对暗访镜头，最后简直可以用暴跳如雷来形容。

电视节目在市里播出后，这个视频的点击率竟然一天之内飙升至二万。由于两幅画面的对比过于鲜明，街谈巷议都称市财政局长是“大变脸局长”。全市舆论一片哗然。

画面中，芊芊上班时正忙着精心补妆，虽说看在闵江雪的眼里还是那么上镜，但是拍摄者的目的显而易见只在于丑化，角度和构图都在极力忽略那种天生丽质。面对无休止的询问，她显得极不耐烦，以至于精美绝伦的五官被拍出来时都扭曲了。沫沫嘴里飞快地吐着瓜子，头也不回地只顾自己专心购物，原本庸碌的脸更加丑陋无比，她竟然粗鲁地对着镜头让暗访者“滚”。至于那个每天对贪官恨得牙痒痒的张怒峰，被暗访时正为着一盘围棋棋局在那里生死较量，那神情活脱一个大国手一样悠闲而有度，根本置上门“办事”的暗访者于不顾，即使对方再三地催促，他也只管充耳不闻。

原来，高扬书记到任后，事先早就安排了人手在暗访，在已经一手资料在握后，才苦心孤诣地再安排闵江雪他们进行所谓的“暗访”，其实也就是为先前真正的暗访形成对比资料而已。道貌岸然的一群“公仆”，在两次暗访中，完全被剥落掉华丽高贵的外衣，众目睽睽之下只剩下了一张张丑陋庸碌的嘴脸。

这一招真是高明无比啊！

电视播出的当天，邢元权的职务就被停止了。据说他还有其他涉嫌严重违纪的事情，因此已经被组织调查。其他一班人因为工作作风上的问题，自然一个个都被教育和处分。至于闵江雪，在经历一整天惶惶不可终日后，根本用不着高扬书记来找他，就赶紧主动上门，灰头土脸地交代自己的问题去了。

# 棒棒话

黄县长说，在所有乡镇党委书记里面，宁止水说话最有“宰杀”力，但他刚来的时候可不是这样的。

都怪在大城市里做教师的父母，宁止水人如其名，从小就被培养成了文弱书生，阴柔气过盛了，用现在时髦的话说就是太不man了。他自己做梦都没想到大学毕业后，一考公务员就考到这个西部小城，做起了秘书。同学们还羡慕他，鉴于他在大学里的优异成绩，企盼着他能早日飞黄腾达，以便可以沾沾光，他也就有了几分飘飘欲仙的感觉。

哪知道刚一报到，宁止水就只剩下翻白眼了。

严重的语言障碍，尤其是当地的土话（棒棒话），立时让他无所适从。就像一头黔之驴突然从天外飞降，落到了一群悠然自如的马群里，又像是那个格列佛闯进了巨人国，陡然成了巨人们的玩偶不说，甚至还免不得要与苍蝇和蜂子之流作惨烈的战斗呢。

在简单的欢迎晚宴上，黄县长那时还是局长，他潇洒地端起酒杯，来了个“泥鳅叫”——“滋”的一声闷干了杯里的酒，然后很有气势地将酒杯戳在桌前。那架势显然就是要憋倒牯牛下儿、按住鸡母生蛋啊。没办法，宁止水只好仰着脖子，白眼仁直翻，像灌毒药一样，分好几口才将大半杯白酒呛下了喉咙，只过了一小会儿，两片红霞就飞上腮边，连耳朵尖都红得鲜艳欲滴了。

黄局长也许是触动了“月母子遇到情哥哥——宁可伤身体不可伤感情”的情怀，当即又吞下一大杯，兴致勃勃地做起了老师，耳提面命传授起当地的“棒棒话”来：“在我们这里啊——有个表示程度的万能词，叫‘像卵形’，好可以说好得‘像卵形’，差也可以说差得‘像卵形’，丑美、冷暖都可以说‘像卵形’……哈哈……”大家都纷纷放下酒杯，哈哈大笑不止。只宁止水一头雾水，心里暗暗发誓一定要弄通当地这些恼人而奇怪的棒棒话。

这之后，一天上班时，宁止水遇到了办公室的“一枝花”——晓雯姐，兴致勃勃要秀一秀这段时间棒棒话的长进。他笑吟吟地迎上去说：“晓雯姐啊，你今天好乖哟！乖得‘像卵形’！”晓雯姐并没有表现出受到赞美中的娇羞，而是变了一副极度惊愕的表情：“小宁啊，谁教你说的脏话啊！”“没……没……我没有啊！”宁止水猛然意识到自己是被恶搞了，羞赧得不知所措，恨不得立刻找个地缝钻进去安家。

他气喘吁吁地闯进局长办公室：“黄局长！您忽悠我啊——”黄局长听完后狂笑不止，那种神情绝对像在欣赏外星 BT 的可笑表演——是头猪，赶到北京了还是头猪。

但是不久，宁止水就有幸领略到了棒棒话的厉害了。

五月初，国家林业局委托省林业局到县里验收退耕还林工程。这直接关系到这个贫困县一千万元的专项资金，自是非同小可。黄局长也非常清楚这次检查的严峻性：农村所有青壮劳力都已经出门打工去了，为了完成退耕还林任务，尽管早采取了一级压一级的责任追究措施，也制定了最优惠的奖励办法，可是那些农老二就不吃这一套。留守在家里的老人啊、妇女儿童啊，都只指望着外面汇钱回来，即使将指标送到他们手里，面积也落实了，林却造不起来。就算勉强敷衍上几棵孱弱的小苗，没被杂草荒死也早被老黄牛啃了个精光。

宁止水跟随副局长和几个股长都下去督导过好几次，除了在酒桌上收获了乡镇领导、林站负责人劲棒棒的表态外，毫无效果。你有你的关门计，他有他的跳墙法，大家完全摆出了一副死牛任剥的姿态。

黄局长终于决心要亲自下乡去“紧箍”了。

最大的也是最压头的镇是黄土坝镇，就拿它开刀。他先一路下车“扫”过了几个山包，就径直将车“嘎——”地停到了林站的小院里，黑着脸只顾盯着墙面那幅巨大的绿化示意图，专心致志像研究藏宝图一样。林站站长早在一边谄笑着，过度亲热地打着招呼，后来镇党委书记也亲自到场，不得不给面子了，他才慢慢踱进办公室里去。

林站站长应付性地汇报了工作，镇党委书记客气地一番感谢后，黄局长敲着桌子直杀“老堡”：“我头次来，是哪个在会上汇报时‘胯下吊锅铲——炒得个屁响’的？我今天就要问一下，他是‘上面横着的口子’说的，还是‘下面竖着的口子’说的？喀？到今天马上就要验收哒，还是‘扯鸡巴揩屁股——大半截不斗力’，是想‘麻逼上一泡屎——要搞不成，都搞不成’吗？吃哪蔸瓜护哪蔸瓜，坐在哪个位置上，就要做哪个位置上的事情啊，这叫‘屁股指挥脑袋’！”黄局长虽说个子瘦小，但一通棒棒话夹棍夹棒，有理三扁担，无理扁担三，不光林站站长臊红着脸，半天没敢抬头，就连平级的镇党委书记也很尴尬，吱声不得。

后来验收，就真抽到了黄土坝镇，顺利过关自然不说，竟然还获得了超乎想象的好评。是那一通棒棒话产生了巨大的杀伤力吗？宁止水脑子里面好一阵子迷茫。

在黄局长身边耳濡目染，照道理说可以尽得真传，可宁止水总觉得要驾驭住棒棒话，往往差之毫厘失之千里，绝非易事。

那一次他请假回家探亲回来后，有人悄悄告诉宁止水，此时已做副县长的黄局长几天前大发脾气呢，说虽然“宰杀力”是差点，但要论写材料还非得那个宁止水，条理清楚，数据明确，拿到手上就能上口。宁止水心里就觉得特别奇怪：每次为他写好稿子，虽说都特意在容易煽动会场气氛的语句后面加上大大的感叹号，下面也加上了着重号，可是每次讲话时不是被领导现场改成了“棒棒话”，博得满堂彩，就是念得飞快，没滋没味儿的，像学生背书一样。他怎么就偏偏喜欢自己撰的稿呢？

不过，宁止水一直追随着黄副县长做秘书，却又是不争的事实。即使后来挂了个政府烟办主任的职务，却也一直没有被调离秘书的岗位。

又近年关了，谁都知道新一轮人事变动在即，无影无形的“官道”上早就人影憧憧了。“社会组织部”早就传出话来：黄副县长就要“扳正”了，有三个乡镇党委书记的位置要“腾”出空位来……几个有望提升的竞争者，彼此见面时都显得有点“那个”，宁止水也属其中一员。

“烟办”本来也有实惠，因为事关各乡镇的主要经济指标的

实现，手中握有“指标”和收购的大权，但毕竟不是实职正科，不能直接再向上提升，所以宁止水这次不得不到官道上去竞跑。眼下最让宁止水头疼的莫过于，烟叶收购还远远没有完成任务，这必然会影响到下一步的升迁：眼看就要孵出鸡娃子了，鸡蛋莫在自己手里捏破了哟！

不是非要人死了才去请脉，是该痛下决心出板斧的时候了！

他首选了烟叶大镇——黄土坝镇。这个镇种烟的先天条件有优势，土质好，面积成块，更有多年烟叶生产的技术和发展优势。但是这年月一是缺少劳动力，二是烟农们都鬼精，收了烟存放在家里，稍不留神就让烟叶神不知鬼不觉地“跑路”了。

黄土坝镇烟草站站长早在栽种时就用尽了心力，甚至最后还发动烟草站职工承包了三万亩烟地，总算超额完成了任务，但是现在收购环节上却有了难题。老百姓将烟叶烘烤干了，小心地用塑料纸包捆好，藏在屋内，待价而沽，你总不能强行到人家屋里去抢吧？看来，重症只能下猛药了！工作动不动，关键在干部。

宁止水来到烟草站时并没有引人注目，好长一段时间里，烟草站长甚至都没下到收购场地来迎接。其实也不能怪他，这段时间的检查太频繁，总是披蓑衣的刚抬脚走，戴斗笠的又来哒。

收购现场死气沉沉的，七八个收购人员松松散散地在打瞌睡、闲聊和下棋，只有一个老太婆背了半背篓烟叶，弯着腰在那里挑挑拣拣，分级扎把。

宁止水走近窗户边那个棋局，对着样子是个头目的说：“你们这里是在收烟吗？”“嗯……”那人棋正下到被将军要死棋的关键时候，对于明知故问显得极为不耐烦，甚至连头都没抬一下。

“烟叶还能收上来吧？”又问时，那人思绪已经埋在棋里面，也没再看一眼。

“你在这里下棋谁给你发工资啊！谁给你的权利，在这里占着茅坑不屙屎啊?”宁止水火气终于遏制不住，腾地点燃了。那人惊愕不已地抬起头：砍竹子遇节，难道今天遇到领导了?一时呆若木鸡。

闻讯赶来的烟草站长心里直叫火儿霉，今天盐罐都长蛆，喝冷水都塞牙齿，他一个劲地赔着小心。谁让他先前只顾扳起门枋狠，端起簸箕比天呢?这时显然是马屁股后头作揖的功夫，不能奏效了。

全体职工大会上，宁止水一根头发遮住了脸，脸上的乌云都揪得出水来：“烟叶收购是什么概念?知道吗?是事关乡镇半年工资税收的大事情！如果收不上来谁能担待得起这责任?!”

说着说着，宁止水就感觉极不解气了，灌一口茶烫到了心尖尖上，棒棒话就喷口而出了：“我今天在这儿‘把树子砍哒免得老娃（乌鸦）叫’，反正‘秧田不怕粪多’，得罪人在先了！不管谁的爹是皇帝妈是官，我‘打酒只问提壶人’，都说‘吃屎都要吃大的那头’，不要‘大麻风吃母猪肉——以烂为烂’，当领导的尤其要小心‘尖尖屁股坐不稳’啰！也就是说，‘萝卜扯了眼眼还在’！做职工的呢?既然‘变了泥鳅就莫怕糊眼睛’，不要‘人不知自丑，马不知脸长，狗不知屎臭’！‘出水就见两腿泥’，当前烟叶收购的任务是‘秤颠颠上压人’，眼看逼近年关，‘火石都落脚背’了，都要‘保住各自的盐罐不生蛆’，‘萝卜吃下去不要打一个馊臭嗝’！莫‘屎胀到门边哒才去挖茅厕’，等收购封秤了，你小心‘老月母子被儿卡死’！到时候你奖金、工资一分都拿不到手，看你婆娘儿女怎么过年!”

会场鸦雀无声，这番话就像劈头落下刀子，大家都默不作声硬起牙巴骨撑着。末了烟草站安排了极其丰盛的晚饭，宁止水抓起筷子埋头大口大口地刨白米饭，却死着脸不夹一箸菜。一大圆桌的人大眼瞪小眼，吃也不是，不吃也不是，手足无措，只好看着他一个人闷头吃气饭。

回县城的路上，黄土坝镇党委书记电话就过来了："小宁啊，你今天做得好啊！那帮直属企业，平时眼睛就长在额头上——目中无人，我是三个菩萨作两个揖，对得起一个，对不起一个。漆树要割，棕树要剥，你今天算替我解气了！"一时之间，宁止水竟分不清这话里头的真假含义，三番两次地道歉不已。

这次会议虽说没能解决根本问题，可是四脚蛇不咬人——毒气大，宁主任讲棒棒话、发"饭疯"比实况转播还来得快，在当天下午全县各乡镇就已经"满田客嘛（青蛙）叫"了。后来工作的推进竟然异乎寻常的顺利。

麻雀子落现窝窝，屋檐水滴旧坷坷，谁也没想到，宁止水不久就被任命做了黄土坝镇的党委书记，而原来的书记戏剧性地异位，接替了"烟办"主任的位子。

春节到了，宁书记衣锦回到了大城市的家里团年。几杯敞肚酒过后，他的豪情一股股地往头上冒，酒杯碰得咣咣作响："老汉啊，儿子现在的酒量是癞客包（癞蛤蟆）跳进鸡窝里——不简单（捡蛋）呢！今天高兴，我就肚脐上搭桥——过眼，先来个湾塘河炸鱼——轰时一口轰哒！"那一边，做教师的父母听得云里雾里，眼睛鼓得像青蛙，眼珠子都只差掉下来了："止水啊！你？你？你都说的些什么啊……"

# 第一书记

## 一

市财政局下派到村扶贫的第一书记出问题了，县扶贫总指挥部要求财政局撤换驻村第一书记。这两天，大家刻意将走路和咳嗽的声音都压低了一些。但田守德在办公室副主任的位置上，已经熬过好些年头了。他不认为这件事最终会和自己也扯上关系。

这个叫内勤的岗位，在别人看来也就是个养老的福利岗位，其实一点儿也不轻松。要收签各类文件并归档，要负责起草各种会议和汇报的材料，要负责各种信息的采集，还有保密工作、接待来访，甚至还要负责各个处室小到纸笔、扫帚、抹布的采买。这些且不说，光是在分工时那一句——负责办理领导交办的其他工作，就足以让什么难事、烂事都得在这里挽转。

不过，就如几十年来每天早起扣衣服扣子一般，田守德早已经谙熟了官场的道道：所谓用之则行，不用则藏。只要不出错，不图出彩，不让领导惦记，不让群众讨嫌，一切也都能轻松自如。

今天有点意外的是，今早一把手张局传话过来，要“请”他去谈话。咬出这个“请”字的时候，办公室主任李薇薇一改往日的拿腔拿调，牙齿缝里明显挤出几分深长的意味。

“来来，田主任，快到这边来坐！”张局笑容可掬，示意田守德坐到局长那张大办公桌的对面，这让他心里立刻咯噔了一下，“来来，你是行家，品品这鱼塘口送来的明前茶。”在茶茗清香馥郁的缥缈中，张局的笑意似乎更加温暖而沁人心脾。

“你算是单位里的老同志了，现在有个大难事，我想听听你的意见。”张局见田守德气定神闲地按兵不动，心里早有了几分赞赏，“你知道，我局精准扶贫摊上事了，必须紧急派出一人到村里去当第一书记，你看此时派谁去合适呢？”

短兵相接，这让田守德反倒吁出了一口气。不过，他眼珠子一转，张局肯定是不可能让他来推荐几个副局的，那几个股长呢？有几个股的“掌门”是一天也离不开的顶梁柱，有两个已经马上退休了，只剩下外经股长，而他就是头一次下派到村里的第一书记，刚刚被市委书记在大会上点名批评，竟至心病交加而不起。难不成，我还去推荐那个李薇薇？她一个女同志，娃儿还在上幼儿园，于心何忍啊？

“我服从组织的安排！不过，张局你要挂帅支持，再就是，我要请你亲自送我下去。”田守德审视今日这架势，明白自己已然被张局套牢了，伸头是一刀，缩头也是一刀，索性就来个爽利的。不过，回想起李薇薇刚刚那意味深长的笑，心里还是有一种被出卖的感觉。

“好！一定一定，可以可以。”张局在心里暗赞了一番：到底是只千年的老狐狸，不需要跟他玩聊斋。光只这副受任于败军之际，奉命于危难之间的气度，就堪堪点赞。

第二天一大早，张局就直接将田守德送到了鱼塘口村委会。这个鱼塘口村紧靠市府，相距也就二十公里，已经被规划为未来的新城，所以村委会建得还算堂皇。尽管昨晚早就已经打过电话了，村支书冉黎波还是在村里养的那条闲狗吠叫半天之后，才趿着双拖鞋窸窸窣窣地赶来。

那条狗好不威武！高大勇猛，一身黑毛，一直低垂着头，龇着几颗尖牙，夹住弯弯的尾巴，目露阴险凶恶的冷光，让人不寒而栗。

“哎呀，你们来得这么早啊！”冉黎波讪讪地上前搭腔，显然他以前有很多机会接触到各级来的领导，却没想到田守德一行今天会来得这么早。

“这位是市财政局张局长，今天专门来对口扶贫点调研的。”田守德介绍完，冉黎波眼珠子里刚闪过一丝亮星，正待上前握手，田守德跟着就又冒出了一句，“张局好不容易来一趟，马上通知召开全体村委会。”

有戏！看来是“将军未挂封侯印，腰下常悬带血刀”啊！平时囿在局机关里，这个田守德山不显水不露的，没想到刚一进到村里就换副嘴脸，看来以前是门缝里把他看扁了。张局的嘴角不由自主微微翘了起来。他还不知道，这个田守德一辈子没干过正职，正式受命后，昨天一晚都沉浸在兴奋之中呢。

村委会上，冉黎波刚摆出一副按部就班的汇报程序，马上就被田守德打断了：“冉书记，你就讲村里有什么困难，希望得到哪些方面的扶持。”张局盯了田守德一眼，这不是当面将我的军吗？不过，他还是掏出笔记本，认认真真地记了下来。

张局在讲话时自然不乏对田守德的溢美之词，也提出了期望，他还在会上表了硬态支持扶贫。最后大家都将目光聚焦到田守德的身上，该轮到他阵前“盟誓”了。

“首先，我希望村里的干部以后都穿戴得整整齐齐的。至少在村委会办公和开会的时候，一定要穿戴整齐。”田守德第一句话出口，包括冉黎波在内，所有人的耳根子都有些发烧了。这个田守德长期在办公室，身材有点发福，但刚毅的脸，高隆的鼻，讲话时虎气侧漏，不怒而威。

“第二，我希望马上把那条不停吠叫的黑狗处理掉。”见大家都愕然地伸长了颈子，田守德柔中带刚地说，“养条狗在村委会里，是指望它守家吗？如果有老百姓前来办事，他们不会害怕吗？”冉黎波见气氛过于凝重了些，赶紧接话头解释道：“那其实是村里的一个大学生村官，收养的一条流浪狗……”

散了会，田守德就看见一个女孩子红着眼睛，耸着后背肩膀，抽泣着，拉着那条恶狗朝外走了。

“冉书记，今天就请你陪我到村寨院落里逛逛吧。”等送走了张局，冉黎波忽然觉得新来的第一书记，似乎也并不是那么拧巴难以结交的人，单独相处时不仅语气和缓，他还贴心地给自己三岁的小儿子带了两盒糖果呢。

## 二

“这狗——养得好乖哟！膘肥肉满的，看家护院也很在行呢！”田守德一抬头，就看见一只一身黑毛的恶犬，面露凶光，虽然被一条大铁链拴着，仍然冲过来扑过去地对着进到院里的人狂吠。

上午已经绕了好几个沟沟湾湾岭岭，田守德和冉黎波这才进到这个房屋低矮阴森的小院子。进院时，他随口先赞了主人家的看家狗，根据经验，上门打头几句话是可以迅速拉近情感上的距离的。

院子里的房屋青瓦翘廊，木柱木檐木板壁。那青石铺的坝子，青石砌的阶檐，都已经被岁月磨得有些油光滑亮了。

“波娃子，你快进屋头来喝茶吵。”冉华堂老汉闻听狗叫声，就从黑洞洞的屋里冒出头来，佝偻着腰打招呼。

“幺公，这是我们村新来的第一书记——田书记，是专门来开展扶贫工作的。”按照冉家的辈分，冉黎波老老实实地称呼这个老汉为幺公。

在喝过令舌尖打战的一碗黏熬茶后，冉黎波赶紧拿出一张贫困户的表格，一一询问填写起来。田守德有意无意斜眼瞄了一下：从表格上反映，冉华堂是建档立卡的贫困户，可以享受一系列扶贫优惠政策的。

“老人家您高寿啊？您家都有些什么人啊？一年有些什么收入啊？”田守德想实地了解情况，递给老人一支纸烟，索性半蹲着身子，昂头询问起来。

只这几问，老人神情明显一慌，立刻警惕了起来：“我年前都八十二了，天干无露水，老来无人情。一屋穷得叮当响，哪里来么子收入啊。”

田守德不露声色，扫了一眼屋内——老旧的房子，因年长日久的烟熏火燎，屋内一片漆黑。看这家庭，确实是贫困户，都多年没有建设和发展的痕迹了。不过，屋内有几张半旧的皮沙发，一壁矮组合柜上立有一台 55 寸大部头的彩电，厕所边还摆有一

部过时了的双桶洗衣机。再往屋内一瞄，床上也铺了一张颜色泛黄的席梦思。

从这些东西的尺寸及样式看，和房屋极不搭配，显然都是由别人家淘汰拆换下来的。

“老人家有几个儿女啊？他们都在做什么工作啊？”田守德问话的语气更正式了。

“我儿女都分灶立社单过，哪有人来管我！”

“儿女不管老人可不行，是可以在法律上追究他们的。”

“儿大分家，女大嫁人。老古班子都恁个过，他们有么子责任？波娃子，我给你说，哪个要是把我贫困户弄脱哒，我就和他拼了这条老命！”冉华堂老汉见话不投机，转而和冉黎波耍起狠来，嘴角唾沫直飞，双眼鼓得像铜铃，连下巴上的山羊胡子都翘起来了。

“这个……你去和田书记说，归他管……”冉黎波赶紧将头扭向一边，在族内这个幺公面前，他心虚嗫嚅，只能唯唯诺诺，不敢有半丝得罪。

“老人家你莫激动嘛。我们今天只是来摸摸情况，后面的结果会向大家公示的。”田守德可不想此时就将气氛闹僵，赶紧转头朝冉黎波示意，“冉书记，我们再到别家去走走看看？”

“要得要得，幺公你招呼好那条狗子，我们二回再来看你哟。”

“老人家，您喂的这条看门狗很不错嘛，单门独户的，有条好狗才安全呢。”田守德临走时，没忘缓和缓和刚才的不快气氛。

“哪里哟！这条狗，是我外孙女今早上哭哭啼啼牵来的，说是村里来了个么子恶汹汹的领导，硬不准养狗子。几辈子人哒，都没听说过有这样怪眉鼓眼的领导——”冉华堂手里拄着根木棍子，在石阶檐上杵得一阵笃笃响，既像是在赶恶犬，又像是在杵人的后背心一样。

难怪上一任第一书记在市里的扶贫攻坚大会上，会被市委书记点名批评。根据冉黎波介绍，这个冉华堂有两个儿子和一个姑娘，儿女们多年前就在市里工作，有车有房有工作，他竟然也被评为建档立卡的贫困户。一天走下来，村里以前确立的贫困户中，有的穿金戴银；有的一家几个壮劳力在外打工，收入不菲；还有一户，小儿子竟然还是城里赫赫有名的大包工头呢。

“很难搞哟！一根树须须都能扯出抱大的树子来，各种关系牵涉在里面。这些人双手死命捏住贫困户的金碗碗，是很难跟他们讲清楚政策的。”冉黎波一路之上不断翻涌起苦水来。

“不要紧，这个事情很好办！你忘了我们党的法宝啦？”田守德只淡淡一笑。冉黎波定定地看着他，却始终一脸茫然。

## 三

果然，这件事基本上可用迎刃而解来形容。

田守德在走完村寨的家家户户后，没过多久就在村部开了个会，问题一下子就柳暗花明。他专门成立一个评审委员会，每个村寨院落都直接推选了负责评审的村民代表。

“我们村支两委一个人都不要参加评审，避免群众认为带有组织和领导的意图。我们要充分相信群众，发动群众，依靠群众。这是我们党各个历史时期从胜利走向胜利的法宝之一呢！”田守德这番话，让冉黎波心里一阵钦佩：到底是上面派下来的，

水平就是高。

贫困户评审结果一出来，田守德暗自与手里掌握的情况一一比对，竟然完全吻合。当天就在村委会的公示栏里用大白纸公示出来，竟然没有一户前来闹事。

不过，冉华堂眯着那双老花眼，在看了几遍公示过后，竟硬邦邦甩出了一句话："哼！这个还不算么子能耐，新来的第一书记要是能把鱼塘坳上的那条公路修通，才算有点本事！"

这不是公然下战牒吗？

要说冉黎波也有比田守德有能耐的地方。村里院寨的事情，鸡毛蒜皮都会飞上天。为田边地头上的一棵树要扯皮，圈里养牲打脱出来吃了别家谷物要对骂，姑嫂妯娌传了小话，公公佬和儿媳妇犯怼……这些纠缠不清的事情，冉黎波解决起来就很得心应手。他既熟悉各族各家的历史渊源，还是唯一的村医，哪家人有个三病两痛不上门去找他？

但冉黎波告诉田守德，你千万别去理睬那个幺公。别看那只是短短的一段四里的到户公路，换了几届村支书，都已经八年过去了，还没能修通。你就别去碰那个蜇死人的大马蜂窝了！

两个月前，田守德好不容易抓住一个周末，抓住与水利水产局一个老同学聚会的机会，落实了村里人畜饮水的问题。冉华堂老汉一拧水龙头，一股清凉哗哗的山泉水一冲而出，兴奋得他用双手捧起几大捧，抹了脸，又冲了头。他当即给城里的两个儿子打了电话："老家今天通自来水啰！你们往后就再莫担心老子吃水了哈！"其实，不用冉华堂前来下战书，通水那时，田守德就看到这段路是卡脖子的瓶颈路，就已经下了决心一定要修通。

这次，田守德专程带着冉黎波跑了两趟交通局，自己掏腰包喝了两顿酒，问题总算有了眉目，但真正的大麻烦是跟着脚后跟到的。

村民们都认可到户公路是造福于民的好事，可是到户的路线上有的人家占的田地多，有的少；有的人家是熟土肥地，有的田地即使送人也没人要；有的公路进他家门根本都不占地，有的却需要全部占用别家的地。土地就是老百姓的命根子，也是他们发家致富的钱袋子！以前就有为一垄熟地而打架住院，几辈人都不往来的。修路的难度由此可见一斑。

关键是交通局并没有专项的补地款，没有了钱来协调，难度就增加了无数倍，难道工程只能就此搁置下来？

几天来，田守德、冉黎波跑断了腿，口水喷了好几大碗，却收效甚微。田守德以前每天抽一包烟，这段时间每天抽两包三包，烟屁股接烟头头，一根接一根都不断线。冉黎波整天唉声叹气：“搞这个事啊，就像坐跷跷板，刚按下这头又昂起了那头；就像一脚踩进烂田埂里，这边咕咕叫，那边也跟着咕咕响。哎……”

“必须健全组织，依靠组织了！”田守德用力地摁掉手里的烟头，“村支部要重新进行改选，必须确保战斗力和执行力！”他已经意识到，虽说只是个小小的村委，党组织的先进堡垒作用没有很好地发挥出来，有的党员和村委没有起很好的带头作用，甚至还为了点蝇头小利嘤嘤嗡嗡，不能形成合力，做起事来自然就难上加难了。此时，他的语气无比决断，连冉黎波也看出来，不容有丝毫的动摇和改变。

在镇党委的极力支持下，新的村委诞生了。村里看事眼界高的几个专业户、致富能手都进了村委。会上，田守德双手一挥，鼓动新一届班子说，大家务必众志成城，既分工负责做工作，又要自身起好模范带头作用。

村里的电商陈煜洋是个大学生，也是联系村民最广的人。他神情激动地说：“我家的三亩多地，公路要怎么过就怎么过，要怎么占就怎么占。另外我还建议，要在村头显眼的位置立上功德碑，让村里村外的人都能看到名字，让子子孙孙都能看到这代人的奉献。”

“好！好！”田守德兴奋地用力拍了一下他的肩膀，暗自叹道：村里的发展后继有人啊！

村民还有几个不开窍的榆木疙瘩，田守德就持续开会做他们的工作，为了跟他们熬，他眼睛红肿着一连开了三天三夜的会。在会上，思想通一个就走一个，直到最后还剩一个死硬不通的村民，村里的一位委员就站了起来，拍着胸脯说：“我家的地，只要你看上哪块，就补给你哪块！”

当时，几台挖机是早就停在村委会的，工作刚一做通，马上就突突冒烟开进了修路现场。

一个月过后，田守德站在一处山包上，看着一道道通村到户的公路，在苍山白水间如玉带一样缠绕蜿蜒，仿佛一条条牵连住各家各户的经济脐带，内心既欣慰又感慨。

但是，路通了，经济必须还得上去。冉黎波嘿嘿傻笑着说了句大土话：“老百姓过日子，讲究的就是碗里得有刨的，荷包里得有数的，胯下还得有杵的。”

“冉百亿”就是村里全部收入为零的绝对贫困户，田守德作为第一书记，第一次兴致勃勃地上门去做工作，还扎扎实实地吃了他一回闭门羹。

## 四

“冉百亿”原名其实是冉柏义。上一任第一书记，不知道这是村民戏谑的称谓，还真以为他是个大富翁，结果第一次汇报时还闹了个大大的笑话。

冉柏义已经五十六岁了，如今还是站起来是门枋，躺下去是门杠——光棍一条。他那三柱二矮小的偏房上，连锁都没有一把，不过，如果拉上门，他是绝对不会担心饿死了家里的小老鼠的。乡镇、村里以及民政部门，有时通知他去领粮食，他都嫌挑着太沉重了，会磨破肩膀皮皮，索性挑到集镇上卖了换酒回去喝。后来，大家只好派人隔三岔五将粮食送进门去。据说，他一生也曾雄心壮志过一回，到镇里去专程要了些苞谷种子，将屋前屋后的两块地用一根竹签插洞，播种下去。结果后来连苞谷苗都没找到几棵。上一任第一书记自己花钱给他送去了一只小羊羔，结果，没过几天就被他在灶膛下炖羊汤下酒了。

田守德第一次登门时，冉柏义只隔着门问了句：“是不是来送粮食的？”然后就任凭这个第一书记说破了嘴皮，最后也只换来了一个“滚”字。

在准备第二次登门前，冉黎波千叮咛万嘱咐：“田书记，你可千万不要给他钱，他只会拿了去买酒，然后还会发酒疯的。”

田守德拿过村里的户口簿，仔细看了看，抬起头对冉黎波含笑说：“那我就专门给他送酒去！”见对方一脸茫然，他又嘿嘿一笑说，“不过，也还得等到这阵子发展万亩茶园忙过之后才行呢。”冉黎波愣了神，更加摸不透这回第一书记的葫芦里到底卖

的是什么药了。

腊月初五，田守德谢绝了三家村民吃刨汤的热情邀请，呵呵笑着，扯住冉黎波的袖子说：“冉书记，走，今天我们俩到冉柏义家里去。”

“去他家？”冉黎波愕然，“他前天刚刚从安置房里跑了，又犟着跑回到那个三柱二的危房里去了呢！”

田守德当然知道冉黎波说的这个情况：冉柏义本来已经搬进了集中安置点，镇里村里还给他置办齐了各种生活用具，可是因为他半夜里裸着身子在院子里洗澡，被别的村民一阵痛骂，第二天一早他就气鼓鼓地跑回老屋里去住了。组长迫于扶贫攻坚的形势，硬着头皮再去请他。冉柏义说，他们欺负我是单个子人，就算打死我也不去了！组长电话请求冉黎波，说那个家伙最怕警察，只有派个警察吓吓他就会回去的。哪知派出所说，如今，我们可不敢干这种事！

田守德临走前还提起了个鼓鼓囊囊的蛇皮袋，里面竟然发出咣当咣当的闷响。“老田，你真的买了酒了？”不知什么时候开始，冉黎波已经不叫他田书记，而改叫他老田了。

“是啊！他不就好酒贪杯吗？”

来到冉柏义门前，只一声“送酒来了”，歪斜的屋门果然一下子就呀地打开了。

“老冉啊，我给你送酒来了。”田守德摸出咣当咣当响的五斤土酒（可不敢买多了，否则会出人命，事前他都想好了的），冉柏义浑浊的双眼立刻放出亮光，呼地一把就接了过去。

“你知道今天是什么日子吗？”田守德这一问，让冉柏义肮脏沧桑的脸上，木然中又充满了不解的疑问。

“今天是你的生日啊！”田守德从蛇皮袋里，变戏法一样又摸出了一个小蛋糕和几样下酒的凉菜，逐一放到面前的一个小木条凳上，“老冉啊，你介意我们今天来陪你喝两杯，庆祝你的生日吗？”

冉柏义黝黑沧桑，如老藓朗树皮的面皮上，突然剧烈绞动起来，像一阵阵黑浪在汹涌，接着他一屁股坐到地上，捧住花白如鸡窝的头发，号啕痛哭起来。

这不是还没有开始喝酒吗？怎么就酒劲上涌了？搞得一旁的冉黎波一时也有点不知所措。

“田书记，你晓得不……都五十多年了……五十多年了，没有人管过我过生……屋里也没进过一个贵客，头一遭，头一遭哦……嗡……嗡……”冉柏义哭得像个童真无忌的婴孩；又像个受了几十年怨气的妇人，今天突然盼来了撑腰壮气的娘家人一样。

这顿酒自不用说，冉柏义哪能和人家办公室出身的第一书记匹敌？张局都曾笑着说过，田守德喝酒是能通过“德能勤绩”考核的……倒是冉黎波，虽然看着他俩推杯换盏地热乎，但屋内肮脏不堪的锅灶碗筷桌椅，甚至地上也还残留有一团团浓痰，让他举起筷子也实在难以下箸。

到了最后，冉柏义红着双眼睛，拍着彤彤的上胸脯，口水直喷地赌咒发誓说：“明天要是不搬回去住，我就是私娃子！”田守德也信誓旦旦地表示，过几天就送一窝子鸡崽子过去，过一段还要送两只月猪儿：“等明年过年时，我要到你的新家去杀鸡、去吃刨汤哟！”

冉柏义一直将二人送出来五道山沟才回转。冉黎波心里嘿嘿哂笑起来：这个老田，肚子里的弯弯绕还真是懒婆娘看鸭子——不简单（捡蛋）。等到明年要是真能杀鸡、吃上刨汤，这顿酒也算消除了一户绝对贫困户啰。

## 五

刚进腊月，家家户户都已经陆续开始杀年猪了，村里一片欢腾。可是喂养当地土黑猪的村民，看着猪圈里肥滚滚的“黑八戒”，却一点儿也开心不起来。他们最后缠上了第一书记，因为，这应该算得是当地激进扶贫的负效应。

土黑猪本来是当地的保护猪种，肉香皮脆。瘦肉鲜艳，肥肉单薄，富有弹性，无论怎样用力去摸捏，绝对也是没有水分溢出的。因为肉质超好，“黑八戒”黑猪远近驰名。

鱼塘口村靠近市府，相距也就二十公里。这里黛山盘龙，清河萦带；尤其秋季时节瓜果飘香，稻黍翻浪，城里的人纷至沓来，络绎不绝。随着高速路出口和铁路车站先后建到这里，市政府更是将这里撤乡建镇，纳入了新城建设的范畴。

由于地理位置上占据了近水楼台的先机，所以这里自开展扶贫攻坚以来，其实并没有处于落后的地位。“黑八戒”就是上一任第一书记推出的一个很有建设性的脱贫项目。上一届扶贫尖刀班，大费周章地请来了许多城里人，签订了“黑八戒”认养合同。可是就在前两天，他们派人来检验，猪肉的所有指标竟然全部不达标。原来村民们为了增加黑猪的重量，竟然偷偷地加喂了饲料，改变了肉质。现在人家城里人很有理由地翻了脸，取消了前面签订的认养合同。

为了这事，今早就来了三个老村妇，拉着一堆孙娃子挤在村委会的门前，涕泗横流地数哭，爹呀娘呀的，说是过年都没了着落，日子还怎么过哟。

田守德皱着眉头，悄悄用手指捅了捅冉黎波：“你让她们先回去，这样哭闹也不能解决问题，我来想想办法。”其实合同突然失效，也让他脑壳很痛，一时还没想出什么好的办法来。

这天下午，一家农户非得拉第一书记去家里吃顿刨汤，田守德突然就来了灵感。他拉住那个外号叫“一刀透”老屠夫油光光的衣袖，又笑又递烟，还饶有兴味地询问起吃刨汤的来历来。

土家人都将杀年猪当作一年很隆重的喜事。到了腊月，圈里的猪儿长得膘肥体壮，就是杀年猪时间了。无论哪家杀了年猪，都会在自家的院坝里摆上十来张八仙桌，邀请远亲近邻吃“刨汤宴”，以庆祝丰收。这餐“刨汤宴”不仅仅是吃肉喝酒，更是朝贺与相亲会友的重要时机。“刨汤宴”原本是以前土司官吏富豪们一种奢侈的享受，其后才逐渐演变成鄂西施南府土家族待客的一种最高规格。

田守德第二天就兴冲冲地召开了村委会，决定在年前举办一次大型的土家“刨汤宴”。“要把‘刨汤宴’办成我们村的一个传统的大型节日。要让城里那些思慕幼年生活和乡村记忆的人，全部都赶过来吃‘刨汤宴’。”作为第一书记，他在最后总结时声音洪亮，很富鼓动性和感染力。

陈煜洋和村里几个年轻人，刚用微信、QQ 将这个吃“刨汤宴”的信息一散发出去，没过几天，市里有闲的人们中间都传闹疯了。

“刨汤宴”郑重其事地择期在腊月十二这个吉日。田守德大声宣布仪式开始后，村里德高望重的长辈，向祖先神位上香点烛，祭上土酒和刀头，点燃纸烛，吹奏鸣炮，供请祖上保佑来年风调雨顺、人畜兴旺。接着，屠夫“一刀透”将行业神祇张飞位安放于祖宗神位的右侧，摆放上酒、茶、鸡、鱼等祭品。作为主祭人，他诵唱屠宰的祭文。念祭文时，其他屠夫一字排开站立他的身后，臂缠红布条以示禳灾祈福、岁岁平安。祭文诵唱完后，吹打再起，主祭人“一刀透”焚祭文，燃纸钱，高喊：三叩首！屠夫们齐刷刷虔诚地三叩首。

匆忙生活的城里人，哪里见过如此郑重其事的祭拜仪式，齐齐都噤声肃穆，尤其来的那些学生和幼童，更是瞪圆了一双双稚嫩的大眼，仿佛经历了个穿越时光的洗礼。

此起彼伏的杀猪惨叫过后，夜色渐渐暗下来。大家围在长桌周围，尽情享受着鲜肉大餐。主人们为客人斟上一碗碗土家特色的苞谷酒，笑容洋溢在每个人的脸上。后来，院坝里的篝火也点燃了，熊熊窜出红红的火苗，映照着围坐在篝火旁的客人们无比兴奋而又满足的笑脸。大家谈天论地，欢声笑语飘荡在山乡田野。

“猪儿肥，肉儿香，苞谷烧，大碗装，今天硬是吃得爽喽！”一位客人端着酒碗，面胜关公，脚下都打踉了。

酒过三巡，菜也上了九盘八大碗，大家吃得酒酣饭饱，个个脸上油光泛彩，不知是哪桌客人带着酒兴高喊：“对面的幺妹唱个山歌噻！”这一嗓子像将一把生盐巴撒进了热油锅里，“轰”的一下院坝里就闹麻了。马上就有一班人马商量好了似的，进屋拿出锣鼓家什出来。最后第一书记田守德不失时机地用《留郎号》领了个头，全场都跟着齐唱，把个刨汤宴推向了空前的高潮。

第二天统计，鱼塘口的“刨汤宴”足足拖了一百五十桌。城里来的客人不仅仅是酒足饭饱，还捎带了熊熊的篝火、热辣辣的山歌和煽情摆手舞的享受。真是让他们爽呆了！临走时，他们买走一些亲眼看着宰杀的黑猪肉，也大包小包带走了一些土特产。

一顿浩荡的“刨汤宴”，一下就解决“黑八戒”认养合同失败的难题，甚至实际收入还比合同数目要高出去很多。

冉黎波兴奋不已，可是田守德却愁眉紧锁，乐不起来：村里以前还引进过蔬菜大棚，意图供应城市的菜市场，但产量却不高；村里以前也发展了猕猴桃，却出现了褐斑病、溃疡病、膏药病，不仅产量不高，还影响了水果的品质……

这些问题必须要从根本上解决，田守德想了一天一夜，最后拉着冉黎波，去找电商陈煜洋商量对策。他深知，要改造小农意识绝非一朝一夕之功。当晚，他们三人促膝谈了一通夜，烟卷烧得喉咙都发痛了，最终达成了一是要不惜血本请专家，二是必须成立专业合作社的共识。

## 六

鱼塘口村靠近市府，风景优美如画。如今村里建起了茶叶观光园，培植了果树采摘园，办起了锦鸡观赏喂养场，还有休闲垂钓场……城里的游人来此，总是流连忘返，乐不思蜀。本来是可以沾沾自喜的，可田守德作为第一书记，思维却无法止步，心头反而涌起了一阵阵强烈的使命感。打造成规模、上档次的新农村特色乡村游，整合村里所有的资源，才能保证农民可持续地发展增收，并世代彻底远离贫困。这份蓝图在他的脑海里逐渐明朗起来。

有一天，第一书记田守德突然意味深长地盯着冉黎波，笑眯眯地问道：“冉书记，你认为我们村最终的建设目标该是怎样的？”冉黎波挠挠脑壳皮子，审视地看着田守德说：“当然是脱贫……”“不！我们鱼塘口村一定要打造成全国著名的新农村！我们应该依托得天独厚的优势，马上着力建设新农村特色乡村游。”“老田啊，这可是需要以亿来计算的钱呢……”冉黎波眼珠子里一亮，但迅即亮光又湮灭了。

田守德烟屁股接烟头头，背着双手，围着村子整整转了两天。这两天里，即使村民们都看出了他们的第一书记心事重重，坐立不安。这两天在半夜里醒来，冉黎波总能听到隔壁的房间里，传来拼命抽烟后的咳嗽声，忍不住一阵摇头：“这个老田，怕是不要命了……”

第三天中午，田守德突然摇醒午睡的冉黎波：“有着落了！有着落了！”冉黎波迷迷糊糊的，还以为他也在做梦呢。不料他却被老田一把拉到了村里墙上那张地图前：“你看看，你看看，这里！这里！靠近火车站这边是什么单位？”见冉黎波还在犯迷糊，田守德兴奋地大声喊道：“润盛公司！这可是上市的国有大型企业啊！”

“去找他们要钱？”

“让他们来村里投资啊！”

说干就干，下午田守德就兴奋不止地拉着冉黎波要去润盛公司找老总谈引资。

“你得正式一点，那可是大老总，正部级的大领导呢。”终于看见冉黎波打扮得像新郎一样走出来，田守德却又说还得带上一份实实在在的礼物。

“带什么礼物？”冉黎波头一次经历这种场合，一时被弄得张巴张眼的。

“当然是村里的黑茶、黄茶、白茶、绿茶，还有猕猴桃、黄金梨、‘黑八戒’腊肉，当然也得把土鸡、麻鸭带上！”田守德说完一个劲儿先嘿嘿傻笑起来。

尽管二人挖空心思，对这些礼物进行了一次“高档”换装，可是在进公司大门时，还是被表情冷酷的保安拦了下来。最后不得已，他俩亮明了身份，又通过镇政府的电话核实，才终于进到了大门。来到董事长办公室前，秘书首先被他们手里咕咕嘎嘎叫的鸡鸭着实吓了一大跳。

“是这样的，我们不是来送礼的，只是想让你们知道我们村的优势。我们是来与贵公司谈合作的。”田守德赶紧一个劲谦卑又热情地解释。

“你们就把东西放那儿吧，老总要三天过后才会回来的。”秘书冰冷的玻璃镜片背后，射出的是鄙夷的光，额头上也堆出了深陷的“川”字。

二人这次进国资大企业，连屁股尖都没坐热，甚至茶也没喝上一小口，就灰溜溜地出来了。

三天过后，二人再次西装笔挺地来到董事长办公室。那个秘书突然就像见到了救星一样，拉住两人的手说：“你们可算是来了！我被董事长狠狠地尅了一顿，还帮你们喂了三天三夜的鸡鸭了。”

“董事长他今天……”

“别问了，董事长说了，绝对不会见你们的。你们快走吧！”

二人被扫地出门。看着冉黎波提着欢实的鸡鸭，自己却一副受气包小媳妇的模样，田守德哈哈大笑起来：“这不算什么，别泄气，至少现在他们知道了有我们村啊。”

“可是……人家哪里会前来投资啊！”

略一思忖，田守德狡黠地笑着说：“他们不收，我们就上门去卖啊！”随后，他独自一人去市里转了两天，第三天，他就在电话里急切地对冉黎波说：“冉书记，你快带上些土特产，马上到市里来，傍晚我俩就出去卖。”

傍晚，二人悄悄摸进一处高档小区，蹲在一栋单元楼前。虽然面前摆了土特产，可田守德却不动声色，显出一副不骄不躁的样子。在终于听到高档轿车“嘀”一声停车声后，他突然就像被打了鸡血，高声叫卖起来：“卖土特产啰！高档正宗的土特产，绝对保证绿色无公害！”一位雍容华贵的妇人从他们面前经过时，田守德赶紧凑头上去：“女士，买点我们村里自产的土特产吧，这是我们村脱贫致富推出的高档产品，您买点回家去尝尝！”

那位女士只脚步稍稍滞了滞，又要往前挪步，田守德赶紧殷勤地补上了一句：“我们千真万确就是鱼塘口村的，如果您不相信，我们村就在润盛公司的旁边。”

“哦？”女士停下了脚步，脸上现出有点意外的小惊喜，“那我就买点回去尝尝。”

“好呢！您每样都买点。我是村里的第一书记，这是我的名片，要是不正宗，您可以投诉我们！要是好呢，您也可以再联系我，就算是为我们村脱贫致富做公益了。”田守德此时已经完全化身为一个最善钻营的推销商了，脸上的笑容堆得只差要垮塌下来。最后他还赠送了几颗猕猴桃和黄金梨。也难怪，他可是办公室出身，打过交道的推销员成百上千，没吃过猪肉也见过猪跑啊。

“老田，你真是个大奸商。卖的可是市面上两倍的价钱呢！”冉黎波嘲讽的语气里明显含有几分佩服。

“哈哈……你相信吗？要是能打造成功新农村特色乡村游，价格一定比这个还高！”

“老田，我们明天还过来卖？”

“你傻啊，买了那么多，人家还不得吃上几天？”刚一说完，两人相视大笑起来。

卖了两次土特产后，田守德就接到了润盛董事长的电话：“田书记你真够厉害的！我们家都成为你土特产专供单位了。哈哈……”

“董事长您门槛太高，没办法哟！出此下策，让您见笑了。不过您要是投资我们村的特色乡村游，不光是帮助我们脱贫致富，公司的利润也一定会盆满钵满的。”

果然，董事长和公司高层一行，一进村就被如画的田园风光和淳朴的民俗民风吸引住，各种采摘园、观光园更是让他们赞不绝口，当即就签下了合作意向书：“要做，我们就做高档次的！”

国有大型企业就是牛，资金一注入，鱼塘口村慢慢就变成了画里才有的世界。光看看那些报道宣传资料，没有哪个会怀疑这里是散落人间的仙境。尽管规划了几个大型停车场，后来村里还是不断为停车的问题大费脑筋。要知道光是润盛公司内部员工休假，就足以人满为患了。

各种报道也跟着拼命要涌进来，不想却被田守德一一拒之于门外。

## 七

第二年的年关又近了，冉黎波十分不解，为什么田守德多次拒绝到村里的各种采访，他甚至还多次拒绝了当脱贫攻坚的先进。一次酒后，田守德醉意醺醺地对他说：“冉书记，你不要怪

村里各种消息迅速传疯了。

田守德在医院守着重病的母亲，所幸终于抢救了过来，没什么大碍了。他这才发现匆忙中写下的那张假条，竟然还塞在自己衣服兜里。他更无法知道，此时村里关于他的各种传闻已经满天飞了。等他第二天终于得到消息，顿时感到事情已经无可挽回了。思虑再三，最后他决定去找张局负荆请罪，主动接受组织的批评和处分。在扶贫攻坚百日会战的这个关键时候，他深知作为第一书记擅离职守，工作懈怠，影响多么恶劣，后果有多么严重。

“张局，我作为下派到村的第一书记，工作没做好，不仅没有得到过先进和表彰，在这次检查中，还擅离职守，造成了恶劣的影响……”下午，田守德一脸的不安和羞愧，主动来到了张局的办公室里。

“你这个第一书记行啊！”张局脸上似笑非笑的神情，让人难以捉摸，“今天上午我就接待了三批前来反映情况的村民，镇里的书记镇长更是把我的电话打到烫手了……”

田守德低垂着脑袋，忐忑得手心也冒汗了：他工作大半辈子了，还从没当面受到过领导这么严厉的批评。

“为了避免给工作造成更大的损失，我甘愿接受批评和处分，请求调回——”

“谁说要批评处分你了？亏你还是第一书记，我们组织上是注重调查研究的！情况都已经弄清楚了，村里都来了那么几大堆人替你说各种好话，镇里市里还要表彰你们为优秀尖刀班呢！”

张局笑意盈盈地刚说完这番话，田守德的两行热泪，已不由自主地滚涌而下。